Celia

Du même auteur
aux Éditions J'ai lu

Le manuscrit du déshonneur
N° 8959

LES INSOUMISES

1 – Audrianna
N° 9823

2 – Verity
N° 9895

MADELINE

HUNTER

Les insoumises – 3

Celia

Traduit de l'américain
par Julie Guinard

J'AI LU

AVENTURES
& PASSIONS

Vous souhaitez être informé en avant-première de nos programmes, nos coups de cœur ou encore de l'actualité de notre site J'ai lu pour elle ?

Abonnez-vous à notre *Newsletter* en vous connectant sur **www.jailu.com**

Retrouvez-nous également sur Facebook pour avoir des informations exclusives.

Titre original
SINFUL IN SATIN

Éditeur original
Jove Books, published by The Berkley Publishing Group,
a division of Penguin Group Inc., New York

1

On ne se pressait pas en nombre à l'enterrement d'une prostituée, si nobles et illustres qu'aient été ses clients.

Aussi Celia Pennifold ne fut-elle pas surprise de constater que seules quelques personnes assistaient aux obsèques de sa mère, Alessandra Northrope. Il s'agissait principalement de femmes, vêtues de luxueux ensembles en alépine noire qu'elles ôteraient avant la fin de la journée. Toutes ces courtisanes savaient qu'Alessandra n'aurait pas souhaité les voir garder leur tenue de deuil plus de quelques heures. Leur présence était attendue ailleurs.

Celia remarqua également cinq jeunes hommes, qui se tenaient légèrement en retrait. À leurs coups de coude et leurs ricanements irrespectueux, elle devina que quatre d'entre eux étaient venus pour s'amuser. Le cinquième, en revanche, semblait sincèrement pleurer la femme fascinante qui reposait dans le cercueil.

Alessandra avait souvent reçu des déclarations d'amour, accompagnées de généreux cadeaux. Face à ces messieurs profondément émus, elle avait toujours eu la délicatesse de taire que, pour sa part, elle ne montrait plus ses sentiments depuis longtemps.

Et c'était tout à son honneur, songea Celia. Les ducs pouvaient lui écrire des poèmes et les prétendants lui chanter des chansons, Alessandra Northrope n'avait jamais oublié qui elle était.

Hélas, elle n'avait pas transmis à sa fille la même assurance !

— Ces cinq voitures, là-bas, chuchota son amie Daphné pendant le discours interminable du pasteur, je me demande qui il y a à l'intérieur.

Celia avait remarqué les véhicules aux rideaux tirés.

— Ce sont vraisemblablement des clients, anciens ou récents. Des messieurs en vue qui préfèrent rester dans l'ombre.

S'il s'agissait d'anciens clients venus rendre leurs derniers hommages à Alessandra, depuis quand connaissaient-ils la défunte ? Préoccupée par cette question, Celia détourna les yeux et tenta d'écouter le sermon.

— Le sixième landau, reprit Daphné, est occupé par Audrianna et Verity qui sont venues pour toi, Celia, même si elles ne se montrent pas.

Celia apprécia l'effort de ses amies. Ayant récemment épousé des messieurs de la haute société, Audrianna et Verity devaient faire preuve de prudence en de telles circonstances. Le seul fait d'être vues en compagnie de la fille de la Vénus risquait de ternir leur réputation.

Daphné, veuve et indépendante, n'avait ni mari ni cercle social à ménager. Pourtant, elle ne montrait pas non plus réellement son visage. Un long voile noir tombait de son chapeau à large bord, dérobant aux regards ses cheveux bruns et son visage d'une blancheur parfaite. Elle avait insisté pour accompagner Celia, contre l'avis de cette dernière.

Celia coula un nouveau regard vers les cinq voitures. Elle essaya d'apercevoir l'intérieur à travers les rideaux légèrement écartés de deux d'entre elles. Mais elles étaient trop éloignées.

Daphné toucha discrètement sa main, l'incitant à rester concentrée sur les prières. Celia sursauta, tenta de se ressaisir, mais à nouveau son esprit se mit à vagabonder. Elle se remémora des souvenirs de sa mère, certains bons, d'autres douloureux, les plus poignants étant ceux des dernières semaines. La maladie d'Alessandra les avait rapprochées, après cinq années d'éloignement. Les colères et les rancœurs d'autrefois n'avaient plus guère compté durant ces dernières journées.

À une exception près...

À la fin du service, les femmes s'éloignèrent et Celia put reporter son attention sur les landaus. Elle les fixa tandis qu'ils passaient près d'elle, aussi bien pour signifier son respect à leur occupant invisible que pour essayer de percevoir une présence.

— Il était là, dit-elle à Daphné lorsqu'ils furent tous partis. J'en suis convaincue.

— Probablement, oui.

— Peut-être m'écrira-t-il. Peut-être, maintenant qu'elle est partie, se dévoilera-t-il ?

Daphné resserra ses bras autour d'elle et raccompagna Celia.

— C'est possible, en effet.

— Tu ne veux pas me contrarier mais en vérité tu n'y crois pas.

— Il ne l'a pas fait jusqu'à présent. Aussi.

Celia adopta une foulée plus déterminée.

— Je trouve cruel qu'elle ne me l'ait jamais dit. J'ai le droit de savoir qui est mon père, tout de même !

— Elle avait ses raisons, j'en suis certaine. Efforce-toi d'admettre qu'elle savait ce qu'elle faisait. Qui sait si cela ne l'a pas aidée à mourir plus paisiblement ?

Celia ravala ses larmes.

— Elle a certainement agi en son âme et conscience, comme pour tout ce qui se rapporte à ma vie. Pourtant, je ne puis accepter l'idée que je ne connaîtrai jamais le nom de mon père.

— Ce n'étaient que des commérages, une vague rumeur... Pour ma part, je n'y ai jamais ajouté foi.

— Mais d'autres, oui ?

Jonathan jeta un coup d'œil par la fente des rideaux. Il s'acquittait de la mission confiée par son oncle, mais il ne pouvait s'empêcher de s'intéresser au petit drame qui se jouait près de la tombe.

— Certains, peut-être... Il n'y a jamais eu de preuves. Juste quelques coïncidences. Cela a rendu les gens au pouvoir soupçonneux, en un temps où tout le monde l'était, souvent à juste titre. D'où les inquiétudes, à présent. Aucun homme ne souhaite que son nom soit associé de trop près à celui de cette femme...

Oncle Édouard délivrait les renseignements nécessaires d'une voix paresseuse, qui reflétait le peu d'importance qu'il accordait à l'affaire. Il attendait de Jonathan qu'il effectue cette tâche, comme il en effectuait bien d'autres depuis des années.

Jonathan écarta discrètement les rideaux. Quelques femmes en noir se tenaient devant la tombe. La plupart étaient connues de tous les hommes de la ville. Certaines étaient des maîtresses entretenues, d'autres les plus sollicitées des courtisanes, qui choisissaient leurs clients parmi les hommes de la haute société londonienne. Elles vivaient dans les quartiers chics que ces messieurs fréquentaient avec une grande assiduité.

Deux, cependant, se détachaient. La première, grande et mince, restait invisible sous les voiles de son large chapeau. L'autre, blonde, plus petite, ne portait même pas de couvre-chef.

Jonathan plissa les yeux pour mieux distinguer son visage. Peut-être s'agissait-il de Celia. Était-elle venue par devoir et respect envers sa mère ? Ou en tant qu'héritière, comme l'avait prévu et supposé Alessandra ? Sa posture était altière et elle ne semblait nullement gênée d'être entourée de courtisanes, qui avaient été les seules amies de la défunte.

— Et si la rumeur était exacte ? demanda-t-il sans détacher les yeux de la tête blonde. Si je découvre qu'Alessandra a effectivement recueilli des confidences sur l'oreiller pour les transmettre à l'ennemi ?

— La guerre est terminée depuis longtemps. On ne te demande pas d'enquêter et moins encore de révéler ces choses-là, mais de savoir si elle en a laissé des traces, notamment des noms, susceptibles d'être révélés.

Il esquissa un sourire, seul témoignage d'affection que Jonathan eût jamais reçu de sa famille.

— C'est d'une simplicité enfantine. Quelques jours de travail, tout au plus.

Jonathan reporta son attention sur son oncle.

— Pourquoi moi, dans ce cas ?

— Tu la fréquentais, n'est-ce pas ? Vous étiez amis.

Édouard demeura impassible, mais Jonathan le connaissait trop bien pour se laisser berner.

— Amis, oui, pas amants. Je ne sais rien de ses secrets. Et je n'ai rien remarqué qui puisse accréditer de telles rumeurs.

— Naturellement. Mais à ce titre, tu évolueras dans son cercle mieux que quiconque.

Il désigna les femmes rassemblées, qui constituaient l'univers d'Alessandra.

— Elles ne seront pas méfiantes envers toi. Du reste, les gens te font confiance, d'une manière générale.

Étrangement, c'était la vérité. Un phénomène que Jonathan excellait à exploiter. Il inspirait confiance. Cela rendait ses missions pour Édouard plus faciles. Plus viles également, d'une certaine façon et vaguement déshonorantes, si juste qu'en fût la cause.

Il ignorait si cette nouvelle cause était juste. Quelle importance, au demeurant ? Il avait cessé de s'en soucier depuis longtemps. Un enquêteur privé n'avait aucun avenir s'il prenait parti. Que ce soit pour le compte du ministère des Affaires intérieures ou pour traquer une femme infidèle, il se devait de rester objectif.

Il reprit son observation. Parviendrait-il à ne pas prendre parti, cette fois ? Alessandra avait été une véritable amie. En fouillant dans sa vie et son passé, il aurait le sentiment de la trahir.

Il se tourna vers son oncle.

— Peut-être vaudrait-il mieux que vous vous adressiez à un autre ?

— C'est toi que nous voulons. Dieu sait ce que tu risques d'apprendre. Nous ne pouvons faire confiance à un simple policier.

— Cela ne me plaît pas. J'avais l'intention de retourner en France.

Édouard voulut sourire, mais son rictus exprimait davantage l'inquiétude que l'humour.

— Ne pars pas déjà. Je progresse avec Thornridge. Je compte retourner à Hollycroft la semaine prochaine pour voir si mes efforts ont porté leurs fruits. En cas de succès, tu ne voudras pas rater cela.

Il parlait d'une longue enquête que Jonathan pensait ne jamais voir aboutir. Édouard avait été son unique allié dans ce combat pour obtenir la reconnaissance de sa famille et mettre un terme à l'ambiguïté qui régentait sa vie.

Le silence tomba, mais leur accord tacite était ancien : Édouard aiderait Jonathan, à charge de revanche. C'était son oncle qui l'avait recruté pendant la guerre et qui avait toujours fait office d'intermédiaire auprès du ministère des Affaires intérieures lorsqu'il enquêtait.

En temps normal, le piège tendu par son oncle aurait eu raison des appréhensions de Jonathan. Pas ce jour-là, curieusement.

Était-ce parce qu'il avait vu la fille d'Alessandra ? La fougue, la vivacité, l'intelligence de Celia lui avaient toujours donné l'impression d'être sombre et trop vieux pour son âge.

D'un ton soudain grave, Édouard ajouta :

— Il y a autre chose…

— Quoi donc ?

— Il se peut… je ne voulais pas l'évoquer à cause de cette amitié dont tu parles, mais il est possible que l'agression dont tu as été victime en Cornouailles soit liée à cette femme. C'est une simple piste. Rien de précis.

— Et vous ne me le disiez pas ? Nom d'un chien, vous savez bien que j'ai une dette à régler là-bas ! Si vous détenez des renseignements concernant le responsable, je veux…

— Je te l'assure, tout ceci est vague. Cependant, l'un de ses protecteurs était un émigré français, tu le sais peut-être. Il lui a enseigné l'élégance et les bonnes manières. Certains éléments laissent à penser qu'il n'est pas étranger à l'affaire et nous avons des raisons de croire qu'elle a continué à le voir jusqu'à sa mort, il y a deux ans. En privé.

Ainsi, les rumeurs n'étaient pas totalement dénuées de fondement... Alessandra ne l'aurait jamais sciemment fait tomber dans un piège et exposé à une mort quasi certaine. Il refusait de penser cela d'une femme qui s'était montrée presque maternelle envers lui.

Cependant, dans ce monde, la vie pouvait vous imposer des choix parfois rudes.

La cérémonie terminée, les femmes se dispersèrent. Seules la jolie blonde et son amie voilée restèrent devant la tombe.

— Acceptes-tu ? demanda Édouard. Tu devras suivre les ordres, cette fois. Et éviter cette indépendance problématique dont tu as fait preuve lors de ton enquête dans le Nord.

— Les circonstances m'y ont contraint, vous le savez bien.

— Tu aurais dû trouver un moyen d'éloigner Hawkeswell lorsque tu as appris qu'il fourrait son nez dans cette histoire. Tu aurais dû...

— Je vous avais averti que l'odeur était trop nauséabonde pour que nul ne la sente. Je n'y suis pour rien si cela a plongé le gouvernement dans l'embarras.

Leur voiture démarra et s'engagea dans une portion d'allée qui menait à la tombe. Une tête blonde les observait et Jonathan vit le ravissant visage de Celia à quelques mètres de lui.

La belle adolescente aux cheveux d'or était devenue une ravissante jeune femme. Elle semblait tout aussi adorable qu'autrefois, bien que peut-être moins innocente.

Elle regarda franchement la fenêtre qui dissimulait ses occupants.

Le ciel était chargé et pourtant le monde paraissait lumineux tout autour d'elle, comme si elle rayonnait de l'intérieur.

Jonathan se détourna et croisa le regard impatient de son oncle.

— Soit, j'accepte.

Celia descendit gracieusement du cabriolet de Daphné et leva les yeux vers la maison en brique à deux étages. Comme la plupart dans ce secteur de Wells Street, elle semblait bien entretenue. C'était le genre de demeure qu'aurait occupée un marchand, ou un artisan prospère.

— Le quartier est plutôt bien fréquenté et Bedford Square ne se trouve qu'à quelques rues, déclara Daphné. Tu devrais être suffisamment en sécurité pour passer trois jours seule ici.

Celia souleva son sac de voyage. Elle n'avait pas encore avoué à Daphné qu'elle resterait sans doute plus longtemps que prévu. Elle le lui expliquerait plus tard, une fois ses projets arrêtés.

— Je continue à m'étonner que ma mère ne m'ait jamais parlé de cette propriété, dit-elle. C'est nettement plus modeste que la maison d'Orchard Street. Je suppose qu'un de ses protecteurs la lui a offerte afin qu'elle la loue et profite ainsi des revenus.

Daphné mit pied à terre à son tour et attacha les rênes de son attelage à un poteau.

— Et si tu continuais à la louer, plutôt que la vendre ?

— Pourquoi pas ? En tout état de cause, je ne pourrai vendre qu'une fois la succession réglée. M. Mappleton a dit que l'on peut encore me réclamer de solder d'autres dettes. Si tel est le cas, elle me filera entre les doigts comme l'autre maison et comme tout le reste.

Elle prit la clef dans son réticule et l'introduisit dans la serrure.

— Par bonheur, c'est meublé. Je craignais que tu ne doives dormir à même le sol, dit Daphné lorsqu'elles pénétrèrent dans la première pièce. Et ce sera plus avantageux pour la louer.

Celia posa sa valise et partit visiter le rez-de-chaussée. Il y avait un joli salon à l'avant, flanqué d'une bibliothèque. Les deux pièces étaient meublées de canapés et de fauteuils présentables, de tables robustes et de tapis simples mais de bon goût. La bibliothèque renfermait même une collection de livres. Celia sourit devant les volumes de poésie, que sa mère avait toujours adorée.

Elles montèrent l'escalier jusqu'à l'étage qui abritait des chambres. La première donnait sur la rue. Daphné souleva le couvre-lit.

— Le lit est fait et les draps ont l'air propres. Les derniers locataires ont dû partir précipitamment. Peut-être juste avant l'huissier. Changeons-les cependant.

Celia trouva des draps dans une malle en osier et les deux jeunes femmes s'acquittèrent rapidement de cette corvée. En faisant l'inventaire des autres chambres, elles découvrirent un escalier de service à l'arrière de la maison.

— Je visiterai le grenier demain, annonça Celia en redescendant. Tout est en ordre ici, Daphné. Te sens-tu rassurée de me laisser seule, à présent ?

— Je n'ai jamais formulé d'objections !

— Non, pouffa Celia, mais ton expression était éloquente : tu en mourais d'envie.

Elles pénétrèrent dans un autre salon situé à l'arrière, assez grand, doté de fauteuils en rotin et d'un canapé, au pied de l'escalier de service. À travers les larges portes-fenêtres, la vue sur le jardin attira l'attention de Celia.

— Il est exposé au sud, fit remarquer Daphné. C'est une pièce idéale. Même aujourd'hui, avec ce temps couvert, elle reste lumineuse. Et la perspective est charmante.

— Ce sera sans conteste mon lieu de prédilection, déclara Celia. Des plantes se plairaient bien devant ces fenêtres.

Une idée, qui lui était passée par la tête depuis qu'elle avait appris l'existence de cette maison, se précisa.

Elles visitèrent la cuisine, puis Daphné s'apprêta à prendre congé. Elle retournerait en cabriolet dans la propriété qu'elle occupait près de Cumberworth, dans le Middlesex. Daphné y cultivait des fleurs et des plantes vertes destinées au marché londonien. Depuis cinq ans, c'était là qu'habitait Celia.

— Tu vas nous manquer ! soupira Daphné à la porte. Promets-moi de prendre soin de toi.

— C'est un quartier sûr, Daphné. Je serai en sécurité ici.

— Je ne devrais pas réagir ainsi, comme une mère poule. Je n'ai que quatre ans de plus que toi, après tout. Tu dois me trouver sotte, avec mes inquiétudes.

— Je te considère plutôt comme la grande sœur que j'ai toujours rêvé d'avoir.

Daphné sortit et détacha son cabriolet. Celia regarda son amie s'éloigner, les voiles de son chapeau flottant dans la brise hivernale.

Si Daphné avait ces instincts maternels, c'était que Celia ressemblait beaucoup à une enfant lorsqu'elles s'étaient connues. Une enfant perdue, désorientée, qui cherchait refuge auprès d'une inconnue, qui avait, disait-on, bon cœur.

Elle ferma la porte et entreprit de s'accoutumer au seul bien que lui avait légué Alessandra Northrope.

Enfin non, ce n'était pas son seul héritage. Il y en avait un autre, si toutefois Celia choisissait de le réclamer.

2

Celia passa les dernières heures du jour dans le salon arrière baigné de lumière, qu'elle se plut à imaginer meublé différemment. Le soir venu, elle se retira dans sa chambre. Elle ne prépara pas de feu car elle avait l'intention de se coucher de bonne heure. Elle alluma une bougie, enfila sa chemise de nuit la plus chaude, s'enveloppa de deux châles en laine épais et s'assit devant la fenêtre pour réfléchir à son projet.

Les dettes restantes lui seraient probablement réclamées rapidement. Elle demanderait à M. Mappleton, l'avoué et l'exécuteur testamentaire de sa mère, quand elle aurait la certitude de pouvoir conserver cette maison.

Les formalités juridiques devraient attendre. Pas le reste. Elle débarrasserait ce salon le lendemain et déterminerait si ce qu'elle projetait d'en faire serait réalisable. Puis elle se rendrait dans les boutiques et ferait des provisions de bouche pour la semaine suivante. Lorsque Daphné reviendrait, trois jours plus tard, pour la ramener à Cumberworth, Celia lui expliquerait qu'elle ne repartirait pas avec elle et lui annoncerait qu'elle s'installait seule, dans cette maison léguée par sa mère.

Cela ne plairait pas à Daphné. En cinq ans, elles en étaient venues à dépendre l'une de l'autre plus qu'on ne l'aurait pensé. Mais le moment était venu de songer à l'avenir.

Elle promena son regard autour d'elle, dans la chambre. Les draperies aux fenêtres semblaient propres, ainsi que les draps, bien qu'ils fussent en simple mousseline blanche. Les meubles possédaient des courbes élégantes, mais pas de sculptures onéreuses. L'absence de luxe apparent contrastait avec la maison de Orchard Street, où Alessandra avait présidé d'innombrables soirées et joué à la grande dame du demi-monde.

Celia décida qu'elle préférait celle-ci et se réjouit qu'elle soit inoccupée.

Les derniers locataires étaient partis depuis peu. Pas de poussière sur les meubles et le garde-manger contenait même encore quelques céréales. Lorsqu'elle était entrée, l'endroit n'avait pas paru inhabité. Au contraire, il était imprégné d'une atmosphère agréable. Domestique...

Elle s'immobilisa et tendit l'oreille.

Des bruits à peine perceptibles lui parvinrent, portés par un courant d'air. Elle aurait aimé leur trouver une explication simple, mais le frisson qui lui parcourut le corps l'en empêcha.

D'autres sons se firent entendre, au-dessus d'elle, à présent. Ceux d'un chat se déplaçant, peut-être ? Soudain, les bruits cessèrent. Celia attendit encore un long moment et se convainquit à moitié qu'elle avait rêvé. Elle avait pris soin de vérifier que toutes les portes étaient fermées à clef. Personne n'avait pu rentrer.

Un bruit de pas en haut de l'escalier menant au grenier la fit sursauter. Cette fois, pas d'erreur. L'intrus ne prenait même pas la peine de se montrer discret. *Et descendait les marches juste devant sa porte.*

La terreur la pétrifia un instant, mais elle se ressaisit bien vite. Elle bondit, saisit un tisonnier et se plaqua silencieusement contre le mur, à côté de la porte. Avec un peu de chance, l'individu ressortirait comme il était entré sans même savoir qu'il y avait quelqu'un dans la maison. Mais sinon… Elle brandit son arme de fortune.

Le bruit des bottes se fit soudain plus fort, comme l'inconnu approchait du palier. Elle pria pour qu'il descende encore un étage et quitte la maison.

Mais hélas, les pas se dirigèrent vers elle et s'arrêtèrent devant la porte. *Allez, partez, partez,* suppliat-elle silencieusement.

Elle sentit son cœur manquer un battement quand la porte s'ouvrit. Elle retint son souffle, parfaitement immobile.

Un homme pénétra dans la pièce. Il avança jusqu'au milieu de la chambre. Elle aperçut une redingote sombre et des bottes montantes, la blancheur d'un col et d'un foulard. Elle distingua un profil, des yeux sombres et une expression intense, des cheveux noirs attachés sur la nuque en un catogan passé de mode. Elle nota tout cela dans une confusion d'impressions éclairées par la faible lueur d'une bougie.

Il contempla la flamme indiquant qu'il n'était pas seul dans la maison. Son dos se raidit et toute sa personne sembla en alerte. Celia rassembla son courage et avança silencieusement derrière lui, son tisonnier brandi en l'air.

Il se déroba à l'instant où elle l'abattait et s'empara de l'objet. Puis, dans un tourbillon, il l'attrapa, la fit pivoter et la jeta en travers du lit. Ses châles volèrent et elle tomba brutalement sur le matelas.

Le souffle coupé par la peur, elle leva les yeux vers lui. Ils se mesurèrent du regard.

Durant le bref silence qui suivit, il fixa sa chemise de nuit, remontée sur ses jambes nues. Il remua légèrement. Elle se crispa, prête à se battre, lorsqu'elle distingua le visage de l'inconnu. Son beau visage... Et la colère remplaça brutalement la frayeur de Celia.

— Monsieur Albrighton ? Mais que faites-vous ici, à me causer une frousse de tous les diables ?

Son air menaçant se dissipa.

— Je vous demande pardon, mademoiselle Pennifold. J'ignorais que vous étiez ici. Je n'ai vu ni lumière ni feu de cheminée. C'est une heure bien étrange pour visiter la propriété.

— Pour visiter... Pas aussi étrange que votre présence, monsieur. Cette maison m'appartient. Puis-je savoir à quel titre vous vous trouvez ici ? Pour me cambrioler ?

— Oh, non, mademoiselle Pennifold. Il se trouve que j'habite ici.

M. Albrighton plaça une nouvelle bûche dans la cheminée de la bibliothèque, se pencha au-dessus d'un petit meuble et en sortit une carafe d'alcool. Il en versa deux centimètres dans un verre minuscule et le porta à Celia, emmitouflée dans ses châles, sur un canapé.

— Je n'ai nul besoin de remontant, monsieur Albrighton. Je ne suis pas une femmelette qui s'évanouit à la moindre émotion ! dit-elle pour dissimuler sa gêne.

Il haussa les épaules et avala l'alcool. Puis il prit place dans un fauteuil au coin du feu. La lueur des flammes l'avantageait et flattait l'aura de danger et de mystère qui émanait de lui.

Celia avait toujours considéré M. Albrighton comme un homme fâcheusement énigmatique. Il n'avait quasiment rien montré de sa personnalité les fois où il avait assisté aux soirées de sa mère. On pouvait classer la plupart des hommes dans telle ou telle catégorie, selon leur caractère et leur comportement, mais on ne savait jamais vraiment comment cataloguer M. Albrighton. Il avait environ vingt-cinq ans, à l'époque, aussi avait-elle trouvé son ambiguïté déconcertante et sa personne trop théâtrale.

Il y avait cependant en lui quelque chose de chaleureux, presque intime, ce qui suscitait une réaction d'autant plus contradictoire et troublante. Une profondeur dans ses yeux laissait penser qu'il comprendrait les questions auxquelles le reste du monde restait hermétique. Et néanmoins, il évoquait une dureté troublante et ténébreuse. Celia avait décidé qu'il était par trop déroutant. De ce fait, ils n'avaient jamais échangé autre chose que des salutations. À une exception près...

Il était assis dans ce fauteuil comme s'il avait tous les droits d'y être. Tandis que Celia, encore sous le choc de son intrusion, demeurait tendue, il prenait ses aises, aussi décontracté qu'un gentilhomme rentrant chez lui après une partie de chasse. Il prétendait, du reste, être dans son droit.

Elle hésitait à le croire. C'était bien là le problème, avec Jonathan Albrighton. On ne savait jamais réellement à quoi s'en tenir !

Le silence se faisait de plus en plus pesant – pour elle, pas pour lui. Il semblait disposé à rester ainsi sans rien dire, se contentant de la dévisager tandis que les flammes jetaient des reflets dansants sur ses bottes cirées.

— Vous semblez en effet connaître les lieux, reprit-elle. Cependant, l'avoué de ma mère m'ayant dit que cette maison n'était pas louée actuellement, je sais que vous me mentez.

— Vous me traitez d'abord de voleur et maintenant de menteur ! Une chance que je ne sois pas susceptible.

— N'attendez pas de moi des questions polies, monsieur. Je considère que je m'adresse à un criminel tant que vous ne m'aurez pas convaincue du contraire.

— Criminel, à présent !

Elle n'aurait su dire si elle l'avait contrarié ou non, mais elle s'en moquait.

— Je n'occupe pas toute la maison, expliqua-t-il. Uniquement une chambre, au grenier. Je ne l'ai pas souvent utilisée ces dernières années, mais je possède un bail en bonne et due forme, je vous le garantis, et pour une durée de dix ans.

En effet, il ne devait faire que des apparitions dans son logement, car il avait le chic pour s'éclipser régulièrement, se rappela Celia. Il avait déserté les réunions de sa mère pendant plusieurs mois, l'année où cette dernière avait vécu dans cette maison, pour ne revenir, temporairement, qu'au moment où Celia était partie.

— Vous aviez déjà quitté la maison de votre mère lorsque nous avons conclu cet arrangement et je doute qu'elle ait jugé nécessaire de vous en parler.

— C'est *ma mère* qui vous a loué cette chambre ?

— En effet. Nous étions simplement amis, au cas où vous vous interrogeriez.

— Je ne m'interroge pas.

C'était faux, bien sûr. Qui ne se serait pas posé de questions ? Il était bel homme, dans son genre insondable, et doté d'une silhouette remarquable. Alessandra, qui n'était pas indifférente à l'apparence des hommes, avait dû apprécier celui-ci.

— Je savais déjà que vous n'étiez pas un client. Je connais les critères de ma mère.

— Sont-ils les mêmes que les vôtres ?

Sa question ne comprenait aucune insinuation insultante. Il l'avait posée aussi simplement que s'il s'était enquis de sa santé.

Elle ne chercherait pas à esquiver. À quoi bon ? Il savait tout, à n'en point douter. Pourquoi elle était restée un an dans la maison d'Orchard Street et pourquoi elle en était partie.

— J'ai quitté la maison de ma mère, mais je ne récuse pas les leçons qu'elle m'a enseignées sur la vie. Ses critères seraient les miens si je rêvais d'atteindre un succès et une renommée identiques dans sa profession.

Il accueillit ses mots comme s'ils devisaient de la pluie et du beau temps. Son visage, aimable malgré la lueur du feu qui soulignait la dureté de ses traits et de ses yeux, ne trahit aucune émotion. Pourtant, elle sentit qu'elle suscitait son intérêt et perçut cette étrange sensation d'intimité qui incitait à la confidence.

Elle remua, gênée par son regard franc. Impossible de nier les élancements de désir mêlé de peur, semblables à ceux qu'elle avait ressentis autrefois.

Elle était trop jeune, alors, pour comprendre ce que tout cela signifiait. Elle avait pensé qu'un éveil sensuel nécessitait baisers, flatteries et déclarations d'amour. C'était seulement avec la maturité qu'elle avait compris le pouvoir de la subtilité, de la distance et même du silence.

Lui aussi était troublé. Alessandra insistait souvent sur la nécessité de comprendre l'intérêt qui animait un homme, alors même qu'il n'en avait pas encore pris conscience lui-même.

Celia revint au seul sujet qui comptait et essaya de ne pas se laisser troubler par la présence d'Albrighton, par la tension ambiante, presque palpable.

— Vous prétendez donc n'avoir eu qu'une chambre à l'étage au-dessus, pour les périodes où vous choisissiez de l'utiliser, à savoir rarement ces dernières années. Qui vivait dans le reste de cette maison ?

— Alessandra. L'ignoriez-vous ?

Oui, elle l'ignorait.

— C'est ici qu'elle se retirait lorsqu'elle était lasse des mondanités. Pour quelques jours, le plus souvent. Des semaines, même, en fin d'été, quand la ville devenait plus calme.

Celia fronça les sourcils. Elle n'aimait pas l'air impassible avec lequel il lui révélait ces secrets concernant la vie de sa mère. Il en savait davantage qu'elle. Cela avait quelque chose d'inconvenant et d'injuste. Pourquoi un homme qui n'était presque jamais à Londres et pas même son amant, connaissait-il une part d'Alessandra que sa propre fille ignorait ?

Elle réprima son amertume. C'était la douleur qui parlait, supposa-t-elle. Une certaine culpabilité, aussi, et des regrets. Elle n'avait pas partagé la vie d'Alessandra assez longtemps pour tout savoir, finalement. Elle avait passé son enfance à la campagne et n'était arrivée à Londres qu'à l'âge de seize ans. Elles n'avaient vécu que peu de temps ensemble.

— Je voudrais voir le document attestant que vous êtes locataire de cette chambre.

— Il se trouve au fond de ma malle. Je vous l'apporterai dès que possible.

— Votre malle n'est-elle pas là-haut ?

— Je ne suis revenu en ville qu'aujourd'hui. Je l'ai laissée chez des amis pour l'instant.

— Si votre résidence londonienne est ici, pourquoi laisser vos affaires chez des amis ? Je pense que vous me racontez un beau mensonge et me prenez pour une idiote ! Je ne crois pas que vous habitiez ici. Je ne suis même pas sûre que ma mère y ait vécu. Ce que je crois, c'est que vous cherchiez quelque chose ce soir et que vous craignez que je n'aille me plaindre à un magistrat.

— Y aurait-il donc des choses intéressantes à découvrir ? Je me demande lesquelles. La vie de votre mère était un livre ouvert.

Son sourire ironique la déconcentra à tel point qu'elle faillit oublier qu'il n'avait rien nié. Maintenant qu'elle y pensait, M. Albrighton possédait un remarquable talent de dissimulateur. Il éludait si brillamment les questions qu'on ne s'en rendait même pas compte.

— Avez-vous visité la maison d'Orchard Street récemment ?

— Je n'ai aucun droit d'entrer dans cette maison. Pourquoi cette question ?

Là non plus, il ne niait point.

— Quelqu'un y a pénétré. Peut-être aujourd'hui, pendant l'enterrement, ou avant. J'ai visité la maison avec l'exécuteur testamentaire cet après-midi, après les obsèques. Les papiers étaient trop bien rangés. Je n'avais jamais vu les tiroirs de ma mère si ordonnés.

— L'avoué a dû y mettre de l'ordre en faisant l'inventaire. Les hommes de loi sont méticuleux de nature.

C'était une réponse habile, mais elle était fausse. M. Mappleton n'avait pas encore examiné la propriété lorsqu'elle avait constaté ce détail. Toutefois, elle doutait que M. Albrighton avoue s'être introduit illégalement dans la maison. Du reste, quelle raison aurait-il eue de le faire ?

La pièce s'était réchauffée durant leur conversation. Celia aurait aimé se débarrasser de ses deux châles. Au lieu de cela, elle n'en ôta qu'un, tout en veillant à ce que le deuxième la couvre suffisamment.

Il l'observa sans se départir de son calme imperturbable. Sous son regard, elle avait l'impression qu'elle venait de commettre quelque acte scandaleux et volontairement provocateur.

— Monsieur Albrighton, même si vous possédez ce bail que vous prétendez détenir, vous ne pouvez rester ici. Je m'y établis et ne tiens nullement à l'intrusion d'un locataire, masculin de surcroît. Je suis certaine que vous me comprenez et abondez dans mon sens.

— Je vous comprends. Mais comme je vous l'ai dit, j'ai un contrat. Et j'ai réglé d'avance.

— Je vous rembourserai.

Cela ne devait pas représenter une trop grosse somme, espéra-t-elle, rechignant à entamer son pécule personnel.

— Je ne veux pas être remboursé. J'ai besoin d'un pied-à-terre à Londres et je me suis arrangé avec la propriétaire d'une maison tranquille dans une rue paisible. Je suis en droit de loger ici à ma guise.

— Vous représentez une fâcheuse complication, monsieur.

— Je n'ai aucune intention de vous compliquer la vie, uniquement d'utiliser mon lit.

— Si vous envisagiez la situation de mon point de vue, vous comprendriez que je ne puisse…

— Vous ne vous rendrez même pas compte de ma présence. Je me sers de l'entrée arrière, par le jardin, et j'emprunte l'escalier de service. Je suis fort discret. Je pense même que la plupart des voisins ne m'ont jamais vu.

— Certains ont cependant dû vous croiser.

— Il est assez commun de louer des chambres dans ce quartier et dans une maison de cette taille. Cela n'entachera pas votre réputation, si telle est votre inquiétude. Ma présence ici ne signifiera rien de plus que ce qu'elle était du temps de votre mère.

Venait-il de sous-entendre que sa présence ne pouvait nuire à sa réputation déjà ternie du fait qu'elle était la fille d'Alessandra ? Comment le lui reprocher, puisque c'était, hélas, la stricte vérité. Sans compter que la mort de sa mère l'avait obligée à quitter son refuge de campagne, où elle vivait dans l'ombre.

— Il me souvient que vos séjours à Londres sont souvent brefs. Si je consens, resterez-vous longuement, cette fois ?

— Tout au plus une quinzaine de jours, je pense. Et vous, mademoiselle Pennifold, comptez-vous résider ici à temps plein ? Ou retourner là où vous viviez auparavant ?

— Je compte m'installer ici de façon permanente. J'ai l'intention d'établir un commerce.

— Vous vivrez seule ?

— Je projette de faire venir vivre d'autres femmes d'ici une à deux semaines. Vous pouvez dire adieu à l'intimité et au calme que vous prisez tant ! Je recevrai également de nombreux visiteurs. Cela pourrait être bruyant, même jusqu'au grenier. Surtout la nuit...

Sans cesser de la regarder, il conserva le silence pendant un long moment. Il devait songer à son « commerce » et se dire que la vie ici risquait d'être fort pénible – sans parler du scandale...

— Ce n'est pas ce qu'Alessandra avait prévu pour vous, dit-il enfin. Je suppose, cependant, que ce type de commerce est plus pratique et vraisemblablement plus sûr. Quand comptez-vous commencer ?

— Bientôt. Si rapidement que le plus sage pour vous serait de...

— Vous me comprenez mal. Je me demandais si le fait d'attendre ce jour retardera de beaucoup mon départ.

— Le retarder ? Cette perspective vous pousserait donc à rester et non à partir ?

— Ma foi oui, jusqu'au lancement de votre nouvelle activité. Ce n'est sans doute pas non plus sans rapport avec les adorables pieds qui dépassent de l'ourlet de cette vilaine robe.

Elle rentra vivement les pieds. Jamais elle n'aurait imaginé que cet homme puisse lui exprimer son intérêt de façon si hardie. Pourtant, il venait de le faire, et la pièce tremblait sous ce courant si particulier qui passait parfois entre un homme et une femme.

Elle se sentit soudain minuscule. Minuscule, vulnérable et nue sous son sombre regard. Elle se leva, éprouvant soudain le besoin de bouger.

Malheureusement, il se leva aussi. Comme pour se protéger, Celia resserra le châle autour d'elle et s'efforça de prendre un air intimidant. La situation lui échappait.

— Comme je vous l'ai expliqué, monsieur Albrighton, j'ai les mêmes principes que ma mère concernant la naissance et la fortune des hommes.

Il commença à marcher lentement autour d'elle, d'un pas trop désinvolte à son goût ; il était beaucoup trop grand pour la mettre à l'aise et elle ne cessait de se retourner pour le surveiller du coin de l'œil. Il s'arrêta finalement non loin d'elle, près du mur. Nonchalamment, il y appuya son épaule.

— Si vous cherchiez à acquérir la même renommée et le même succès que votre mère, je comprends, mais il me semble que vous envisagez autre chose. Me suis-je mépris ?

La taquinait-il ? Prêchait-il le faux pour savoir le vrai ? Elle le soupçonnait. Mais il la troublait terriblement, son regard chaud et familier l'incitant aux confidences. M. Albrighton était bien trop composé pour accentuer ses propos en prenant un air lascif. Elle aurait préféré cela, pourtant. Au moins, elle aurait pu le remettre à sa place.

Celia essaya d'adopter une certaine hauteur, comme l'aurait fait sa mère en de telles circonstances.

— Peu importe. Vous ne conviendriez point. Vous ne gagnerez rien à vous attarder ici.

— Je ne partage pas votre avis. En cinq minutes, j'ai déjà gagné quelque chose.

— Je ne vois pas quoi, hormis le tracas que vous me causez.

— Vraiment ?

Son sourire était si subtil qu'elle se demanda si elle l'avait imaginé.

Il s'écarta du mur. Elle retint son souffle avec difficulté et tenta de calmer les battements affolés de son cœur.

— Je suis persuadé que rester ici peut m'apporter bien plus encore, que je convienne ou pas.

Soudain, il tendit une main et posa deux doigts sur ses lèvres. Elle faillit faire un bond et sentit ses lèvres frémir sous son contact.

— Vous n'êtes pas suffisamment sophistiquée pour déguiser vos réactions, mademoiselle Pennifold, et j'y vois plus que du tracas. Certains gentilshommes sauraient s'abstenir de penser à ce qui peut survenir dans cette bibliothèque ce soir, mais je ne suis pas si vertueux.

La tension s'intensifia. Il venait de formuler sans ambages ce qu'elle-même pensait, mais elle choisit de faire la sourde oreille. Leurs regards se croisèrent, un peu trop longtemps, au-dessus de son bras tendu. Elle craignait qu'il n'ait raison – et d'être incapable de cacher son bouleversement.

Sa main retomba. Il sourit, pour lui-même, cette fois.

— Je vais vous laisser, à présent. Je fermerai à clef la porte-fenêtre du jardin avant de monter. Dormez bien, mademoiselle Pennifold.

3

L'installation de Celia à Wells Street était une mauvaise nouvelle pour Jonathan, bien qu'il ait fort apprécié leur petit échange de la veille. De plus, la jeune femme suspectait que l'autre maison d'Alessandra avait été fouillée… Le lendemain matin, en se levant, il réfléchissait encore aux conséquences de ces révélations sur ses projets.

En effet, il s'était introduit dans la maison d'Orchard Street, avant de revenir dans celle-ci. Il avait constaté l'ordre auquel Celia avait fait allusion. Si elle ne se trompait pas et que la maison avait déjà été visitée, peut-être existait-il un rival qui cherchait les mêmes renseignements qu'Édouard ? Ce rival aurait certainement des intentions moins honnêtes que les leurs. Le premier imbécile venu espérant faire chanter ses clients était capable d'entrer par effraction chez Alessandra pour y trouver des preuves de leur identité.

Oui, il ne pouvait malheureusement pas écarter cette éventualité. Des actes de trahison avaient pu être commis et les responsables devaient s'assurer qu'Alessandra n'avait laissé aucune preuve susceptible de les incriminer.

Jonathan songea à la ravissante jeune femme blonde qui dormait encore à l'étage inférieur. Un homme aux abois était capable de tout. Si Celia tombait sur un intrus, ou si l'on estimait qu'elle en savait trop sur les agissements de sa mère, elle était peut-être en danger. Il se félicitait de sa présence ici. Elle ne voulait certes pas de sa protection, mais pendant quelque temps elle en aurait sans doute besoin. La personne qui s'intéressait tant aux documents d'Alessandra redoutait sans doute que Jonathan lui-même tombe sur des preuves concernant ces événements survenus en Cornouailles, cinq ans plus tôt.

Son esprit s'assombrit, comme toujours lorsqu'il repensait à ce désastre et à son issue tragique. Dans cette histoire, un innocent garçon d'écurie qu'il avait payé quelques shillings pour le guider le long du littoral avait trouvé la mort.

Ce crime était resté impuni. C'est pour réparer cette injustice qu'il avait accepté cette mission et il lui était bien égal qu'une liste des amants d'Alessandra soit découverte et divulguée. Il avait voulu saisir sa chance de régler cette dette.

Quant à la maison de Celia, elle méritait une fouille approfondie à laquelle il pouvait difficilement se livrer sous son nez. La veille, il avait brièvement inspecté les chambres du grenier, à l'exception de celle fermée à clef. Il ne pouvait plus à présent forcer la serrure sans que Celia ne devine qui était le coupable.

Lorsqu'il ouvrit la porte de sa chambre, aucune bassine d'eau ne l'attendait. Il jugeait peu probable que sa logeuse s'occupe de son linge. Celia ne lui faciliterait certainement pas la vie sous son toit, malgré la tension qui avait régné entre eux dans la bibliothèque, la veille au soir.

Il ignorait où elle avait passé les années qui avaient suivi son départ de chez sa mère, mais rien dans son attitude ne suggérait qu'elle avait exercé un emploi de domestique.

Il descendit l'escalier de service. Aucun bruit ne parvint à ses oreilles lorsqu'il passa à l'étage de sa chambre, ni au rez-de-chaussée. Ce fut seulement en émergeant de la cage d'escalier qu'il la vit, assise dans ce salon arrière si lumineux, un carnet de croquis sur les genoux, concentrée sur les portes-fenêtres et sur le dessin qu'elle était en train de réaliser.

Elle portait une robe jaune paille. Avec ses cheveux et son teint clair, elle illuminait la pièce tel un rayon de soleil. Elle lui avait paru adorable à la lueur du feu, la veille, mais à présent cette vision lui coupa le souffle.

Qu'elle tienne une maison close serait du gâchis. Ses insinuations de la veille étaient sûrement destinées à le dissuader de rester.

Elle sursauta lorsqu'il la salua. Ses yeux bleus le parcoururent de haut en bas, mais elle ne réagit pas devant sa mise. Ce n'était que justice, car il n'y pouvait rien s'il n'était pas rasé ni habillé pour sortir. Il ne put cependant s'empêcher d'imaginer les leçons qu'Alessandra avait dû lui dispenser – savoir dissimuler son trouble face à un homme ainsi vêtu, par exemple…

— Je suis venu chercher de l'eau pour me laver.

Le prétexte évoqué pour lui parler était fallacieux. Elle l'aurait vite compris en le voyant revenir du jardin avec un seau.

— Attendiez-vous que je vous en monte ? demanda-t-elle.

Son ton ne dénotait qu'une simple curiosité.

— Bien sûr que non. Vous n'êtes pas une domestique.

— Et encore moins la vôtre !

Le ton irrité de Celia l'aiguillonna.

— En revanche, d'ordinaire le linge de lit est fourni lorsqu'on loue une chambre. J'ai peu de besoins, mais il me faudrait des draps.

Elle se contenta de lui lancer un regard peu amène avant de se replonger dans son dessin. Il partit puiser de l'eau froide et revint en se demandant s'il devait la faire chauffer devant sa cheminée.

— Sortirez-vous aujourd'hui ?

Sa question le cueillit au pied de l'escalier.

— C'est probable. D'ici à une heure, pendant un petit moment.

— Bien, dit Celia sans lever les yeux de son dessin.

Son ton distrait et dédaigneux provoqua le diable qui sommeillait en lui. Il posa le seau et vint regarder le dessin par-dessus son épaule.

Il représentait la pièce, avec une perspective fidèle, des étagères de part et d'autre des portes-fenêtres et des tables basses.

— Vous avez hérité du talent de votre mère, dit-il en laissant son regard dériver vers sa coiffure sophistiquée.

L'inclination de sa tête laissait voir de fines mèches folles au creux de sa nuque élégante. Son seul souffle pouvait les faire virevolter tant il était près et il percevait même son parfum de lavande.

Le crayon de Celia resta en suspens et elle leva les yeux vers lui, assez rapidement pour remarquer que ce n'était plus le dessin qu'il regardait.

Elle rosit légèrement, croisa un instant son regard, signifiant qu'elle avait vu ce qu'il faisait et n'en éprouvait ni choc ni dégoût. Comme la veille et contrairement à ses habitudes, il ne prit pas la peine de dissimuler l'intérêt qu'il lui portait.

Une foule d'images assaillirent soudain son esprit. Agréables. Érotiques... Elle était belle et désirable et, malgré sa prétendue indifférence, elle partageait son attirance, cela ne faisait aucun doute. Néanmoins, qu'elle suive le même chemin que sa mère ou vive dans une vertueuse réclusion, Celia n'était pas pour lui.

Elle reporta son attention sur le dessin, comme si elle était parvenue à la même conclusion.

— Vous la connaissiez bien, je vois. Je ne lui ai moi-même découvert ce talent que lors des derniers mois passés sous son toit, à l'époque.

— Il suffit d'un dessin pour savoir si quelqu'un a du talent.

— Et vous n'en avez vu qu'un ? Ou davantage ?

Il hésita. Il avait pour habitude, quel que soit le sujet, d'en révéler le moins possible. En particulier si la question était importante pour l'interlocuteur et concernait l'une de ses missions. Une remarque anodine pouvait toujours poser problème.

— Elle dessinait et peignait, quand elle venait ici, répondit-il. J'en ai donc vu un certain nombre.

— Ses dessins sont-ils ici ?

— Je suppose, oui.

Elle leva la tête vers les chambres invisibles, aux étages supérieurs.

— Je les verrai peut-être aussi, dans ce cas, dès que j'aurai le temps d'inspecter le contenu de cette maison. J'ai d'abord à m'occuper d'autres choses. De cette pièce, notamment.

Jonathan faillit lui demander ce qu'elle comptait en faire, de même que de ces étagères. Mais il reprit son seau et monta les marches.

Inspecter... Quel mot étrange ! Quels que soient les motifs de cette inspection, il serait sage qu'il y procède avant elle.

Les bruits de bottes résonnèrent dans l'escalier puis s'atténuèrent tandis que M. Albrighton montait l'eau à sa chambre.

Elle avait espéré qu'en constatant son manque d'hospitalité il élirait domicile en un lieu où l'on veillerait mieux sur ses soucis domestiques. Mais non, cela n'avait pas semblé le contrarier et il continuait à s'intéresser à elle plus qu'il ne l'aurait dû.

Si elle accentuait trop ses efforts pour le mettre dehors, il risquait de rester délibérément, comme pour la défier.

Son impolitesse n'avait abouti à rien, ce matin. Il était temps de se montrer plus subtile... Du reste, elle détestait se montrer discourtoise et s'y prenait certainement très mal. Mais comment feindre la nonchalance face à une personne dont la simple vue vous faisait battre le sang et dont le souffle faisait parcourir de délicieux frissons sur votre corps ?

Elle l'imagina là-haut, à attendre que l'eau chauffe et se rappela qu'il n'avait pas de linge de toilette.

Alors, Celia posa son croquis et monta dans sa chambre pour aller chercher une pile de draps et de serviettes à l'intention de M. Albrighton. Cela ne signifiait pas pour autant qu'elle approuvait sa présence sous son toit, ni qu'elle était sa soubrette. Non, c'était une simple question d'hygiène.

Sans aller jusqu'à marcher sur la pointe des pieds, elle monta l'escalier en essayant de ne pas faire de bruit afin de laisser le linge devant la porte et de disparaître avant même qu'il ne remarque sa présence.

Un long couloir desservait le grenier, flanqué de trois portes d'un côté, deux de l'autre. Trois d'entre elles étaient ouvertes. Elle tendit l'oreille.

Rien. Doucement, elle emprunta le couloir. En passant devant les pièces, Celia jeta un coup d'œil à l'intérieur. Toutes étaient meublées de lits simples et d'armoires. Si elle envisageait d'avoir d'autres locataires, il y avait assez de place.

En s'approchant de l'escalier de service, elle remarqua que l'une des deux dernières portes n'était pas totalement close. Un mince rai de lumière sur le sol du couloir obscur indiquait qu'elle était entrouverte. Il n'en émanait toutefois aucun bruit, aucun mouvement.

Elle tordit le cou et regarda dans l'entrebâillement. Elle embrassa brièvement des yeux la fenêtre ouverte et un bureau couvert de papiers et de livres. Puis M. Albrighton capta toute son attention.

Torse nu et les cheveux défaits, il se tenait face à la fenêtre ouverte et lui tournait le dos. Elle suivit la courbe de ses épaules jusqu'à ses hanches, fascinée par la force athlétique dissimulée auparavant par ses vêtements.

Les bras tendus de part et d'autre du corps, il tenait dans chaque main un livre lourd et épais. L'effort se lisait sur ses muscles durcis, virils, aussi précisément dessinés que s'ils avaient été ciselés par un sculpteur. Ses mains dégageaient une vigueur impressionnante sous leur charge.

Hypnotisée, elle oublia son intention de déposer le linge discrètement. En le regardant, en vérité, elle oublia tout. Depuis combien de temps se tenait-il ainsi ? Les volumes devaient lui paraître plus lourds à chaque instant, car ils pesaient bien près d'une vingtaine de livres chacun.

Il releva les mains jusqu'à ce que les ouvrages se rejoignent au-dessus de sa tête puis, lentement, douloureusement, il les baissa, faisant saillir les muscles de ses épaules et de ses bras. Malgré le froid qui pénétrait par la fenêtre, des gouttes de sueur faisaient luire sa peau.

Il était magnifique et Celia, envahie par une soudaine vague de désir, rougit.

Il leva de nouveau les livres, puis les fit redescendre. Cette fois, il ne s'arrêta pas et continua l'arc de cercle jusqu'à ses hanches.

Puis il se retourna, face à elle.

Elle s'était déplacée pour mieux le distinguer par l'embrasure de la porte. Quand il plongea les yeux dans les siens, il comprit aussitôt qu'elle l'avait observé et elle vit ses prunelles briller d'un éclat amusé. Celia ne pensa même pas à se montrer gênée. Elle perdit tout bonnement l'usage de la parole et demeura immobile, le linge entre les mains, incapable de détourner les yeux. Son torse était aussi harmonieux que son dos et, de face, son corps était sublime.

— Vous avez le droit d'entrer, dit-il.

Il laissa tomber les volumes sur le lit, où elle vit une simple couverture.

— Vous êtes ici chez vous.

— Je... je vous ai apporté des...

Elle leva les bras.

Il ne fit pas l'effort de venir la délester et continua à la regarder sans bouger.

Elle se ressaisit suffisamment pour feindre une assurance qu'elle était loin d'éprouver et franchit le seuil pour aller déposer la pile de linge sur le lit.

— Mais vous le ferez vous-même.

— Naturellement.

Elle n'avait plus qu'à partir. Se sauver au plus vite. Mais il se tenait si près d'elle, maintenant... Seigneur, quelle splendide vision ! Elle avait l'impression qu'il l'avait clouée au sol grâce à quelque pouvoir invisible qui lui immobilisait les jambes.

Elle entreprit de jeter un coup d'œil autour d'elle, un coup d'œil de propriétaire, mais jamais le corps de Jonathan ne quittait son champ. Elle remarqua encore la quantité de livres et de papiers. Et cette fois, elle vit également les pistolets. Au nombre de trois, alignés sur le bureau, à côté des outils servant à les nettoyer. Que pouvait faire un homme muni de trois pistolets prêts à servir ?

Il remarqua son intérêt.

— Ils ne sont pas chargés.

— C'est bon à savoir. Je craignais que vous n'ayez l'intention de tuer quelqu'un.

— Pas aujourd'hui.

Il sembla deviner sa perplexité.

— Vous n'avez rien à craindre de moi.

Elle était encore trop troublée pour réagir avec trop d'ironie.

— En êtes-vous si sûr ?

— Non, vous avez sans doute raison. Mais pas de cette façon, en tout cas, ajouta-t-il en montrant les pistolets.

Non, pas de cette façon... Elle tenta de se libérer de ce dangereux envoûtement, même si cela lui réclamait un effort considérable.

— Vous auriez dû enfiler une chemise en me voyant, lui reprocha-t-elle.

Il avança vers elle et posa doucement les doigts sur son menton. Des doigts fermes, légèrement rugueux. Son regard plongé dans le sien était trop intense. Beaucoup trop...

— Vous avez passé une année chez Alessandra. Vous n'êtes pas une sainte-nitouche. N'attendez pas que je mette les formes ni que je vous traite comme si vous étiez une enfant candide et non une femme désirable.

Elle frémit au contact de sa main. Elle n'était capable de rien d'autre que de lever la tête vers lui, vers ses yeux noirs si proches des siens. Il allait l'embrasser, elle en était certaine. Elle devrait reculer, l'en empêcher. Elle devrait...

Jonathan ôta sa main, alla vers la cheminée et souleva le seau.

— Vous pouvez rester si vous le souhaitez. Ou prendre vos jambes à votre cou si vous estimez devoir le faire.

Il versa l'eau dans la bassine et lui lança un regard par-dessus son épaule.

— Je dois vous prévenir, cependant. Si vous êtes toujours là lorsque j'en aurai terminé, je ne vous laisserai pas repartir de sitôt...

Dans un élan de lucidité, Celia se tourna vers la porte. Pas assez vite, cependant, car elle eut le temps de voir le linge mouillé qu'il passa sur sa peau lisser sensuellement ses muscles parfaits.

La réaction laconique de Celia en apprenant qu'il sortait poussa Jonathan à penser que ses investigations devraient attendre le lendemain. Elle semblait heureuse qu'il quitte la maison parce qu'elle avait l'intention d'y rester.

S'il continuait à laisser paraître son inclination à la séduire, elle finirait par refuser tout contact avec lui. Il ne s'agissait cependant nullement d'une stratégie de sa part, hélas. En vérité, ses avances répondaient à des impulsions qui n'avaient pas grand-chose à voir avec sa mission.

En chevauchant vers l'ouest, une heure plus tard, il découvrit qu'il s'était trompé quant aux occupations de Celia pour la journée. Devant lui, une femme blonde conduisait un cabriolet tiré par une jument alezane. Elle était vêtue d'une robe paille, semblable à celle de Celia, sous une pelisse lilas.

Elle ne portait pas de chapeau malgré la fraîcheur. Ses boucles blondes avaient été minutieusement coiffées pour former un chignon qu'il reconnaissait.

Il aurait dû faire aussitôt demi-tour et profiter de son absence, mais il ralentit et la suivit, curieux de savoir où elle se rendait. Ses cheveux et son dos l'attiraient irrésistiblement et il admira un instant son maintien.

Elle emprunta des petites rues et finit par s'engager dans une ruelle à l'ouest de Hanover Square. Posté en retrait, il la regarda immobiliser la voiture, tendre les rênes à un homme et disparaître dans un jardin.

Il avança au pas jusqu'à l'endroit où elle s'était arrêtée, stupéfait. Il connaissait très bien cette maison et il n'aurait jamais imaginé que la fille d'Alessandra y serait reçue.

— Vous m'espionnez, Albrighton ?

La question parvint à ses oreilles au moment même où celui qui la posait surgit, sortant d'une écurie de l'autre côté de la ruelle. L'homme s'essuya les mains avec un mouchoir tandis que ses yeux bleus interrogateurs fixaient Jonathan.

— Si un jour je vous espionnais, Hawkeswell, vous ne le sauriez jamais.

— Vous surestimez votre subtilité. Que diable faites-vous à inspecter l'arrière de mon jardin ?

Mieux valait se montrer le plus succinct possible.

— C'est un raccourci que j'empruntais.

Le comte de Hawkeswell sourit, ce qui n'adoucit guère son expression critique.

— Cette fois, vous sous-estimez mon intelligence. Puisque vous ne m'avez pas demandé pourquoi j'ai accueilli moi-même cette voiture au lieu de laisser un domestique s'en charger, j'en déduis que vous savez qui tenait les rênes. La raison de ma discrétion excessive n'est pas celle que vous croyez.

Jonathan éprouva une vive contrariété en entendant Hawkeswell prétendre qu'aux yeux de tout observateur extérieur, la visite de Celia ne pouvait que lui être destinée.

— Je ne me suis posé aucune question, répondit-il avec un léger temps de retard, après avoir maîtrisé son accès de colère. Je vous répète que je passais par là, voilà tout.

— Naturellement.

Hawkeswell ouvrit la grille.

— Laissez donc votre cheval et entrez. Ma femme me confine au boudoir, ce matin. Nous pourrons y prendre le café.

Jonathan mit pied à terre, attacha son cheval et suivit Hawkeswell dans le jardin. Des allées sillonnaient de ravissants massifs, chacun semblable à une retraite paisible, à l'abri des regards. Enfin, ils atteignirent une serre et montèrent les quelques marches menant à la terrasse. Son hôte le conduisait directement au boudoir.

Du café était servi. Ils prirent place dans des fauteuils capitonnés et burent comme deux vieux amis qui ne s'étaient pas vus depuis quelque temps. L'humeur, cependant, n'était pas si badine.

— Notre visiteuse est l'amie de ma femme Verity, déclara Hawkeswell, brisant le silence. C'était également une amie de la femme de Summerhays, Audrianna. Elles vivaient toutes les trois dans le Middlesex chez une femme nommée Daphné Joyes. Elles se trouvent actuellement dans la bibliothèque, où elles discutent de mode et de Dieu sait quoi encore.

— Je comprends dans ce cas votre souci de discrétion concernant cette visite. C'est injuste, mais ainsi va le monde.

— Vous savez donc qui elle est ? En ce qui me concerne, je ne l'ai appris que tout récemment. Même Verity ne connaissait pas son passé jusqu'à la mort d'Alessandra Northrope. Imaginez notre surprise lorsque l'avis paru dans un journal à scandales évoquait sa fille, une certaine Celia Pennifold ! J'aurais dû insister pour que Verity mette fin à cette amitié, bien sûr. Mais...

Il haussa les épaules.

Le comte de Hawkeswell aimait trop sa femme pour le lui imposer et cette dernière aimait trop Celia pour prendre l'initiative de rompre. Jonathan n'avait jamais rencontré lady Hawkeswell, mais sa loyauté en disait long sur elle, même si son attitude n'était pas raisonnable.

— Je suis convaincu qu'il n'y a aucune raison de penser que Mlle Pennifold ressemble à sa mère, lui confia Hawkeswell, comme tant d'autres s'étaient confiés avant lui.

Au moins, cet homme savait à qui il livrait le fond de sa pensée. Ils avaient fréquenté l'université ensemble et Hawkeswell était l'un des rares amis de Jonathan. Le temps, la distance et leurs charges respectives avaient relégué cette amitié au rang de souvenirs, mais elle existait toujours, du moins dans l'esprit de Jonathan.

— C'est généreux à vous d'avoir permis que cette amitié perdure.

— Généreux ?

Hawkeswell s'esclaffa.

— Mon Dieu, vous n'y connaissiez rien au mariage, n'est-ce pas ?

— Aux mariages réussis, non.

Hawkeswell se détourna du sujet pour s'intéresser à son hôte. Jonathan fut aussitôt sur ses gardes. L'expérience l'y avait habitué.

— Je suppose que vous ne me direz pas pourquoi vous la suiviez.

— Si vous êtes déterminé à penser que tel était le cas, attribuez-le simplement à un homme distrait de ses projets par une belle dame.

C'était, il l'admettait, la stricte vérité, et Hawkeswell s'en amusa.

— Voici une réponse oiseuse à souhait ! J'en déduis donc que vous avez un excellent motif. S'agirait-il de l'une de vos missions ?

— Ridicule !

— En effet, mais pas nécessairement faux. Après tout, vous êtes ici et plus dans le Staffordshire. Il doit également y avoir une raison à cela.

— La vie citadine me manquait, tout comme à vous.

— Et vous aviez terminé ce que vous aviez à y faire, n'est-ce pas ? Je suppose que vous ne remercierez ni Summerhays, ni Castleford, ni moi, pour notre aide.

Hawkeswell faisait allusion à une mission récemment accomplie par Jonathan, pour laquelle son oncle Édouard l'avait accusé de se montrer trop indépendant. L'arrivée inopinée et inattendue de Hawkeswell dans le Staffordshire l'automne précédent avait failli anéantir une enquête en cours depuis des mois.

Jonathan ne leur en voulait pas d'avoir résolu le mystère, il ne tenait simplement pas à en discuter. Il n'avait pas le droit de parler de son travail pour les Affaires intérieures, ni même de reconnaître qu'il œuvrait pour le ministère.

Il émit un son signifiant sa dérobade et l'autre n'insista pas.

— Resterez-vous longtemps en ville ?

— Un mois, peut-être.

— Dans ce cas, dînons ensemble un de ces soirs ?

— Avec plaisir. Pour l'heure, je dois prendre congé. Ravi d'être tombé sur vous à l'improviste.

— Si vous suivez Mlle Pennifold dans toute la ville, Albrighton, je pense que cela se reproduira.

4

En fin d'après-midi, Celia parcourait de long en large le salon sophistiqué de la maison d'Orchard Street, à Mayfair. M. Mappleton, l'exécuteur testamentaire ventripotent et aux cheveux clairsemés, lui détaillait les mauvaises nouvelles qu'il s'était contenté d'évoquer lors de leur brève rencontre de la veille, juste avant l'enterrement.

— Il faut donc vendre cette maison pour rembourser ses dettes. Avec son mobilier, cela devrait suffire à solder le plus gros. Le carrosse devra être vendu aussi, mais vous pourrez garder le cabriolet et la jument alezane.

— Et la maison de Wells Street ?

Elle pria intérieurement et attendit le verdict.

— Il semble qu'elle puisse être épargnée. Cependant, si de nouvelles dettes surgissent, ma foi…

M. Mappleton se tamponna le front avec son mouchoir. Il détestait annoncer ce genre de nouvelles aux héritiers.

— L'héritage est bien modeste, hélas. En tant qu'avoué de votre mère, je lui ai conseillé moins d'extravagance, sachez-le. À maintes reprises.

— De grâce, ne vous reprochez rien. Ne pensez pas non plus que ma mère n'a tenu aucun compte de vos conseils. Cependant, sa profession lui imposait une certaine déraison. Il est aussi crucial de soigner les apparences pour une femme telle que ma mère que pour une duchesse.

Celia examina les soieries coûteuses qui drapaient les fenêtres et le mobilier de facture classique. Chaque élément du camaïeu étudié de bleus et d'ivoire avait été judicieusement choisi pour refléter le bon goût afin que ces messieurs en visite se sentent chez eux. Autant d'illusions importantes à entretenir.

Rien n'avait changé dans cette pièce depuis qu'elle avait abandonné cette maison et sa mère, cinq ans plus tôt. Celia et Alessandra s'étaient rencontrées à l'occasion, depuis, mais jamais sous ce toit. Excepté lors des derniers jours de sa mère.

— Cette propriété est-elle déjà entre les mains d'un agent immobilier, monsieur Mappleton ?

— Je prévoyais de m'en occuper après vous avoir expliqué la situation. Je reviendrai demain pour dresser un inventaire et voir quel montant peut être espéré pour la vente.

Celia s'arrêta devant une table en acajou où était posé un vase chinois. C'était l'endroit précis où elle s'était trouvée lorsque Anthony lui avait dit, gentiment mais fermement, qu'elle s'était méprise sur ses intentions.

Quand il avait prétendu qu'ils resteraient ensemble pour toujours, elle avait cru qu'il voulait l'épouser. Elle avait cru qu'il la sauverait. Pauvre sotte !

Non, elle n'était pas sotte. Elle était jeune et amoureuse. Et trop naïve encore, malgré les leçons de sa mère – dont elle s'était juré de se souvenir désormais.

Elle ferma les yeux, s'attendant à revivre la désolation de cette journée. Le sentiment ne revint pas, sinon très faiblement. Les blessures étaient cicatrisées depuis longtemps. Cinq années chez Daphné, près de Cumberworth, lui avaient laissé le temps de grandir.

Elle n'en voulait même plus à Anthony. À l'évidence, un jeune homme de bonne famille aussi fortuné que lui ne pouvait pas épouser la fille d'Alessandra Northrope. Ces choses-là étaient régies par des règles. Non seulement Celia les connaissait, maintenant, mais elle acceptait leur toute-puissance.

— La maison n'étant pas encore en vente, j'aimerais examiner les affaires personnelles de ma mère avec plus de soin qu'hier, monsieur Mappleton. Je ne prendrai rien de valeur. Cependant, si je trouve des papiers personnels, des lettres, par exemple, j'aimerais les emporter. Le puis-je ?

— Si vous me promettez de ne pas dévaliser la maison, j'accepte, oui, plaisanta-t-il avec un petit sourire contraint. Je n'ai toujours pas trouvé de livre de comptes dans la bibliothèque. Si vous le dénichez, merci de le laisser en évidence à mon intention.

Elle acquiesça.

— Faudra-t-il que vous restiez auprès de moi ? J'aimerais lui faire mes adieux seule. L'enterrement était une expérience étrange et lointaine. C'est ici qu'elle a vécu toute sa vie, qu'elle a rendu son dernier souffle et c'est ici que s'attarde encore son âme.

M. Mappleton la considéra avec un tel sérieux qu'elle eut peur de le voir pleurer.

— Je n'ai pas à troubler vos adieux, je pense. Puis-je vous dire, mademoiselle Pennifold, que votre mère était une femme merveilleuse et lumineuse ?

Lorsqu'il eut pris congé, Celia monta dans la chambre d'Alessandra.

Elle refoula la nostalgie suscitée par le lieu et les odeurs familières. C'était ici, dans l'intimité de cet appartement, qu'elle avait reçu la plus grande partie de ses leçons. Sa mère s'installait dans la chaise longue tapissée de soie vieil or et lui expliquait les rouages du monde. Après lui avoir appris à s'habiller et à se comporter en parfaite hôtesse, c'est tout naturellement qu'elle en était venue à lui enseigner comment toucher le cœur des hommes... entre autres secrets intimes.

Des souvenirs plus récents estompèrent les autres. C'était aussi dans cette chambre que sa mère avait été alitée. Elles n'avaient guère parlé, les dernières semaines de sa maladie, mais Alessandra avait formulé le souhait que sa fille prenne sa succession, évoquant la gloire, les triomphes et la renommée. Elle lui avait arraché la promesse de réfléchir sérieusement à la place qui l'attendait avant de rejeter définitivement son offre.

Celia inspecta le tiroir du petit secrétaire. Son contenu ne révélait rien de particulier, mais l'agencement des objets l'avait laissée perplexe, la veille, lorsqu'ils avaient brièvement cherché ces livres de comptes, M. Mappleton et elle. Alessandra n'était pas femme à ranger ainsi papiers et courriers.

Celia glissa les lettres dans son réticule et se dirigea vers l'armoire. Les magnifiques vêtements d'Alessandra, provenant tous des meilleures modistes, brillaient comme autant de fleurs magnifiques dans la lumière de l'après-midi. Ils seraient vendus avec le reste.

Elle examina les bijoux que renfermaient les tiroirs de la coiffeuse en se demandant si l'un d'eux avait été offert par son père, cet inconnu. Aucun coffret ne lui donna d'indice.

Rien ici ne l'aiderait à découvrir son identité. Elle monta au grenier, mais les différentes pièces ne renfermaient que quelques vieux meubles. Elle redescendit et alla dans la bibliothèque, où elle s'assit devant l'élégant secrétaire marqueté. Rien d'intéressant dans les tiroirs, hormis une collection d'assiettes anciennes, mais là encore, Celia remarqua l'ordre étrangement méticuleux.

Sa mère en était-elle responsable ? Sentant que sa fin était proche, avait-elle voulu mettre de l'ordre dans ses effets ?

Pourtant, Celia ne pouvait s'empêcher de penser que quelqu'un était venu ici après le décès.

Son père ? S'il ne voulait pas que l'on connaisse son identité, il avait pu venir, ou envoyer quelqu'un s'assurer que rien ne risquait de compromettre son anonymat. Cette idée l'attrista. Il pensait probablement qu'elle lui réclamerait de l'argent ou exploiterait son nom... Alors qu'elle n'aspirait qu'à combler un vide qu'elle avait toute sa vie porté dans son âme.

Elle continua à explorer le secrétaire. Au fond d'un tiroir coulissant, ses doigts touchèrent quelque chose. Elle sortit un papier plié sur lequel était inscrit son nom.

Curieuse, elle l'ouvrit.

Ma chère Celia,

Si tu as trouvé ceci, c'est que tu cherches certainement des bijoux ou de l'argent, ou une preuve de son identité. Je peux te faire gagner du temps. Tu ne trouveras rien de valeur ici et apprendre qui est ton père ne peut que te faire du mal.

Pour préserver mon train de vie, j'ai dû me défaire de nombreux cadeaux au fil des ans. Je te l'ai souvent dit, ton véritable héritage consiste en ton éducation. Tu es plus belle que moi, plus aimable et tu chantes merveilleusement bien. Tu as déjà prouvé que tu sais te débrouiller seule. La façon dont tu décideras de le faire ne dépend que de toi. Je ne m'inquiète pas pour ton avenir, ce qui m'est une grande consolation.

Sache qu'à l'exception d'une grande passion amoureuse, tu es la seule personne que j'aie jamais aimée. Je souhaite de tout cœur que tu viennes avant que cette maladie ne m'emporte, mais je comprendrais que tu ne le fasses pas.

Maman.

Celia fixa la lettre et la douleur qui la fuyait depuis des jours fit soudain voler son cœur en éclats. Sa vue se brouilla. Elle était venue, oui, brièvement. Comme il aurait été terrible de lire cette lettre, si cela n'avait pas été le cas !

S'abandonnant à son chagrin, Celia pleura toutes les larmes de son corps.

— Admets que le projet est idéal, Daphné ! Il permettra à *Fleurs rares* de se développer tout en te soulageant d'une partie du travail, déclara Celia deux jours plus tard.

Daphné réfléchit à la proposition qui lui était faite. Son visage délicat, encadré de cheveux blonds soigneusement coiffés, restait serein.

— Je ne nie pas qu'il soit raisonnable. Je n'avais jamais envisagé d'avoir une associée, voilà tout. Et je pensais aussi que tu reviendrais vivre à la maison, au lieu de t'installer ici.

Le soleil qui inondait le salon de prédilection de Celia, à l'arrière de la maison de Wells Street, mettait en valeur le teint translucide de Daphné. Même par temps gris, cette pièce serait lumineuse. Comme l'avait tout de suite senti la jeune femme, avec son exposition et ses portes-fenêtres, c'était le lieu idéal pour entreposer des plantes.

Ces dernières années, le commerce de Daphné, *Fleurs rares*, avait prospéré. Elle fournissait régulièrement en fleurs ou en plantes provenant de ses serres et jardins près de Cumberworth certaines des maisons les plus cossues de Mayfair.

Transporter tous ces végétaux pour les livrer aux horaires requis était devenu difficile. Une succursale de son activité ici, à Londres, où les charrettes pourraient déposer les végétaux, faciliterait grandement l'acheminement des commandes.

— Cette pièce sera suffisamment chaude pour accueillir les plantes quelques jours, même en hiver. L'été, les fleurs coupées pourraient être entreposées dans le garde-manger et le sous-sol, reprit Celia.

— Je te concède que cette maison correspond parfaitement à nos besoins. Si j'hésite, c'est pour ne pas t'obliger à courir le risque d'une association. Nous pourrions travailler de la même façon sans que tu t'engages ainsi.

— J'ai à ma disposition l'argent que j'ai économisé sur ma rente du vivant de ma mère ; je préférerais que tu l'acceptes et devenir ton associée. Même si je ne perçois qu'un petit pourcentage, cela me fournira la source de revenus nécessaire pour vivre ici. Tu auras l'usage de cette maison et je m'occuperai des livraisons.

Daphné prit place dans un fauteuil en osier. Elle, toujours si calme et maîtresse d'elle-même, fronçait les sourcils et son regard était voilé.

— Ce n'est pas ta proposition qui me trouble, Celia. Je sais qu'elle sera fructueuse. Mais... tu es donc déterminée à nous quitter pour de bon ? questionna-t-elle en levant vers son amie des yeux emplis d'émotion.

Celia contourna le siège, se pencha et entoura par-derrière les épaules de Daphné. Puis elle posa la joue contre le visage de son amie.

— J'ai dépendu de toi trop longtemps. Je te serai éternellement reconnaissante pour le foyer que tu m'as offert pendant cinq ans, mais il est temps que je me prenne en main.

— Je sais que tu fais cela à cause des ragots. Je me fiche du qu'en-dira-t-on et je ne t'abandonnerai pas...

— Tu ne peux pas changer le monde, Daphné. Si l'on me sait sous ton toit, ton affaire en pâtira. Notre association restera discrète, afin de préserver ton commerce et ta réputation, tout en me procurant un gagne-pain.

Daphné ne répondit pas et Celia sentit que son amie était contrariée. Elle ne supportait pas l'injustice.

— J'ai vingt-trois ans, Daphné. Je dois de toute façon réintégrer le monde et c'est l'occasion rêvée. Je l'aurais fait même si mon nom n'était pas associé à celui d'Alessandra. Nous resterons cependant proches, quelle que soit ta décision.

— Si *Fleurs rares* périclite, tu pourrais perdre cette maison.

— Qui parle de péricliter ? Nous allons prospérer, au contraire.

Daphné posa la main sur le bras protecteur de Celia.

— Ce serait tellement plus facile d'avoir un lieu où regrouper les fleurs avant les livraisons, soupira-t-elle.

Celia revint se poster devant elle, lui prit les mains et la fit se lever.

— Tu ne le regretteras pas. Et moi non plus. Avec mon investissement, tu pourras construire une nouvelle serre et nous vendrons des fruits hors saison à des prix prohibitifs. Quand il y aura un excédent de fleurs, nous le céderons aux filles de Covent Garden. Et nous...

Daphné lui tapota la joue.

— D'abord, Audrianna est partie, puis Verity, et maintenant toi...

— Nous nous verrons si souvent que tu auras l'impression que je ne suis jamais partie. Et il te reste Katherine et Mme Hill.

— Oui, tu as sans doute raison.

Daphné prit son réticule.

— Eh bien, je vais rentrer, écrire à mon avoué pour lui expliquer cette association et m'occuper de tout cela aussi vite que le permet le règlement de la succession de ta mère.

Celia la raccompagna à la porte, où Daphné marqua un arrêt.

— Je comprends les raisons que tu as de vivre ici, Celia, mais je n'aime pas te savoir seule. J'aurais dû t'apporter mon pistolet.

— Je ne resterai pas longtemps seule et pour l'instant je n'ai rien à craindre.

Elle se sentait un peu coupable de ne pas parler de M. Albrighton à Daphné, mais la révélation susciterait trop de questions auxquelles elle ne connaissait pas les réponses.

Daphné la quitta sur un baiser et Celia la regarda monter dans le cabriolet en songeant qu'à vingt-sept ans, il serait temps peut-être que Daphné renonce elle aussi au sanctuaire de sa maison.

— Êtes-vous certaine de vouloir installer cette étagère ici, mademoiselle Pennifold ? Ce sera étrange...

Thomas, un garçon d'une quinzaine d'années, tenait la planche de la deuxième étagère en fronçant les sourcils. Sa structure se trouvait face aux fenêtres et non contre un mur. Celia lui avait pourtant montré les plans et expliqué son projet.

— Absolument, Thomas. Ainsi, les plantes les plus hautes ne feront pas d'ombre aux plus basses.

Il haussa les épaules et cloua la planche.

Dans le courant des derniers jours, Celia avait fait connaissance avec les boutiques du voisinage en expliquant sa nouvelle activité et avait annoncé qu'elle cherchait un garçon s'y connaissant en menuiserie. Le père de Thomas, drapier de son état, avait été ravi de proposer les services de son fils.

Thomas utilisait plus de clous qu'elle ne l'avait prévu. Pendant qu'elle calculait combien elle devrait en racheter, un subtil remue-ménage à l'étage lui apprit que M. Albrighton s'affairait.

Il avait affirmé qu'il passerait inaperçu. Elle découvrait, cependant, qu'il était impossible de faire abstraction de sa présence dans la maison.

Elle savait par exemple que, dans la journée, il était là la plupart du temps. Ses pas sur le parquet lui rappelaient qu'elle ne disposait pas d'une entière intimité ni d'une isolation parfaite.

Chaque matin, il descendait chercher son eau vers 10 heures. Elle avait pris l'habitude de guetter le bruit de ses pas dans l'escalier. Jamais plus il ne s'était montré torse nu, mais il n'était pas non plus entièrement habillé. Il ne portait ni cravate ni gilet, bien sûr, puisqu'il n'était pas rasé. Il enfilait cependant une chemise, afin de ne pas être tout à fait inconvenant quand il la croisait.

Les cheveux noirs longs et détachés, le cou exposé, le chaume d'une barbe naissante sur les joues, tout cela rappelait à Celia qu'il sortait du lit. Même son salut très poli la déstabilisait et lui rappelait qu'il n'était pas loin, quand elle était allongée dans son lit, à la fois rassurée par sa présence et consternée par l'émoi dans lequel cela la plongeait.

Au son de ses pas, elle sut qu'il descendrait très bientôt au jardin.

— Il va falloir d'autres clous, Thomas. Voici de l'argent, veux-tu aller en acheter vingt supplémentaires chez M. Smith ?

Thomas posa son marteau, tendit sa main calleuse et quitta la pièce d'une démarche dégingandée de poulain.

Dès qu'il fut dehors, les bottes résonnèrent dans l'escalier et Celia se concentra de nouveau sur ses étagères. De quelle couleur les peindre ? En vert ? En blanc ? Elle s'obligea à détourner ses pensées de son pensionnaire, dont la présence la troublait plus que de raison.

À son corps défendant, elle se languissait de chacune des rares apparitions de M. Albrighton. Elle avait envie qu'il déménage et en même temps qu'il reste. Elle appréciait leurs brèves conversations et son allure sensuelle et dangereuse avant qu'il ne s'habille pour sortir en ville.

Ridicule ! Cette attente pitoyable était le signe d'une trop grande solitude. Il faudrait qu'elle engage une gouvernante si c'était la seule manière de ne plus être obnubilée par lui.

— Vous fabriquez quelque chose, à ce que je vois…

Sur le seuil, M. Albrighton contemplait les deux étagères inférieures. Il s'avança et souleva le marteau.

— Vous en chargez-vous seule ?

— J'ai engagé un jeune garçon. Je viens de l'envoyer chercher des clous. Les coups de marteau vous ont réveillé ?

Elle avait laissé Thomas commencer à l'aube pour agacer son locataire.

— Non, je me lève de bonne heure.

— Et que faites-vous donc ?

— Venez donc satisfaire votre curiosité et le constater en personne. Vous n'êtes pas montée au grenier depuis longtemps, n'est-ce pas ?

Le souvenir du premier matin lui revint en mémoire et Celia se sentit rougir. Elle n'avait rien oublié.

— J'ai eu de quoi m'occuper, dit-elle en montrant les étagères.

— Ah… je craignais de vous avoir fait peur.

— Pourquoi aurais-je peur de vous ?

Il haussa une épaule.

— Je produis cet effet sur certaines femmes.

Probablement en raison de la façon qu'il avait de les regarder. Le sang de Celia battit plus fort dans ses veines sous son regard brûlant qui ne la quittait pas.

Il s'amusait à la taquiner, mais elle ne devait pas se laisser impressionner.

— Peut-être ont-elles peur de votre coiffure si passée de mode : cela dénote une certaine témérité de votre part.

— Voulez-vous que je les coupe ? Je n'aimerais pas que vous me pensiez téméraire.

— Fi donc ! Mais ne changez rien pour moi. J'ai autre chose à faire de mon temps que m'intéresser à la coupe de cheveux d'un locataire. Même si vous en changiez, je ne m'en rendrais pas compte.

— Je suis blessé, mademoiselle Pennifold. Moi qui croyais que vous m'attendiez tous les matins pour me saluer.

Elle sentit de nouveau le rouge lui monter aux joues. Il la laissa, mortifiée à l'idée qu'il l'avait percée à jour et sortit avec son seau.

Quelle fatuité ! Mais il ne s'était pas trompé : Celia évitait le dernier étage à cause de lui. Eh bien, elle y retournerait un de ces jours, maintenant qu'elle avait pris ses quartiers. Elle voulait savoir quels biens sa mère y avait laissés.

Elle le regarda se diriger vers le fond du jardin, puis remonter l'allée, son seau à la main, perdu dans ses pensées.

C'était un bel homme. Et malgré l'aura de mystère mêlée de danger qui émanait de lui, ses yeux et ses taquineries trahissaient une certaine intimité, une certaine... amitié. Le mélange était séduisant et elle dut se répéter qu'il n'était qu'un étranger, pour elle, ou presque...

Une chose était cependant certaine : le sang de Celia n'était pas le seul à accélérer quand ils se regardaient. Elle connaissait le désir masculin sous toutes ses formes et toutes ses manifestations. Et c'était une experte qui lui avait appris à le déceler, à le sentir, à le manipuler à bon escient.

Trente minutes après que M. Albrighton eut disparu au grenier, des cris et des sifflets, au-dehors, vinrent rompre la quiétude de la journée.

Celia avança d'un pas vif vers le salon et regarda par la fenêtre. Thomas était planté dans la rue, le visage rouge et la posture rigide, entouré d'autres garçons. Elle n'aurait su dire s'il avait envie de se bagarrer ou de pleurer.

— Comme ça, tu es à son service ? le nargua l'un de ses bourreaux. On ne sait pas qui des deux rend service à l'autre, pas vrai ?

Il rit de sa blague et se tourna vers ses amis.

— Tu t'en es trouvé une belle, Tom, se moqua un autre. Il paraît que sa mère était une cocotte. Avec de chics voitures et tout ça ! Tu ne crois pas que tu es encore un peu jeunot pour elle, non ? Tu as besoin d'un coup de main ?

Il agita ses sourcils avec un sourire concupiscent.

Ils continuèrent à chahuter Tom de la sorte sans le laisser sortir du cercle. Ce n'étaient que de jeunes imbéciles, mais Celia eut le cœur serré.

Quelqu'un dans le quartier avait appris qui elle était et cela s'était répandu comme une traînée de poudre. Tout serait différent, à présent...

Elle ferma les yeux et essaya de surmonter le désespoir qui l'envahissait. Bien qu'elle n'en ait jamais réellement fait les frais, elle savait depuis des années que , tôt ou tard, elle serait exposée à des jugements cruels. Sa mère l'avait prévenue qu'elle serait victime du mépris d'autrui, mais Celia n'avait pas escompté qu'elle souffrirait autant.

Alessandra avait-elle usé d'un nom d'emprunt, lorsqu'elle se rendait dans ces boutiques ? Peut-être n'avait-elle jamais côtoyé ces gens et restait-elle cloîtrée chez elle ?

Les voyous se mirent à malmener Tom, le mettant au défi de brandir le poing qui déclencherait une bonne rossée. Elle aurait voulu lui épargner cela, car il n'était pas de taille à lutter contre ces vauriens.

Soudain, du coin de l'œil, elle vit approcher quelqu'un. Un grand homme bien habillé, à l'allure déterminée. M. Albrighton s'arrêta devant le petit groupe, dont les quolibets attirèrent son attention. À cet instant, le plus audacieux des garçons se détacha des autres pour s'approcher de la porte de Celia et lui décocher une œillade. Ses amis se désintéressèrent de Tom pour l'encourager.

Un bras apparut soudain, s'opposant au garçon, aussi solide qu'une barre de fer.

— Où allez-vous ainsi, jeune homme ?

— J'ai à faire dans cette maison, ôtez votre bras si vous ne voulez pas qu'il lui arrive des bricoles.

— Vous n'avez rien à faire ici si ce n'est pas votre maison. Allez vous-en !

— C'est vous qui allez partir. On n'aime pas les étrangers, par ici. Vous cherchez des ennuis, ma parole, et à cause d'une putain, en plus ?

M. Albrighton baissa le bras. Avec un rictus triomphant, le garçon fit encore un pas, mais une main de fer se posa sur son épaule et l'immobilisa.

Soudain, les yeux du jeune homme s'agrandirent et ses genoux ployèrent. La douleur lui déforma le visage.

Un instant plus tard, il pivotait et traversait la rue vers ses amis, comme si le diable était à ses trousses. Livide, il se retourna vers l'homme qui lui avait tenu la dragée haute sans même user de violence.

— Sale putain, gronda-t-il. Mon argent est aussi bon que celui d'un autre et je...

— Et vous ne ferez rien qui insulte la personne vivant dans cette maison. À présent, disparaissez et ne revenez plus, sans quoi je devrai revenir m'en mêler.

Les garçons partirent en traînant des pieds. Tom se précipita vers la maison, déposa quelques clous et pièces sur la marche du perron et disparut sans demander son reste. M. Albrighton ramassa l'argent et les clous puis frappa à la porte.

Celia réprima son humiliation et ouvrit. Les garçons les regardaient, du bout de la rue.

— On a laissé ceci pour vous.

Avec son grand sourire, M. Albrighton essayait d'effacer l'incident, mais elle crut y lire de la pitié, ce qui ne l'embarrassa que davantage. Elle feignit de prendre la chose avec humour.

— Telle mère, telle fille, semble supposer le monde entier.

— Votre locataire ne suppose rien de la sorte. Par ailleurs, contrairement à une bande de jeunes novices, il ne juge pas les gens sur la façon dont ils choisissent de vivre.

Il prit une carte de visite dans sa redingote et la lui tendit de sorte que les garçons ne pouvaient manquer de la voir.

— S'ils vous posent encore des problèmes, faites-moi la grâce de me prévenir.

Celia garda la carte entre les mains afin que les observateurs la distinguent. M. Albrighton s'inclina et s'éloigna.

Elle baissa les yeux sur la carte, qui ne portait que son nom. Elle ne révélait rien... tout comme l'homme qui venait de la lui tendre.

5

Le café situé à côté de *Gray's Inn* était bondé à midi. Des avoués et des étudiants logeant dans le quartier y lisaient les journaux en fumant des cigares. Des bruits de verres ajoutaient quelques notes musicales au bourdonnement des conversations.

Jonathan aperçut son oncle sur un divan et alla le rejoindre. En guise de salut, Édouard haussa un sourcil interrogateur.

— Quelques éléments inattendus se sont greffés à ma mission, déclara Jonathan. La fille d'Alessandra a élu domicile dans la maison de Wells Street. Elle la quitte rarement. Il me faudra des jours avant de pouvoir poursuivre mes recherches.

Édouard n'était pas au courant qu'il louait une chambre dans cette demeure – d'ailleurs, personne ne le savait. Jonathan restait délibérément vague quant à l'endroit où il avait vécu pendant la guerre et cette précaution était devenue une habitude qui lui laissait une grande marge de manœuvre. Il préférait rencontrer les gens dans leur monde plutôt que de les inviter dans le sien.

— En d'autres termes, tu n'as pas progressé, constata Édouard.

— J'ai inspecté la majeure partie du grenier, sans rien trouver d'intéressant.

— Et l'autre maison ?

— Je m'y suis rendu le soir de l'enterrement, mais quelqu'un m'avait devancé. La fille d'Alessandra, ainsi qu'une autre personne, selon elle. L'absence de tout document personnel tend à prouver qu'elle a raison. À moins qu'Alessandra n'ait rien laissé, sachant que tout serait fouillé.

Édouard but une gorgée et demanda :

— À ton avis ?

Jonathan songea à la demi-mondaine avec qui il avait souvent conversé. Comme beaucoup d'autres, Alessandra s'était parfois confiée, mais sur aucun sujet qui pût faire avancer sa mission.

— À mon avis, sachant sa fin proche, elle a dû brûler ou cacher tout ce qui pourrait l'accabler. Même le livre de comptes a disparu, en supposant qu'elle en ait tenu un, comme le prétend sa fille.

— Curieux que celle-ci ait choisi de s'installer dans la maison. Elle a dû comprendre, vers l'âge de dix-huit ans, qu'elle pourrait aisément succéder à sa mère. Elle était très jolie. Les hommes n'attendaient que le moment où Alessandra la lancerait dans la profession – et dans le monde.

— Vous êtes bien renseigné à son sujet.

Édouard rougit jusqu'à la racine des cheveux.

— De grâce ! Tout le monde le savait. Même toi. Alessandra a suscité l'intérêt de la haute société londonienne pendant un an en exhibant sa fille et en examinant les propositions dans l'espoir de mettre la main sur la fortune du premier protecteur sérieux. Quand la fille s'est sauvée…

— Celia...

— Oui, Celia. Sa fuite a alimenté bien des ragots dans les cercles que je fréquente.

Édouard posa sa tasse.

— Ainsi, elle est revenue en ville ? Eh bien, la rumeur ne va pas tarder à se propager ! Même si elle n'est plus aussi jeune, j'en connais qui seront probablement toujours très intéressés.

— C'est une maison modeste et je n'ai pas l'impression qu'elle envisage de suivre les traces de sa mère. Apparemment, elle compte y vivre en toute tranquillité.

Il mentait avec aplomb, car Celia avait clairement insinué qu'elle envisageait de faire venir d'autres femmes, mais il supposait que c'était un prétexte pour le faire fuir.

— Donnons-lui un an et elle se pavanera au théâtre dans de belles robes de soie échancrées, affirma son oncle.

— Les professions des femmes étant ce qu'elles sont, celle-ci n'est pas si mal, si on l'exerce comme le faisait Alessandra.

Édouard s'amusa de la remarque.

— J'oublie toujours que tu ne vois pas les choses sous le même angle que le reste du monde. Y compris les putains, apparemment.

— Étant moi-même le fils de la maîtresse d'un homme de pouvoir, je suis mal placé pour condamner les autres.

— Naturellement, je ne voulais pas dire...

Édouard rougit de nouveau et décida de reprendre un café.

— À propos de puissants, quand revoyez-vous le comte ?

Édouard tenta de masquer sa déconvenue, mais Jonathan devina aussitôt la réponse.

— Thornridge m'a encore éconduit. Il a compris quel sujet je voulais aborder et refuse d'en discuter.

— Il n'a jamais voulu en débattre. Ce n'est pas nouveau. Faites-lui bien comprendre que je ne désire pas d'argent.

— Il ne le croira pas. Nous savons tous deux pourquoi il refuse d'admettre que vous êtes le fils bâtard de feu le comte. Il est convaincu que ce ne sera que la première de vos revendications.

Jonathan se garda de réagir, mais une rage contenue bouillonnait dans son sang. Le rejet de Thornridge était inexcusable. Il connaissait la vérité et avait même dû exécuter les volontés du comte concernant l'éducation de Jonathan. La pension, Jonathan l'avait récusée des années plus tôt, persuadé que continuer à la percevoir signifiait se retirer du monde. Mais Thornridge restait déterminé à refuser la reconnaissance qui lui faciliterait la vie.

Édouard avait été le seul membre de la famille à lui offrir cette reconnaissance, mais même cela était resté confidentiel et présenté à l'époque comme la première étape d'une longue procédure.

Une procédure qui durait depuis des années...

— Peut-être devrais-je m'imposer, à présent, mon oncle.

Édouard grimaça.

— Je comprends ton impatience, mais laisse-moi continuer à me renseigner pour ton compte.

— Je me demande simplement si mes propres recherches ne pourraient pas se montrer plus fructueuses. Je suis devenu une sorte d'expert en la matière, en huit ans.

— Mieux vaut t'en abstenir. S'il se met à soupçonner que tu cherches des témoins, il te détruira. Et je ne pourrai pas l'en empêcher.

— Il n'a pas ce pouvoir. Aucun homme ne l'a.

— Tu es bien placé pour savoir que certains le détiennent, toi qui leur as parfois servi d'agent.

Un accès de colère le transperça, teinté d'amertume, cette fois.

— Uniquement pour la bonne cause.

Surtout pour la bonne cause, corrigea-t-il pour lui-même, mais pas « uniquement », hélas.

— Ne le provoque pas. Sois patient et laisse-moi arranger les choses à ma façon.

Jonathan se leva avant que son reste de bonne volonté ne soit épuisé.

— Pour l'instant, je m'en remets à vous. Il serait bon, cependant, que la situation progresse rapidement.

Il sortit d'un pas indiquant que, malgré ses efforts, il ne maîtrisait pas la colère dans laquelle le plongeait toujours l'évocation du comte de Thornridge. Un homme raisonnable aurait depuis longtemps baissé les bras et trouvé une forme de paix.

Alors qu'il quittait le café, il manqua heurter un valet de pied en livrée qui attendait devant l'établissement. L'homme se redressa d'un bond en le voyant.

— Monsieur Jonathan Albrighton ?

Jonathan hocha la tête et le domestique lui tendit une lettre. Jonathan examina le papier scellé et, surpris, il l'ouvrit.

Mardi. Vingt heures. Whist.

Castleford.

Quand Celia se réveilla, le lendemain, le ciel était lourd et chargé. Elle avait dormi plus qu'elle n'en avait eu l'intention. Avec tout le travail qui l'attendait, elle n'aurait pas dû se lever si tard.

Elle enfila une robe de chambre et se drapa dans son châle le plus chaud. M. Albrighton n'était pas le seul à devoir aller puiser son eau. La petite excursion au jardin alors que le vent soufflait assez pour ébranler les volets ne la tentait guère.

En ouvrant la porte de sa chambre, elle aperçut un seau rempli d'eau. Elle y trempa un doigt. Il était là depuis assez longtemps pour qu'elle ait eu le temps de se réchauffer un peu. Comment M. Albrighton savait-il qu'elle n'était pas encore levée ? Peut-être lui aussi la guettait-il le matin ? se dit-elle en souriant.

En s'habillant, elle entendit des coups de marteau. Cela lui rappela qu'elle devait remplacer le jeune Tom. Une tâche de plus à ajouter à sa liste déjà longue…

Lavée, coiffée, chapeau et pelisse à la main, Celia descendit l'escalier. Les coups résonnaient plus fort à chaque marche et soudain elle comprit qu'ils venaient de l'arrière de la maison.

En s'approchant, elle entendit une voix de femme.

— Je pense qu'il faudrait un menuisier.

— Elle a décidé que des clous suffiraient, répondit M. Albrighton.

— S'ils sont enfoncés correctement, c'est possible, fit la voix suave et patiente, mais légèrement critique.

C'était la voix de Verity ! Pourquoi diable venait-elle ici sans s'annoncer et en présence de Jonathan ?

Celia entra dans la pièce. M. Albrighton était là, en chemise et gilet, un marteau à la main. La construction des étagères avait bien progressé. À côté, dans sa tenue de voyage saphir avec le dessin du plan sur les genoux, était assise Verity, amie de Celia et épouse du comte de Hawkeswell.

— Ah, te voilà ! J'ai trouvé la porte du jardin ouverte et me suis permis d'entrer visiter ta nouvelle maison. Ton charpentier m'a dit que tu étais montée faire un somme, aussi l'aidais-je en t'attendant.

Celia alla l'embrasser.

— J'espère que mon amie ne vous a pas importuné, monsieur Albrighton. Vous vous seriez passé, je pense, du genre d'aide qu'elle vous apporte.

— Cette dame me juge à peine compétent, en effet.

Il disposa une nouvelle planche avec une fermeté.

— Je vous ai simplement encouragé à mieux faire, mon ami ! N'importe quel imbécile peut attacher deux planches s'il a vingt clous sous la main. Je considère que ni le travail du forgeron ni l'argent de mon amie n'ont à être gaspillés.

Jonathan eut un sourire crispé. Celia s'attendait à ce qu'il informe Verity qu'il n'avait jamais été charpentier et se contentait d'essayer de se montrer utile. Au lieu de cela, il ravala ce qu'il avait envie de dire :

— C'est tout à fait juste, madame. Je comprends votre inquiétude quant à ma gabegie.

— Excusez mon amie, monsieur Albrighton, qui est chère à mon cœur. Je vous présente lady Hawkeswell. Les comtesses ont le souci du détail, vous savez.

— Mes excuses, madame, dit-il en s'inclinant. Naturellement, en tant que comtesse, vous êtes accoutumée à un travail plus expert.

— En tant que comtesse, je serais bien incapable de faire la différence entre un travail d'expert et un autre. Si je suis pointilleuse, c'est parce que j'ai grandi dans un univers entièrement différent de celui qui est devenu le mien.

Il prit un clou.

— Accordez-moi encore une demi-heure et tout devrait être terminé. Mademoiselle Pennifold, si vous voulez distraire lady Hawkeswell, je ne vous en voudrai pas.

Celia bondit sur l'occasion de clore cette épineuse conversation. Elle enfila son chapeau et noua les brides.

— Allons faire un tour dans le jardin, Verity, nous échapperons au bruit du marteau.

Celia emmena son amie, qui ne cessait de jeter des coups d'œil par-dessus son épaule, les sourcils froncés.

— Viens me dire ce que tu penses de ce parterre, à côté du bosquet, l'encouragea Celia en l'entraînant vers le fond du jardin.

— Ton charpentier n'est pas très compétent, lui dit Verity. L'as-tu engagé pour son pouvoir de séduction ?

— Je n'ai plus la moindre idée de qui me l'a recommandé. Regarde plutôt. Je crois qu'il doit déjà exister des bulbes plantés ici, non ?

Verity coula un nouveau regard vers la maison. Et se rembrunit derechef. Elle regarda tour à tour Celia et la maison, puis reprit :

— Il portait de bien jolies bottes. Pour un charpentier, j'entends. Sa chemise et son gilet, aussi...

— Tu ne vas tout de même pas reprocher à un homme de prendre soin de son allure !

— Je m'inquiète davantage de savoir comment un charpentier aussi malhabile peut s'offrir une telle garde-robe. Nous ne devrions pas le laisser seul dans la maison. C'est peut-être un de ces hommes qui se font passer pour des commerçants afin qu'on le laisse entrer chez soi et qui vous dévalisent ensuite.

— Ne sois donc pas si soupçonneuse. Écoute, si je pense qu'il y a ici des bulbes, c'est que les arbres au-dessus doivent faire de l'ombre aux autres fleurs dès le printemps. Je voudrais en ajouter encore cet automne et j'aimerais que tu me conseilles.

Verity leva les yeux vers les arbres. Puis elle planta son regard dans celui de Celia.

— Je ne pense pas faire preuve d'une méfiance démesurée. Cependant, ne me serais-je pas trompée en le prenant pour ton charpentier ?

Celia contempla le sol riche en terreau. Des histoires et des explications lui vinrent à l'esprit, toutes plus farfelues les unes que les autres.

— Qui est cet homme pour toi, Celia ?

Celia dut percevoir la note de gaieté dans la voix de Verity. En levant les yeux, elle vit le joli visage de son amie exempt de toute inquiétude, à présent. Une lueur espiègle brillait dans ses yeux.

— Ce n'est pas ce que tu crois, se défendit-elle.

— Quel dommage !

— Verity !

Son amie éclata de rire.

— Que veux-tu, il est très séduisant, et un bel homme qui se sert de ses mains... même pas très bien, en l'occurrence, cela continue à m'attirer, quel que soit l'amour que je porte à Hawkeswell.

Elle jeta un regard en direction de la maison.

— Raconte... C'est un ordre, sans quoi j'irai imaginer Dieu sait quoi.

— C'est un locataire, voilà tout. Un problème supplémentaire à régler. J'ai hérité de lui comme des meubles et il refuse de s'en aller malgré toutes les misères que je lui fais.

— Il se peut que ce soient justement ces misères qui le retiennent. J'ai comme l'impression, maintenant que j'y pense, qu'il est devenu encore plus irrésistible dès que tu es entrée dans la pièce.

Ainsi, Verity avait remarqué leur attirance, tout à l'heure, durant leur bref échange. Celia pensait que cela provenait d'elle et du petit frisson qu'elle avait ressenti en voyant Jonathan planté là, en bras de chemise, sa silhouette mise en valeur par son gilet et son pantalon moulant.

Verity lui prit le bras et l'encouragea à marcher.

— Tu devrais installer chez toi un chaperon.

— J'en ai bien l'intention ! Je ne suis pour rien dans la présence de cet homme ici.

— Non. Mais tu dois y être plus attentive que la plupart des autres femmes.

Celia songea à l'altercation de la veille.

— Je commence à me demander si l'attention que j'y porte suffira et si, par conséquent, elle est nécessaire. Tu as eu la bonté de ne pas tirer de conclusions hâtives à son sujet et il a eu la grâce de ne pas s'étonner que tu passes par le jardin et non par la grande porte. Mais il ne sert à rien de me voiler la face. Ma réputation est déjà souillée, que je chasse ou non l'héritage vivant que m'a fait Alessandra.

Verity rougit et ses yeux bleus s'embuèrent.

— Je n'ai à aucun moment pensé qu'il était ton amant, Celia. Je te taquinais. Quant à mon entrée discrète, j'en suis sincèrement désolée. Je dirai à Hawkeswell que j'ai désormais l'intention de te saluer au parc et de te rendre visite comme à n'importe quelle autre amie. Il est injuste que…

— Pas question. Je n'en veux ni à toi ni à ton mari. Sincèrement. J'ai toujours su comment iraient les choses. Je ne te reproche rien, je ne me sens pas insultée. Par moments, je suis découragée en réalisant que je ne gagne rien à être vertueuse et cela m'agace. Voilà tout. J'ai déjà perdu ma réputation aussi sûrement que si j'avais accepté mon premier protecteur à dix-sept ans.

Elle regretta aussitôt de s'être montrée aussi directe. Mais Verity n'exprima aucun reproche et se contenta de continuer à marcher.

Elles regagnèrent le massif d'arbustes, à côté du puits. Celia songea au seau d'eau qui l'avait attendue devant sa porte. C'était fort aimable de la part de M. Albrighton. Sans doute éprouvait-il de la pitié après l'épisode de la veille, avec les jeunes garçons.

— Ce printemps, après avoir vu ce qui sort de terre, nous pourrons décider quelles nouvelles variétés ajouter, déclara Verity.

— Tiens, tu t'intéresses enfin aux plantations, Verity. N'aurais-tu donc rien à dire à propos du sujet que je viens d'aborder avec si peu de pudeur ?

— Je n'ai pas encore tout à fait assimilé la découverte de ton histoire personnelle, Celia. Je ne l'ai connue que récemment.

— Je n'en avais parlé qu'à Daphné. Si quelqu'un d'autre a appris la vérité, c'est par hasard.

— Je ne te reproche pas de ne pas t'être ouverte à moi, je suis la dernière personne en droit de le faire, étant donné les secrets que je vous ai cachés à toutes.

Verity faisait allusion à l'époque où elles vivaient toutes à Cumberworth. Il existait une règle dans la maison : personne ne se mêlait des affaires des autres. Daphné disait que certaines femmes avaient parfois de bonnes raisons de vouloir tourner la page.

D'une manière ou d'une autre, cela avait été le cas pour elles toutes.

Verity, cependant, était allée jusqu'à changer d'identité.

Elles avaient toutes été ébranlées de découvrir, l'été précédent, que la plus calme et la plus circonspecte d'entre elles avait effectué la rupture la plus radicale avec son ancienne vie. Quel soulagement lorsque, rattrapée par son passé, Verity s'était non seulement réconciliée avec, mais avait trouvé un bonheur sans nuages.

— En fait, j'essaie tout simplement d'ajuster à la situation mon propre point de vue, expliqua Verity. Je ne te vois pas différemment, ma chère amie. En revanche, je te vois à une place différente d'autrefois. Et...

Elle se mordit la lèvre, haussa une épaule et poursuivit :

— Et ton allusion ne me choque pas du tout. Je ne pense pas non plus qu'elle choquerait Daphné.

Un petit rire échappa à Celia.

— Je ne sais si je dois me sentir rassurée ou insultée.

— Non, pas insultée, j'espère. Je ne suis pas choquée car, malgré toute ta bonne humeur et ton optimisme, tu as toujours eu les pieds sur terre.

Elle glissa son bras sous celui de son amie tandis qu'elles continuaient à se promener.

— Et il est logique qu'une femme rationnelle comme toi regarde son avenir en face. C'est précisément ce que je te vois faire.

Celia s'immobilisa pour se tourner vers Verity. Aucune censure ne voilait les yeux bleus. Elles avaient appris à s'aimer sans se juger, à Cumberworth.

— Les chemins qui s'offrent à moi sont peu nombreux et pour la plupart peu attirants. Voilà cinq ans que j'y réfléchis, Verity. Je peux rester indéfiniment dans le sanctuaire de Daphné et ne pas mettre en péril la réputation des femmes qui vivent avec moi, loin des yeux et du mépris du monde, mais loin aussi de son agitation. Ou je peux partir loin d'ici, changer de nom et espérer que mon histoire ne me rattrapera pas. Peut-être même, si je suis prête à trouver un homme bon, pourrai-je me marier.

— Ou tu peux mener la même existence que ta mère, qui n'était pas dénuée d'attrait, je crois, ajouta Verity en souriant avec douceur. L'as-tu rejetée, à l'époque, parce que tu la jugeais mauvaise ?

— Je l'ai repoussée parce qu'elle requérait un esprit pratique que j'étais incapable d'avoir à dix-sept ans. Et parce que je ne veux donner à mon père, quelle que soit son identité, aucune raison supplémentaire de me rejeter.

Un souvenir nostalgique l'envahit soudain. Elle détourna les yeux, contempla le massif, les arbres, le ciel.

— Et parce que l'amour ne peut pas exister pour moi, dans cette vie-là. L'affection, certes, mais tout autre sentiment me briserait le cœur à coup sûr.

Verity désigna la maison et le jardin.

— Aussi ma lumineuse et heureuse Celia se trace-t-elle une nouvelle voie. Voilà qui ne m'étonne pas du tout de toi !

Celia se mit à rire.

— Oui, c'est ce que je fais, tu as raison. Et j'ai intérêt à la tracer sans délai, si je veux que les plantes commencent à arriver cette semaine...

Elle pencha la tête de côté.

— On n'entend plus le marteau. M. Albrighton a dû terminer.

Verity leva les yeux au ciel.

— Je vais de ce pas inspecter son travail. Ton M. Albrighton est pétri de bonnes intentions, mais j'aurais dû insister pour qu'il me laisse manier ce marteau.

Elles étaient presque à la porte de la maison lorsque Verity s'arrêta net.

— Albrighton ! Je savais bien que ce nom m'était familier quand tu l'as prononcé. Je me souviens ! Un certain Albrighton est venu rendre visite à Hawkeswell le jour où tu es passée me voir, quand Audrianna était là. Hawkeswell me l'a raconté ensuite. Ce Albrighton s'est occupé de cette déplaisante affaire dans le Staffordshire. Je me demande s'il est de sa famille.

— J'ai l'impression qu'il s'agit du même homme.

Jonathan s'était rendu chez lord Hawkeswell ce jour-là ? Était-il possible qu'il l'ait suivie ? Quelle raison avait-il de le faire ? Pourtant, la coïncidence paraissait par trop extraordinaire.

— Le même homme ? Mon Dieu, fit doucement Verity, comme si elle craignait que quelqu'un l'entende. Je comprends qu'il ait de si belles bottes. Il n'est pas seulement charpentier, c'est aussi un gentilhomme, Celia. D'après mon mari, M. Albrighton est le fils illégitime de feu le comte de Thornridge.

Lorsqu'elles rentrèrent dans la maison, Jonathan avait disparu, laissant le marteau sur l'une des étagères qu'il venait de fabriquer. Qu'il ait terminé la tâche réchauffa le cœur de Celia de la même façon que l'avait fait le seau d'eau posé devant sa porte. Toutefois, un gentilhomme n'avait pas à effectuer de travail manuel. Même bâtard, le fils d'un comte devait se montrer plus prudent.

— Allons examiner ton jardin depuis la perspective de cette jolie fenêtre, déclara Verity. Nous déciderons des plantes à y supprimer afin d'améliorer encore la vue.

Tout en se joignant aux projets de son amie, Celia ne pouvait s'empêcher de repenser à l'étonnante révélation de Verity concernant la filiation de M. Albrighton. Un sentiment étrange vint se loger sous son cœur, assombrissant son humeur.

Elle était déçue, à la vérité, elle éprouvait une joyeuse excitation en sa compagnie et appréciait l'indéniable attirance qui les poussait l'un vers l'autre.

Tout serait différent, désormais : s'il était le fils de Thornridge, il était en droit d'attendre les avantages que pouvait lui procurer son sang. Il en avait eu un avant-goût durant ses études et était reçu dans des maisons telles que celle du comte de Hawkeswell.

M. Albrighton ne voudrait pas se priver de fréquenter les milieux susceptibles de s'ouvrir à lui. Il ne briserait pas les règles de la haute société.

Par conséquent, s'il devait se passer quelque chose entre elle et lui, elle ne pourrait se laisser aller à penser qu'il s'agissait d'autre chose que d'un gentilhomme s'amusant avec une femme pour son simple plaisir.

La situation pourrait se révéler bien cruelle. Et, quoi qu'il arrive, leur naissance à tous les deux affecterait leur relation.

6

La journée avait débuté tardivement et la visite de Verity avait encore retardé les projets de Celia. Il était déjà près de 16 heures lorsqu'elle enfila son chapeau à brides et sa pelisse en laine couleur cuivre. Elle traversa le jardin et emprunta la ruelle arrière pour gagner l'écurie où dormait sa jument.

Elle demandait qu'on fasse atteler l'animal au moment où M. Albrighton arriva. Il attendit que le palefrenier s'en aille et lui emboîta le pas lorsqu'elle s'éloigna.

— Est-il raisonnable de sortir le cabriolet à une heure si tardive, mademoiselle Pennifold ?

— Pas davantage que pour vous de seller votre cheval, monsieur Albrighton.

— Mon cheval est plus rapide qu'une voiture et je suis moins vulnérable en selle que quiconque sur un équipage petit et ouvert.

— Je suis convaincue que vos intentions sont louables. Cependant, je suis déterminée à effectuer une dernière tâche aujourd'hui. Je serai fort prudente, merci.

Au lieu de retourner vers l'écurie, cependant, il continua à marcher à ses côtés.

— Permettez-moi de vous accompagner. Les rues ne sont plus sûres, ces derniers temps, surtout le soir, et vous risquez de vous trouver seule dehors après le coucher du soleil.

— Je ne puis solliciter de vous un tel dérangement. Vous avez déjà consacré votre matinée à la construction des étagères. Si vous manifestez davantage d'égards encore, je deviendrai votre débitrice et cela ne me plaît guère…

Pour un fils de comte, cet homme avait quelque chose d'intrépide. Il se risquait à manier un marteau et voilà qu'il semblait disposé à être vu en public avec elle ! Sans doute supposait-il qu'on lui prêterait une liaison avec une fille de joie et s'en moquait-il.

— Ce n'est en aucune façon un dérangement, mademoiselle Pennifold. J'insiste pour vous chaperonner. Vous savez bien que vous devriez accepter.

Ils s'arrêtèrent devant la remise où étaient entreposées les calèches.

— Où allez-vous ? demanda-t-il.

— À Covent Garden.

— J'insiste doublement pour que vous m'autorisiez à vous accompagner et pas question de refuser ! Il s'est tenu un grand rassemblement là-bas hier, au bord du fleuve et dans les quartiers les plus pauvres, l'agitation n'est pas encore tout à fait retombée.

Ainsi balaya-t-il ses objections. Une fois de plus…

Dix minutes plus tard, il était assis à ses côtés dans le cabriolet et ils démarraient leur petit trajet.

— Où allez-vous exactement, à Covent Garden ?

— Je n'en suis pas certaine pour l'instant. Mais je pense commencer par la place.

Fut-ce une expression rembrunie qui traversa son visage ? Elle en eut la fugace impression, mais espéra qu'il n'allait pas l'empêcher de mener à bien ses intentions.

— Ce n'est pas un quartier où l'on peut flâner ainsi le soir, mademoiselle Pennifold.

— Je n'ai aucune intention de flâner. La personne que je cherche peut se trouver en trois endroits. J'ignore simplement lequel.

— C'est donc une personne que vous cherchez et non un lieu ?

— Voilà. Vous n'aurez qu'à rester dans le cabriolet et je poursuivrai à pied lorsque nous serons arrivés. Cela vaudra mieux.

Il parut sceptique, mais ne l'interrogea pas davantage jusqu'à ce qu'ils s'approchent de la vaste place accueillant le marché. Celia fit arrêter la voiture et se leva pour scruter la foule qui déambulait encore.

— Puis-je vous demander qui vous cherchez, mademoiselle Pennifold ?

Elle plissa les yeux pour examiner les visages à proximité d'un étal de fleurs.

— Je cherche une prostituée.

— Permettez-moi de vous aider. Il est encore un peu tôt, mais... Ah, en voici une, à quelques mètres de la calèche, la voyez-vous ? Elle porte un...

— J'en cherche une en particulier. Vous ne serez certainement pas choqué d'apprendre que la fille d'une putain a des amies dans la profession.

— Vous parlez comme si je devais considérer que cela est inévitable. Eh bien, ce n'est pas le cas, d'autant que la fille de la prostituée en question est l'amie d'une comtesse. Pourquoi désirez-vous trouver cette personne ce soir ?

— Je voudrais lui demander de venir vivre avec moi.

Le silence lui fit tourner la tête.

— Cette fois, vous êtes choqué !

— Pas le moins du monde. Je pensais que vous plaisantiez, le premier soir, mais si vous parliez sérieusement, je comprends votre démarche.

— Pourquoi dites-vous cela ? Presque personne ne la comprendrait.

— Les seules personnes capables de refuser l'attrait de la sécurité et du confort sont celles qui en jouissent déjà. Il est compréhensible que vous changiez d'avis quant au rejet initial que vous aviez fait de cette partie de votre héritage.

— Vous avez l'esprit large.

— Je serais bien le dernier à vous juger si vous décidiez de vous lancer dans cette voie. Mon conseil est d'un autre ordre : vous ne pourrez jamais élever une marchande d'amour et elle ne pourra que vous tirer vers le bas. Je ne doute pas que votre mère vous l'ait expliqué. Aussi je me demande si ce projet est en accord avec les valeurs morales dont vous vous êtes réclamée au cours de notre conversation, dans la bibliothèque...

Naturellement, sa mère le lui avait expliqué. Celia savait aussi que la situation sociale de son premier protecteur déterminerait son rang dans la profession. S'il était puissant, elle exercerait son art dans des salons drapés de soie ; sinon, elle devrait se contenter d'un pont.

Elle réfléchit à la franchise de M. Albrighton tout en examinant encore les étals de fleurs. Il attendait peut-être qu'elle se décide et conclue que le luxe, la sécurité et le confort en valaient la peine. Lui proposerait-il un arrangement, alors, et entretiendrait-il cette tension grisante qui existait entre eux, encore maintenant ? Ou savait-il aussi que, malgré le sang noble qui coulait dans ses veines, il ne pourrait jamais se montrer à la hauteur ?

— La voici ! s'écria-t-elle soudain. Je la vois. Attendez-moi ici, je vous prie.

Elle rassembla ses jupes et s'apprêta à descendre.

Une main lui saisit le bras et elle retomba durement sur la banquette.

— Je vous rapproche et j'attendrai à un endroit où je ne risque pas de vous perdre de vue. Il n'est pas trop tôt pour que les prédateurs soient déjà à l'affût.

Elle trouva son instinct protecteur à la fois charmant et superflu. Elle avait survécu dans ce quartier en des temps bien plus difficiles et savait décourager les importuns.

Il rangea le cabriolet au bord de la place, puis insista pour l'aider à descendre, sans toutefois l'accompagner jusqu'aux échoppes de fleurs. Elle s'y rendit seule et se tint devant l'une d'elles pendant une bonne minute avant que la femme aux cheveux roux qui s'occupait de ses clients la remarque.

— Celia ? J'ai cru que j'avais la berlue !

La femme vint l'enlacer avec une chaleur toute maternelle.

— Quel bonheur de vous revoir, Marian, cela fait des mois.

Marian chassa ces mois d'un revers de la main.

— Si vous êtes venue m'apporter des fleurs, mon petit, j'ai bien peur qu'il soit trop tard pour aujourd'hui. Voyez, il m'en reste encore une bonne quantité et l'heure tourne.

— C'est une proposition, Marian, que je viens vous apporter.

Les yeux verts de la femme reflétèrent la surprise, puis l'amusement.

— Vous êtes bien aimable de penser à moi, ma chérie, mais je suis une poule trop vieille et trop décrépite pour remplir votre poulailler, si vous avez l'intention de reprendre le commerce. Toutes mes condoléances, à propos. Je serais bien allée à l'enterrement en souvenir du bon vieux temps, mais...

— Merci pour vos pensées, Marian. Toutefois, il ne s'agit pas de ce genre d'embauche. Vous m'avez rendu un fier service, il y a cinq ans, en me parlant de Mme Joyes et de sa bonté d'âme. J'aimerais à présent vous rendre la pareille.

Marian montra son étal.

— C'est déjà fait, non ? Cette petite somme que vous m'avez donnée pour démarrer mon commerce et les fleurs coupées qu'il vous reste parfois me sont d'une plus grande aide que vous ne le pensez. Tout cela m'a permis de rester dans ce quartier où je suis née.

Celia s'inquiéta que les liens de Marian à ce quartier entravent à présent sa proposition. Elle ne pensait pas non plus que Marian avait complètement cessé de se prostituer. Si les ventes de fleurs de la journée ne payaient ni le pétrole ni la nourriture, il lui était facile de vendre autre chose à la place. Même en pleine force de l'âge, Marian était une belle femme et pouvait attirer les hommes qui recherchaient un plaisir facile.

— Il faudrait que vous quittiez ce quartier, mais sans aller trop loin, Marian. Vous pourriez y revenir souvent. Je cherche une personne de confiance. Qui pourrais-je trouver de mieux que la femme qui a été mon amie lorsque j'étais seule et perdue ?

Ses larmes l'avaient rendue aveugle au danger de ces rues et à son imprudence. La fuite avait été aussi nécessaire qu'irraisonnée, car en quittant sa mère, elle n'avait eu aucune idée de l'endroit où aller ni de ce qu'elle allait faire.

« *Ces rues sont dangereuses, mon petit. Des proxénètes guettent des filles telles que vous à tous les coins de rue, avec ce visage et ces cheveux, vous ne passerez pas inaperçue. J'ai un peu d'argent de côté, nous allons vous louer une voiture et vous ramener chez vous.* »

Ainsi lui avait parlé la putain rousse, après avoir rudoyé et chassé l'un des proxénètes en question. Quand Celia avait refusé de rentrer, Marian lui avait parlé de la jolie veuve qui venait parfois voir les fleuristes de Covent Garden pour donner aux plus pauvres d'entre elles les fleurs qui lui restaient.

— J'ai hérité d'une maison, Marian. Je vais devenir l'associée de Daphné. J'ai besoin que quelqu'un y vive avec moi et j'ai tout de suite pensé à vous. Ce sera une existence tranquille, j'espère, et je sais que vous conviendriez parfaitement.

Une lueur d'intérêt éclaira les yeux de Marian tandis que Celia lui faisait part de ses projets. Mais la lueur se ternit et Marian chercha des yeux quelqu'un sur la place.

— Je connais une jeune femme qui ferait mieux l'affaire, mon chou. Moi, je suis dans une situation convenable. Mais cette femme, Bella, crève à moitié de faim. Et je sens qu'elle ne va pas tarder à trouver un moyen de gagner sa croûte.

Celia serra Marian dans ses bras.

— Je ne veux pas la prendre à votre place, mais elle est la bienvenue également. Si son destin vous soucie à ce point, j'espère que vous m'aimez assez pour sacrifier la familiarité de cet univers et vous éloigner d'un ou deux kilomètres.

Les yeux de Marian s'embuèrent. Elle avait peur du changement. Elle regarda Celia avec un mélange d'espoir et de résignation.

— Ce ne serait pas correct que vous preniez une femme comme moi à votre service.

— Personne ne connaît votre histoire, Marian. Vous ne serez que la femme respectable qui fait la cuisine pour la fille d'Alessandra Northrope. Si le mépris s'abat sur notre maison, ce ne sera dû qu'à moi.

Marian se redressa alors de toute sa hauteur et parut aussi formidable que la nuit où elle avait affronté ce chasseur de prostituées.

— C'est donc cela qui se passe ? Je vais y mettre un terme, croyez-moi, si des discours de ce genre me reviennent aux oreilles. Ils vont voir à qui ils ont affaire, ceux qui oseront parler mal de vous.

— J'en déduis donc que vous acceptez mon offre !

Celia rit, prit les mains de Marian et lui fit exécuter une petite danse joyeuse jusqu'à ce que la brave femme éclate de rire à son tour. Elles se heurtèrent aux seaux de fleurs et dansèrent jusqu'à ce qu'elles tombent dans les bras l'une de l'autre, à bout de souffle.

— Allons chercher vos affaires et Bella aussi, déclara Celia. J'ai une voiture ici, et un chauffeur qui va nous aider, ajouta-t-elle en désignant le cabriolet.

Marian plissa les yeux dans la direction de Jonathan.

— Est-il aussi beau garçon de jour qu'au crépuscule ?

— Plus encore.

— On dirait un gentilhomme. Que vous veut-il donc ?

Celia fit avancer Marian.

— Rien, je vous expliquerai tout cela plus tard, mais il ne voulait pas que je vienne ici toute seule à la tombée de la nuit.

Marian lui coula un regard.

— Croyez-moi, ma chérie, à voir comment il vous regardait il y a une minute, il veut autre chose.

Jonathan se présenta à la porte de Piccadilly Street à 20 h 45. La façade en pierre de la maison se dressait devant lui, ponctuée par des rangées de fenêtres éclairées.

Les domestiques en perruque, haut-de-chausses et chaussures à talonnettes et portant la livrée des Castleford l'attendaient. L'un d'eux ouvrit la porte dès son arrivée et un autre, à l'intérieur, prit son chapeau et ses gants. Un troisième, dont la redingote était ornée de broderies dorées le désignant comme un officier gradé, le conduisit en haut des marches.

Les plafonds étaient d'une hauteur vertigineuse, couverts de moulures, de dorures et de fresques de dieux grecs en action. Des tableaux ornaient les murs. Comme pour souligner le fait que le duc de Castleford était l'un des hommes les plus riches d'Angleterre, une huile du Titien d'une valeur inestimable, dépeignant Zeus et Ariane, était accrochée sur un mur mal éclairé de la cage d'escalier, laissant deviner la présence d'œuvres plus précieuses encore dans la galerie et les salons.

Le domestique l'accompagna dans un de ces salons, décoré dans un style très en vogue durant les premières années de règne du roi. Le duc actuel n'avait pas changé grand-chose à la décoration en héritant du titre et de la maison. Non par indifférence, bien que son attitude pût le laisser penser. Mais plutôt parce que Castleford aimait le faste de son train de vie ainsi que les références à la royauté et aux privilèges qu'ils suggéraient.

Deux domestiques ouvrirent en grand une porte à double battant à l'extrémité du salon, donnant sur une autre pièce, de proportions plus intimes et considérablement moins dorée. Les larges fenêtres sur trois murs suggéraient qu'elle constituait un refuge bien aéré lors des chaudes soirées d'été, tout en disposant d'une jolie vue sur la ville et le fleuve dans la journée.

Les valets le laissèrent seul et Jonathan regretta de n'avoir que quinze minutes de retard et non trente – ainsi, il aurait peut-être réussi à éviter de rencontrer Castleford en tête à tête… La lettre que celui-ci lui avait envoyée, aussi présomptueuse que l'homme lui-même, tenait davantage de la convocation que de l'invitation. Castleford et lui avaient une désagréable affaire à régler et il ne s'était pas attendu à ce que le duc s'adresse de nouveau directement à lui.

— Vous êtes en retard, Albrighton.

Jonathan pivota. Tristan St Yves, duc de Castleford, se tenait devant la cheminée. L'un des panneaux du mur devait dissimuler une porte.

Vêtu d'une tenue visiblement coûteuse, avec ses cheveux bruns indisciplinés selon la mode du moment et ses yeux diaboliques presque dorés, il parvenait à rappeler que parmi les droits dont jouissait un duc figurait celui de faire ce qui lui passait par la tête et que ceux qui n'étaient pas contents n'avaient qu'à aller au diable…

D'après ce qu'avait entendu Jonathan, les préférences du duc allaient aux prostituées et à l'alcool. Il avait l'air assez sobre, cependant, ce soir-là.

— Je suis plutôt en avance, votre grâce. Votre message parlait de whist, or je ne vois pas les deux autres joueurs.

— Ils arriveront à 21 h 30. Vous avez été convoqué plus tôt.

— J'en suis honoré.

— Ce n'était pas dans cette intention...

— Cela va sans dire, coupa Jonathan.

— Dans ce cas, pourquoi cette remarque ?

— Pure politesse...

— Je vous aurais cru au-dessus de ces ennuyeux rituels.

— Alors j'espérais éviter une dispute, si possible, tandis que je forme des vœux pour que vos autres invités soient en avance.

Castleford se laissa tomber dans un fauteuil capitonné. Son corps et ses manières restaient nonchalants, mais son regard ne quittait pas celui de Jonathan.

Ce dernier aurait finalement préféré qu'il soit ivre.

— Hawkeswell sera en retard. Comme à son habitude. C'est une pose délibérée, chez lui, afin de bien signifier que son titre précède le mien de deux cents ans et que je ne l'impressionne pas. Pour la ponctualité, mieux vaut compter sur Summerhays ; à moins, bien sûr, qu'ils n'arrivent ensemble.

— C'est fort aimable à vous de nous réunir tous sous votre toit.

— Ma foi, nous avons eu nos grands moments ensemble, il y a quelques années. Ce qui nous lie à présent, c'est cette affaire dans le Nord. Il est temps de fêter notre succès.

Jonathan espérait que ce n'était pas réellement le but de la soirée. Tous présumaient qu'il menait une enquête, lorsque Hawkeswell était tombé sur lui dans le Staffordshire quelques mois plus tôt. C'était le cas, mais il ne pouvait pas en parler.

— J'ai entendu dire que les Affaires intérieures vous sont à tous redevables, dit-il. On dit que la question a été résolue plus rapidement grâce à votre aide.

— Grâce à notre ingérence, vous voulez dire ! Je soupçonne que l'issue aurait été différente pour nous également. Je ne pense pas que vous ayez été envoyé pour découvrir la vérité, mais plutôt pour la cacher. Qu'en dites-vous ?

— Vous pouvez penser ce que vous voulez et je ne doute pas que vous le fassiez, quelle que soit ma réponse.

— Je vois qu'il est inutile d'insister. Comme cela vous ressemble ! À propos, l'un de nos pairs fort estimés dans la région a jugé bon de se tirer une balle dans la cervelle la semaine dernière. On appellera cela autrement, naturellement. Un accident ou Dieu sait quoi. Un dernier détail à nettoyer dans cette sale affaire avant de rentrer à Londres, Albrighton ?

— Quoi que vous puissiez penser de moi, je ne suis pas un assassin.

— Les soldats non plus. Et pourtant, des gens meurent par leur faute. Ne vous méprenez pas sur mon compte, je ne vous reproche pas ce dernier détail. Quelqu'un a dû lui faire comprendre que c'était la seule façon de s'en sortir dignement. Je m'apprêtais à me rendre sur place moi-même pour l'en convaincre, si nécessaire.

— Qu'est-ce qui vous en a retenu ?

Castleford étouffa un bâillement.

— Je ne pensais pas qu'il aurait le courage de se supprimer. Or il fallait que ce soit fait, pour le bien de l'Angleterre, mais je n'avais guère envie d'être un de ces soldats, s'il avait besoin d'aide. Et c'est un soulagement qu'il s'en soit chargé lui-même.

À cela près que l'homme en question ne s'était chargé de rien du tout et que Castleford s'en était douté.

Il n'avait pas eu le courage de se supprimer et avait espéré que Jonathan l'y aiderait, tout comme il s'était chargé de tant d'autres choses dans cette regrettable affaire. Il y avait des limites, cependant, à ce qu'un homme pouvait assumer.

Le refus de Jonathan avait été reçu comme un choc par un lâche désireux de mourir dans un « accident » et sans ternir son nom. Jonathan ignorait qui avait finalement appuyé sur la gâchette lorsqu'il avait quitté l'homme. Sans doute quelque domestique compatissant. Ou même sa femme ?

— Vous voulez dire que tout est bien qui finit bien, quelle que soit l'issue.

Il n'aimait pas l'amertume désabusée qu'il reconnaissait dans son propre ton.

— Je suis ravi que vous m'ayez fait venir de bonne heure afin de me donner votre bénédiction – même tardive, ajouta-t-il.

Les yeux dorés se posèrent sur lui et le sourire se durcit. Castleford avait perçu le sarcasme.

— En vérité, je vous ai fait venir tôt afin de vous dire que je ne vous reproche pas ce qui s'est passé en France il y a deux ans. J'ai eu peu d'occasions de vous en informer, depuis.

— Que vous ne me le reprochez *plus*, voulez-vous dire.

— Je ne vous l'ai jamais reproché.

— J'espère que vous ne vous accusez pas. Vous n'aviez pas le choix.

— On a toujours le choix, railla le duc avant de se détendre et de hausser les épaules. Mais le sens du devoir et toutes ces choses-là...

— Oui. Toutes ces choses-là...

Summerhays eut la grâce d'arriver sur ces entrefaites. L'humeur de Castleford s'améliora aussitôt à sa vue.

— J'espère que vous avez apporté une bourse bien pleine, Summerhays. J'ai l'intention de faire équipe avec Albrighton qui, si mes souvenirs sont exacts, ne boit jamais en jouant aux cartes, de sorte que son esprit reste affûté.

— Il est regrettable qu'il ne puisse jouer seul et doive vous avoir comme partenaire ! lança Summerhays.

Il salua chaleureusement Jonathan. Ils ne s'étaient pas vus depuis des années. Encore un vieil ami de l'époque de l'université. Lord Sebastian Summerhays, frère d'un marquis et membre éminent de la Chambre des Communes, en avait su assez autrefois au sujet des activités de Jonathan pour éviter de lui poser des questions.

— Il paraît que vous êtes revenu de France depuis près d'un an, lui dit-il.

— En effet, mais je viens rarement à Londres.

— Mais vous y resterez quelque temps, à présent ?

— Quelque temps, oui.

Summerhays le gratifia d'un sourire devant lequel les femmes se pâmaient.

— Venez donc me rendre visite, je vous présenterai ma femme, Audrianna. Elle m'a parlé de vous.

Jonathan se demanda pourquoi. Sa perplexité dut se voir, car Summerhays ajouta :

— C'est une amie très proche de lady Hawkeswell, qui vous connaît un peu. Bien davantage que moi maintenant, si j'en juge l'intérêt manifesté à la maison.

Summerhays attendit que Jonathan comble les lacunes et satisfasse sa curiosité. Ce dernier se demanda ce que lady Hawkeswell avait révélé ou non de sa visite chez Celia.

Le silence se faisait de plus en plus pesant lorsqu'il fut brisé par Castleford.

— Ah, voici Hawkeswell ! Nous allons pouvoir commencer. Summerhays et vous, Hawkeswell, n'avez qu'à mettre directement votre bourse dans mon coffre, nous allons gagner du temps.

Le comte de Hawkeswell éclata d'un rire moqueur.

— Albrighton, tirons au sort les équipes si vous le désirez. Il est injuste d'obliger Castleford à être votre partenaire, vous n'avez pas les moyens d'assumer les pertes que son esprit infatué va vous faire essuyer.

— Il me semble relativement sobre. Je vais courir le risque.

— Merci, répondit Castleford.

Il baissa les paupières pour toiser Hawkeswell avec hauteur.

— Nous sommes mardi, l'auriez-vous oublié ?

— Mazette, mardi ! renchérit Hawkeswell d'un ton moqueur en écarquillant les yeux.

— Mardi ? Et alors ? s'étonna Jonathan.

Summerhays prit un brandy que lui proposait un domestique et s'assit devant la table de jeu.

— Tristan ici présent ne boit plus le mardi. C'est le jour où il garde ses facultés et se concentre sur ses tâches. Le reste de la semaine…

Il haussa les épaules.

— N'escomptez pas que cela fera une différence, déclara Hawkeswell. Les autres jours le conservent dans une si belle saumure que vingt-quatre heures de sobriété ne suffisent pas à inverser la vapeur – sinon pour lui faire jouer un jeu étrange et subir des pertes colossales. Sincèrement, vous devriez exiger que les équipes soient tirées au sort.

Castleford prit la raillerie d'assez bonne grâce. Il s'était toujours réjoui de sa réputation.

Jonathan tira la chaise située face à celle de leur hôte.

— Si je m'en souviens bien, une moitié de son cerveau a toujours été plus performante qu'un cerveau entier chez les autres. C'est aimable à vous d'avoir programmé la soirée un mardi, Castleford, afin que j'aie une chance de me battre avant d'être ruiné.

— Oh, ce n'est pas pour vous qu'il a choisi ce jour, expliqua Summerhays en distribuant la première donne. C'est à cause des putains.

— Le mardi est le seul jour où elles ne sont pas là, précisa Hawkeswell en examinant ses cartes. Tout autre jour, un visiteur est condamné à en croiser au moins une quelque part dans cette maison, offerte à la convoitise de notre ami. Summerhays et moi étant désormais mariés, nous devrions décliner s'il nous invitait ici tout autre jour que le mardi.

Castleford considéra Summerhays à sa droite avec une pitié résignée, puis Hawkeswell à sa gauche. Enfin, son regard se posa sur Jonathan, en face de lui.

— Une repartie cinglante me titille le bout de la langue, concernant le mariage et les putains. Hélas, je n'ose la lancer car...

— Car l'on pourrait vous jeter le gant, termina Summerhays.

Castleford poussa un soupir théâtral.

— Vous voyez ? Ils sont devenus si assommants que je me demande comment je les supporte encore.

En vérité, je ne les invite plus que le mardi, car c'est le jour où je suis moi-même plutôt ennuyeux. Vous, en revanche, êtes le bienvenu quand vous voulez.

Jonathan n'avait pas escompté voir se rétablir cette vieille et vague amitié, qui plus est aussi facilement. Cela lui donna quelques raisons d'être un brin soupçonneux. D'après les regards échangés par les deux autres, ils trouvaient ce revirement étrange, eux aussi.

— J'en suis honoré. Je ne sais que dire...

— Contentez-vous de votre première annonce. Qu'elle soit bonne, et enterrons ces deux plaisantins !

7

— Voilà qui est donc réglé, annonça Marian. Je m'occupe de la cuisine et de son entretien. Bella fera le ménage et vous aidera à vous habiller.

Elle se tourna vers l'intéressée pour solliciter son assentiment.

Celia opina de la tête. Bella n'avait guère ouvert la bouche depuis qu'elles étaient descendues dans la cave où elle logeait, derrière la boutique d'un papetier. La jeune femme avait bien essayé de s'y créer une sorte de nid, mais l'endroit était sombre et humide et Bella n'avait rien eu à rétorquer lorsque Marian lui avait demandé de rassembler les affaires qu'elle voulait garder et de les suivre.

D'une pâleur et d'une maigreur trahissant une alimentation insuffisante, la jeune femme avait obéi sans exprimer ni joie ni amertume. M. Albrighton, qui les avait conduites dans ce cellier, avait fait preuve d'une grande gentillesse envers elle, prenant son petit baluchon et la rassurant d'une voix douce, comme s'il soupçonnait qu'elle en avait besoin.

Bella était à présent assise sur un tabouret devant la cheminée, savourant la chaleur bienfaisante. Elle n'avait pas participé aux discussions concernant les affaires domestiques, mais elle approuva de la tête.

— Nous allons monter dans notre chambre, lui annonça Marian. Il y en a une grande que nous pouvons partager, du côté opposé à celle où réside ce gentilhomme.

Marian avait été stupéfaite d'apprendre que M. Albrighton habitait la maison. Peu encline à faire confiance à un homme, elle embrasserait probablement le rôle de chaperon, à présent.

— Avant que vous ne vous retiriez, dit Celia, j'aimerais vous faire part de quelques règles qui s'appliquent sous ce toit. Vous les trouverez peut-être étranges, mais mon expérience m'a appris qu'elles contribuent à une coexistence pacifique entre femmes. C'étaient les règles que nous respections toutes chez Daphné.

— Si elles convenaient à Mme Joyes, décréta Marian, elles nous iront certainement aussi.

— La première consiste à ne jamais manifester de curiosité déplacée vis-à-vis de nos histoires ou de nos vies respectives. Ni passées ni présentes. Ce qui signifie, Bella, que si vous ne voulez jamais me parler de votre famille, ni de la façon dont vous vous êtes retrouvée seule, je ne vous demanderai jamais de le faire.

Bella inclina la tête, stupéfaite de n'avoir de comptes à rendre à personne.

— Nous participerons toutes à la vie de la maison dans la mesure de nos possibilités. Vous avez déjà accepté cela toutes les deux en proposant d'aider à l'entretien et au ménage. Lorsque l'on quitte la maison et que l'on envisage de s'absenter plus de temps qu'il n'est raisonnablement attendu, on en informe les autres afin que personne ne s'inquiète.

— Voilà qui est raisonnable, approuva Marian.

— En tant que femmes indépendantes, nous devons nous protéger mutuellement et apprendre à nous défendre nous-mêmes.

C'était là un précepte fondamental qu'elle avait suivi pendant cinq ans.

— Pas de problème, répliqua Marian. J'ai un long entraînement en la matière et je sais que Bella a eu à se défendre une ou deux fois aussi. Pas vrai, Bella ?

— Dans ce cas, nous voilà d'accord sur les règles essentielles, déclara Celia. Il en existe quelques autres, de moindre importance, que je vous expliquerai plus tard.

Marian se leva.

— Je vais préparer un bain dans la cuisine pour Bella et moi, à présent.

— Oui, ce serait bien agréable, dit Bella.

C'était sa première remarque qui signifiait, comme l'espérait Celia, qu'elle avait surmonté sa peur.

Bella fit mine de suivre Marian vers la porte, mais elle se ravisa et revint à petits pas rapides vers Celia. Elle prit sa main dans les siennes et la porta à ses lèvres.

Les yeux fermés, elle déposa un baiser fervent sur la main qu'elle tenait. Puis elle disparut précipitamment pour rattraper Marian.

Quelque temps plus tard, Celia, depuis la bibliothèque, entendit des gloussements et des bruits de pas dans l'escalier de service. Elle posa son livre et écouta Marian et Bella se diriger vers le couloir du grenier et la chambre qu'elles allaient partager.

Il y avait d'autres pièces, là-haut, outre la leur et celle de M. Albrighton. L'une servait au rangement. Celia n'y avait vu qu'une vieille malle, dans le noir, en montrant à Marian les chambres. Le lendemain, ou le jour suivant, elle y monterait enfin pour découvrir ce que sa mère avait laissé dans cette maison, qui avait été son havre de paix. Peut-être y trouverait-elle un indice concernant son père ?

La journée et la soirée avaient été longues et Celia songea qu'elle ferait mieux de se coucher. M. Albrighton n'était pas revenu, mais il veillerait à son retour à ce que les portes soient bien fermées à son retour.

Elle était trop agitée par les événements de la journée pour trouver le repos. La maison, si vide ces derniers jours, était plus vivante grâce aux nouvelles âmes qui la peuplaient. Elle décrocha sa cape du portemanteau, s'emmitoufla dedans et sortit faire une petite promenade dans le jardin avant d'aller dormir.

Elle se dirigea vers le massif d'arbustes et le parterre en friche qui l'entourait. Il avait probablement suffi d'un seul regard à Verity pour qu'elle sache précisément ce qu'il faudrait en faire au printemps. Verity s'était découvert une véritable vocation, lors de son séjour au à Cumberworth. Après avoir appris tout ce qu'elle pouvait apprendre de Daphné, elle s'était renseignée dans les livres et les journaux et avait procédé à ses propres expériences. Son mari lui permettait à présent de nourrir cette passion et lady Hawkeswell entretenait une correspondance assidue avec des experts horticoles dans toute l'Angleterre.

Verity avait eu la bonté de ne pas faire remarquer que le jardin tout entier était négligé. Les brefs séjours d'Alessandra n'avaient pas dû faciliter un entretien régulier. Il y aurait beaucoup de travail à accomplir au printemps.

Celia songea à cela ainsi qu'aux améliorations qu'elle comptait apporter. Puis ses pensées se tournèrent vers sa mère. Elle se représenta l'autre maison, les salons qu'aimait à tenir Alessandra l'après-midi, à la française, et les dîners durant lesquels elle demandait à Celia de chanter.

Les hommes qui fréquentaient ses salons étaient tous bien nés et, nobles ou non, nantis. S'il était un assidu, Jonathan devait faire partie de l'une ou l'autre catégorie. Elle essaya de ne pas s'appesantir là-dessus, car cette pensée la rendait étrangement triste. C'était idiot de réagir ainsi. Elle le connaissait à peine ! Pourtant, l'intimité que représentait le fait de partager la même maison lui semblait à présent brisée. Il existait des règles, dans le monde qu'il fréquentait lorsqu'il quittait cette maison. Des règles qu'un homme comme lui ne perdait jamais de vue.

Elle s'obligea à revenir aux réceptions de sa mère. Les hommes allaient et venaient chez elle, mais plusieurs d'entre eux ressurgissaient très fréquemment. Elle s'efforça de revoir leur visage et de se remémorer les habitués. Était-il possible que son père n'ait pas fait partie que du passé de sa mère ? L'avait-elle croisé, lors d'une de ces réceptions ?

Elle retourna lentement vers la maison sans cesser de réfléchir. En s'approchant de la porte-fenêtre, elle vit une ombre sur la droite, du côté d'un banc de pierre. M. Albrighton était assis là, les yeux brillant comme deux lacs noirs au clair de lune.

— Il fait trop froid pour être assis dans un jardin obscur, non ? dit-elle après l'avoir salué.

— Il fait trop froid pour se promener après minuit, répondit-il.

— Venez-vous juste de rentrer ?

Elle leva les yeux vers la maison et le grenier.

— Elles dorment, maintenant, je suppose, si vous redoutiez le bruit qu'elles feraient, tout à l'excitation de leur première nuit ici.

— Je suis là depuis un moment. Vous êtes passée devant moi sans me voir, tout à l'heure. Vous étiez si absorbée par vos pensées que je n'ai pas osé vous déranger.

Elle s'assit à côté de lui sur le banc et resserra sa cape autour d'elle.

— Pas tant que cela. Je sortais fréquemment le soir marcher un peu, là où j'habitais avant ; les jardins étaient beaucoup plus grands, c'était la campagne, mais assez proche de Londres. Nous y faisions pousser des fleurs et des plantes pour les vendre, dans la propriété de ma bonne amie Daphné. Nous l'aidions toutes de notre mieux.

— Est-ce là que vous êtes allée après avoir quitté la maison de votre mère ?

Celia acquiesça de la tête.

— Puis Verity nous a rejointes les deux dernières années. Et Audrianna, devenue par la suite l'épouse de lord Sebastian Summerhays, a passé également quelque temps avec nous, avant de se marier. C'est ainsi que j'ai fait connaissance avec ces dames de la haute société, au cas où vous vous étonneriez que la femme d'un comte me rende visite.

Elle lui parla de Daphné, de ses serres et de ses jardins, et de l'étrange famille qu'elles avaient toutes créée dans cette maison.

— Et vous voilà toutes parties. Deux pour se marier… et vous ?

Elle rit de son inflexion.

— Vous n'avez pas même haussé un sourcil, cet après-midi, lorsque je suis allée chercher Marian et son amie. Pourtant, vous devez vous demander ce que je mijote. J'ai laissé planer les pires hypothèses, le premier soir. Ne vous inquiétez pas, monsieur Albrighton. Vous ne vivrez pas au-dessus d'une maison close.

— Je ne m'en inquiétais pas, répondit-il placidement.

— Je suis en train de m'associer avec Daphné. Ces étagères vont servir à accueillir des plantes.

Celia lui fit part de ses projets, qu'il écouta avec attention.

C'était un interlocuteur fort agréable et elle finit par tout lui raconter, la maison, le commerce, son désir de se forger une vie à elle…

— Quand je me suis installée chez Daphné, j'étais encore très jeune. Je ne le suis plus, il est temps que je vole de mes propres ailes. Je pense qu'elle le comprend, même si mon départ l'attriste.

— Elle a été fort généreuse de vous accueillir. Elle a dû voir que vous étiez une adorable enfant, mais une enfant néanmoins, qui avait besoin de secours.

— Est-ce l'opinion que vous aviez de moi à l'époque ? Que j'étais une enfant ?

— Oui. Une enfant très innocente et très belle. Trop jeune pour ce que votre mère envisageait.

— À dix-sept ans, j'étais déjà plus vieille que certaines jeunes femmes exerçant cette profession. C'est considéré comme un bon âge pour se marier, également.

— Certaines des filles qui deviennent épouses ou maîtresses à dix-sept ans ne sont pas prêtes. D'autres, si. Ce n'est pas une question d'âge.

Le visage de Celia devint brûlant. Elle savait à quoi il faisait allusion.

— Vous vous rappelez m'avoir vue pleurer, ce jour-là. Vous m'avez donc trouvée trop jeune à cause de ma déception, alors ?

Elle s'était heurtée à lui en fuyant Anthony, alors que M. Albrighton, sur le point de quitter Londres, était venu dire au revoir à sa mère. Aveuglée par les larmes, elle l'avait percuté dans sa précipitation.

Il l'avait rattrapée avant qu'elle tombe, puis l'avait fait asseoir sur les marches et lui avait demandé pourquoi elle pleurait. Elle lui avait tout raconté, à cet inconnu qui donnait étrangement envie de s'épancher. Les mots étaient sortis pêle-mêle et il les avait écoutés, les yeux plantés dans les siens.

Il ne feignit pas d'avoir oublié l'incident.

— Cette déception était excusable, quelle qu'ait été votre maturité, mademoiselle Pennifold.

— Ma mère venait de passer un an à m'apprendre que je ne devais pas me faire d'illusions et elle m'a grondée pour avoir oublié cette leçon capitale.

— Rester insensible aurait signifié que vous étiez déjà blasée. Le chemin est long entre un cœur endurci et la vision que se fait du monde une enfant.

— Voyez-vous toujours cette enfant, parfois, lorsque vous me regardez ?

Il tourna la tête et plongea les yeux dans les siens.

— Absolument pas. Je ne vois qu'une femme belle et désirable, dont la seule présence éclaire ces jardins. Le clair de lune vous trouve telle une jolie fleur blanche. Même là-bas, près du bosquet, vous étiez rayonnante, dans la nuit.

— Vous m'avez donc observée, de votre banc ? Pourquoi ?

— Vous le savez bien.

Oui, elle le savait. Mais son aveu donna aussitôt à leur bavardage intime une nouvelle profondeur. Une tension délicieuse s'installa, chargée de sensualité et d'excitation interdite.

— Peut-être regrettez-vous que je n'exploite pas un autre genre de commerce, le taquina-t-elle pour alléger l'atmosphère, soudain vibrante de séduction.

Elle continuait cependant à se demander s'il n'était pas resté pour voir ce qu'elle accepterait de l'héritage maternel, comme il l'en avait menacée le premier soir.

— Peut-être, en effet.

Voilà. Elle ne pouvait pas dire qu'elle n'avait pas été avertie. Pourtant, là, avec le lien nouveau qui se tissait entre eux, les conséquences lui semblaient négligeables. Il était trop séduisant, comme l'avait fait remarquer Verity, pour que Celia s'y arrête.

Il tourna la tête vers elle de nouveau et Celia vit son sourire se muer en une autre expression, qui fit courir un délicieux frisson dans tout son corps. Elle se délecta de cette sensation et de toutes les autres petites réactions que suscitait ce magnétisme entre eux. À son soulagement, les découvertes de la journée n'avaient finalement rien gâché. S'il existait un gouffre social entre eux, cet attrait mutuel le comblait – du moins, pour l'instant.

Il remua la main, hésita, puis posa la paume sur sa joue. Son contact était chaud et sec. Elle retint son souffle et sentit le lien invisible se resserrer encore.

« *Laisse-les toujours sur leur faim. Qu'ils ne te croient jamais conquise. Surtout avant le premier baiser...* »

Foin des leçons de sa mère ! Sentant venir ce premier baiser, elle ne voulait pas que des mots viennent briser la magie de l'instant.

Quand la bouche de Jonathan Albrighton se posa sur la sienne, son cœur bondit dans sa poitrine. « *Sois attentive au langage de ton corps. Savoure le plaisir. Ne combats rien et au lieu d'une corvée l'amour sera le jeu le plus délicieux qui soit...* » Celia n'aurait pu combattre ni rester sourde à quoi que ce soit, même si elle l'avait voulu. Elle n'avait aucun besoin de se concentrer pour trouver le plaisir : elle en était inondée.

Un baiser. Un baiser plus long que n'aurait dû l'être un baiser volé dans un jardin. Et un simple contact. Cette main sur sa joue, celle d'un homme qui maîtrisait subtilement la situation. Une présence, sombre, intense et inconnue, mais qui l'emplissait, l'envahissait, la poussant à exiger toujours plus.

Pourtant, elle savait que son désir ne serait pas satisfait. Elle savait que cela n'irait pas plus loin alors même que son corps, élevé à une sensibilité divine, réclamait davantage. Alors même que cet homme la fascinait, elle savait que ce baiser n'était pas spontané, mais calculé. C'était certes une première étape, mais peut-être n'y en aurait-il pas d'autre...

Celia ne fut pas surprise de ce qui arriva et n'arriva pas, de ce qu'il prit et ne prit pas. Le baiser se termina comme il avait débuté, lent et séducteur, sans paroles. Enfin, seule sa paume demeura sur son visage et il la regarda dans les yeux.

Elle fut heureuse qu'il garde le silence. Il ne prononça pas les excuses de rigueur – mais dérisoires – que disaient les hommes aux femmes comme il faut. Elle fut soulagée qu'il ne fasse pas semblant de voir en elle autre chose que ce qu'elle était et qu'il n'agisse pas comme si ce baiser scellait sa damnation.

Il se leva, s'en alla et la laissa là, assise dans le jardin à l'endroit où il s'était tenu.

Jonathan se réveilla de fort méchante humeur. Ce simple baiser l'avait torturé toute la nuit.

Immobile dans son lit, il avait entendu Celia rentrer enfin et monter l'escalier de service. De tout son corps il l'implora silencieusement de continuer, de monter à son étage, d'avancer jusqu'à sa porte. Il savait qu'elle n'en ferait rien, mais cela ne l'avait pas empêché de rester tendu et aux aguets, longtemps après que ses pas eurent disparu en direction de sa propre chambre, située à l'avant de la maison.

Cela avait été, décida-t-il à l'aube, le baiser le plus irrationnel qu'il eût jamais donné à une femme. Mais elle l'avait complètement charmé, assise là dans le jardin au clair de lune, à lui parler de l'endroit où elle avait vécu et à évoquer ses projets d'avenir.

Il admirait la façon dont elle essayait de se créer un monde, de s'assurer des revenus qui lui permettraient d'être indépendante. Cela en disait long sur sa personne. Et elle semblait si sincèrement heureuse de son projet qu'il avait fait fi de toute pondération et l'avait embrassée pour la simple raison qu'il en avait envie. Besoin, même.

Le plaisir pur et innocent que lui avait procuré ce baiser l'avait désarmé. Il lui semblait n'avoir jamais encore embrassé une femme en ayant ainsi la sensation qu'elle ne ressentait aucune culpabilité, aucune crainte, aucune attente et aucun regret. Celia, elle, n'avait sans doute pas passé la moitié de la nuit les yeux grands ouverts à se demander si cela avait été sage ou non ! Et le cas échéant, elle n'en avait certainement pas tiré la conclusion que cela avait été une erreur. Elle ne réfléchissait pas en ces termes. Elle n'avait pas été élevée de la même façon que les autres femmes.

Il trouva de l'eau tiède devant la porte de sa chambre lorsqu'il l'ouvrit. Sans être idéal, cela valait mieux que tirer lui-même du puits l'eau glacée. Cela signifiait-il que Celia n'était plus opposée à sa présence ici ?

En prenant le seau, il jeta un coup d'œil vers la porte d'en face. Un gros cadenas la fermait qu'il avait envie de forcer depuis un moment déjà.

Celia s'était absentée suffisamment souvent pour lui laisser le temps d'examiner les pièces du bas. Il n'avait découvert ni cachette, ni papiers, ni comptes, ni rien laissant penser qu'Alessandra conservait la trace de ses amants. Cette pièce, face à la sienne, servait probablement de débarras. Sa mission ne serait pas terminée tant qu'il ne saurait pas ce qu'elle renfermait.

Celia en détenait la clef. Elle n'avait manifestement pas encore pris le temps de l'explorer elle-même, mais elle avait dû jeter un coup d'œil à l'intérieur. Elle y reviendrait probablement un jour, avec ses deux nouvelles aides, pour faire le ménage. Il fallait absolument qu'il s'y introduise avant elle.

La rousse Marian passa la tête par la porte de sa chambre, à l'autre bout du couloir, un chiffon humide à la main.

— L'eau a dû refroidir, maintenant, monsieur Albrighton. Est-ce l'heure à laquelle vous vous levez le matin ? C'est difficile de garder de l'eau chaude pour un locataire quand on ne connaît pas ses habitudes.

Ce n'était donc pas Celia qui avait apporté le seau.

— Je suis réveillé depuis quelques heures, mais je ne m'attendais pas à ce qu'on me monte de l'eau et je n'ai pas vérifié devant la porte.

Il avait pris l'habitude d'attendre 10 heures pour se rendre au puits, afin de laisser à Celia son intimité, le matin.

— Dans ce cas, est-ce que 8 heures vous convient ? De mon côté, je me lève avec le jour, je n'ai pas l'habitude de toute cette luminosité qu'on a ici.

Elle avança dans le couloir.

— Bella et moi laverons les draps tout à l'heure. Nous viendrons les chercher et vous refaire le lit ; si vous ne voulez pas qu'on entre chez vous, vous n'avez qu'à les laisser devant la porte. Comme vous voudrez.

— Entrez si vous le souhaitez, mais ne touchez pas la table, pas même pour faire la poussière. Je risque de perdre quelque chose si l'on déplace ce qui s'y trouve.

Elle jeta un coup d'œil derrière lui dans la chambre et vit, près de la fenêtre, la table où étaient empilés brochures et papiers.

— Vous êtes du genre studieux, pas vrai ?

— Disons plutôt curieux.

Elle inspecta la pièce et son occupant d'un œil critique.

— Vous n'avez pas de valet de chambre. J'aurais pensé que si.

— Je voyage énormément. Un valet de chambre me ralentirait.

Un valet de chambre n'aurait jamais accepté les conditions de certains des voyages qu'il avait effectués ces huit dernières années. Les domestiques avaient leurs exigences.

— Vous devez donc en engager sur place, en conclut Marian. Bella et moi pourrons faire office de domestiques pour vous tant que vous serez ici, si vous le souhaitez. Nous ne serons pas de véritables valets de pied, bien sûr, nous ne vous aiderons pas à vous baigner ni à vous raser, mais pour dix pence, nous laverons et repasserons vos jolies chemises.

— Cela vaut mieux que de les emporter ailleurs, admit-il.

Ils conclurent un marché pour le linge et autres travaux domestiques. Alors qu'ils terminaient, un grand remue-ménage vint troubler le calme de la maison.

Marian laissa le chiffon sur le cadenas de la pièce d'en face et s'essuya les mains sur son tablier.

— Les plantes ont dû arriver. Je vais voir si Mlle Pennifold a besoin d'aide.

Des plantes... Un foisonnement de plantes. Celia promenait son regard dans son salon, excité de voir son projet prendre corps.

Des pots renfermant des fleurs dressées sur leurs tiges bien droites encombraient le palier au pied de l'escalier de service. Un palmier aussi grand qu'elle flanquait l'entrée du salon. Verity, vêtue d'un ensemble garance du meilleur effet qui mettait en valeur son teint clair et ses cheveux noirs, prenait les pots qu'on lui donnait et jugeait de leur emplacement optimal sur les étagères, près des portes-fenêtres.

Daphné se tenait au centre de la pièce, un cahier ouvert à la main. Elle avait accompagné les tombereaux pour cette première livraison afin de veiller à son bon déroulement. Grande, mince et pâle comme la lumière d'un matin d'hiver, elle regardait de ses yeux gris les plantes trouver leur place tout en prenant des notes dans son cahier.

Des bottes résonnèrent sur le sol de la maison. Un ouvrier portant un citronnier dans un grand pot profond ployait presque sous son poids.

— Il faudrait livrer ceci rapidement, déclara Daphné. Comment le sortiras-tu d'ici, Celia ?

— Tu m'as dit que les Robertson le voulaient la semaine prochaine, Daphné. D'ici là, j'aurai de l'aide. Je ne porterai pas ces plantes moi-même.

L'homme s'épousseta les mains sur les jambes de son pantalon.

— C'était le dernier, madame Joyes. Il ne reste plus que les fleurs, maintenant.

— Mettez-les dans le salon, demanda Celia. Il est assez frais l'hiver pour les y entreposer une journée. Par temps plus chaud, nous nous servirons de la remise située près de la cuisine, en bas.

L'homme partit chercher les fleurs et Celia se remit à agencer les pots sur les étagères flambant neuves, sans cesser de garder une oreille aux aguets et un œil sur Daphné. Le sort avait voulu que la livraison de *Fleurs rares* survienne pendant que Jonathan se trouvait dans la maison.

Verity surprit le regard de son amie. Elle jeta un coup d'œil entendu à Daphné, puis au plafond, et haussa des sourcils interrogateurs. Celia secoua la tête. Non, elle n'avait pas encore parlé de son locataire à Daphné. À l'évidence, elle allait devoir le faire aujourd'hui. À moins que Jonathan ne reste dans sa chambre encore une heure ou deux. Cela lui arrivait, parfois. Certains jours, il ne sortait jamais et...

Le bruit de ses bottes se fit entendre dans l'escalier. Au temps pour la discrétion...

Volubile, Verity reprit son bavardage, tandis que Marian annonçait d'une voix forte le menu du dîner. Sans parvenir à couvrir, en arrière-plan, le bruit régulier des bottes...

Dans le chaos général, un îlot de calme se forma, soudain autour de Daphné. Levant les yeux de son cahier, elle les tourna vers la porte et considéra l'escalier d'un air perplexe.

Jonathan apparut alors, vêtu de sa tenue d'équitation, beau comme un dieu. Daphné se contenta de l'observer pendant un long moment, avant de tourner son regard inquisiteur vers Celia.

— Je crains que nous vous ayons obstrué le passage avec les topiaires, monsieur Albrighton, dit Celia.

— Je vous promets de ne pas en renverser.

Tenir parole exigea de lui quelques enjambées acrobatiques, mais il émergea bientôt du jardin. Celia l'invita à se joindre à eux et il entra, salua Verity avec solennité et contempla le jardin intérieur et les plantes disposées sur les étagères.

— Daphné, je te présente M. Albrighton, un locataire. Monsieur Albrighton, voici ma chère amie, Mme Joyes.

— C'est un ami de Hawkeswell, s'empressa d'intervenir Verity. Quelle coïncidence, n'est-ce pas ? Mon mari dit grand bien de vous, monsieur Albrighton.

— Je vous remercie, madame. J'en suis honoré.

Daphné le gratifia d'un merveilleux sourire, mais Celia n'était pas dupe. Elle vit son amie prendre toute la mesure de cet homme et rester légèrement suspicieuse quant à ce qu'elle voyait, quelles que puissent être par ailleurs ses affinités avec certains comtes.

— Un locataire, Celia ? Voilà qui fait preuve d'un grand esprit d'entreprise.

— Mlle Pennifold a hérité de moi avec la maison, hélas ! expliqua Jonathan.

— Et vous avez choisi de rester, je vois. C'est un tel inconvénient de changer de lieu de résidence, n'est-ce pas ? Cela dit, il s'agit ici d'un étonnant quartier pour un homme tel que vous, monsieur Albrighton. Si excentré et pas particulièrement à la mode.

Les agréments de l'Albany à Piccadilly ne vous conviendraient-ils pas mieux ?

— Je ne reste jamais assez longtemps à Londres pour y prendre des appartements ni pour mériter une meilleure adresse. Ce quartier convient fort bien à mes besoins, mais je vous remercie de l'intérêt que vous me portez.

— Un lieu calme, en retrait et anonyme, voilà ce qui vous convient ?

— Cela convient à bien des gens, madame Joyes. Que ce soit dans une rue à l'ouest de Bedford Square ou dans une petite propriété du Middlesex, bien des raisons peuvent inciter certains d'entre nous à apprécier de délaisser temporairement la société.

Le regard de Daphné se fit plus perçant et une pointe de couleur rosit ses pommettes claires. Sa franchise l'avait surprise. Celia n'avait jamais vu Daphné rougir.

— Je fais allusion à Mlle Pennifold, cela va de soi, précisa-t-il. Elle et moi avons en commun cette aspiration au calme.

Daphné recouvra soudain son sang-froid.

— Vous avez également en commun cette maison, semble-t-il.

Allaient-ils se disputer ? se demanda Celia. Verity devait en penser autant, à voir la manière dont elle observait l'échange.

— Votre inquiétude est tout à votre honneur, madame Joyes, dit Jonathan d'une voix apaisante. Cependant, Mlle Pennifold s'est accommodée de ma présence ici. Si vous songez à la protéger, dites-vous qu'elle est en sécurité avec moi et que ces dames ne seront pas exposées à ce que doivent endurer la plupart des femmes qui vivent seules.

Il s'inclina et prit congé, avant de disparaître dans l'allée du jardin. Daphné le regarda partir, les paupières mi-closes.

Enfin, elle se détourna de la fenêtre et rouvrit son livre de comptes.

— Je comprends mieux que tu n'éprouves plus le désir de vivre à la campagne, Celia.

— Je ne suis pas partie à cause de M. Albrighton, Daphné. J'ai réellement hérité de sa présence ici. Je n'avais aucune idée qu'un locataire occupait la maison.

— Je n'ai jamais douté que ce soit une surprise, répondit Daphné en souriant. Sincèrement.

— Il est le fils illégitime de feu le comte de Thornridge, intervint Verity.

— Verity, ayant trouvé l'amour auprès du fils d'un comte, tu es encline à penser que tous sont des hommes droits et bons. Hélas, mon expérience m'a appris qu'un titre de noblesse ne fait en aucun cas un bon père de famille, ni un fils honorable. Toutefois, si notre Celia estime que cet homme est recommandable et qu'elle est en sécurité ici avec Marian et Bella, c'est ce qui compte.

— Je suis en sécurité. Et j'ai beau être contrariée par sa présence, il est beaucoup plus discret que je ne le craignais. Du reste, il passe son temps dehors.

— Eh bien, voilà qui est fort pratique !

— C'est lui qui a fabriqué ces étagères, ajouta Verity pour plaider encore sa cause.

— Ce qui explique pourquoi on a utilisé tant de clous. Il me fait l'effet du genre d'homme à vouloir être certain que les choses tiennent bien comme il l'entend.

— Je suis lasse de parler de lui, déclara Celia. C'est aujourd'hui le début officiel de notre association,

Daphné, et cela est nettement plus intéressant. Verity, je crois que nous devrions abaisser d'un cran ces pots.

Daphné regarda Verity s'affairer à déplacer les plantes, à grand renfort de commentaires sur l'emplacement de chacune. Pendant tout ce temps, Celia sentait sur elle le regard de son amie et aînée.

La question surgit de nulle part, une demi-heure plus tard.

— A-t-il batifolé avec toi, Celia ?

— Batifolé ? Qui donc ?

— Comme si tu l'ignorais !

— Oh, M. Albrighton, tu veux dire. Bien sûr que non ! Je ne suis pas idiote, Daphné. Et je ne suis plus une enfant.

— En effet. Tu es une jeune femme qui a toujours envisagé la vie sans se voiler la face et sans avoir froid aux yeux. Je te posais la question par simple curiosité, pas pour critiquer ni juger, ni même pour te donner des conseils. Je me demandais simplement si ce beau jeune homme avait batifolé avec toi.

— Eh bien, non !

Elle ne savait pas exactement ce qu'entendait Daphné par « batifoler », mais décida qu'un chaste baiser n'entrait pas dans cette définition.

— Quel dommage, murmura Daphné en inscrivant quelque chose dans son cahier. J'imagine que cela serait fort plaisant.

Celia resta bouche bée. Elle tourna les yeux vers Verity et elles contemplèrent toutes les deux Daphné, stupéfaites. Puis elles éclatèrent de rire toutes les trois.

8

Celia monta l'escalier du grenier, une grosse clef entre les mains, et s'immobilisa sur le palier.

La porte qu'elle voulait ouvrir se trouvait juste en face de la chambre de M. Albrighton. C'était le seul endroit qu'elle n'avait pas encore passé au peigne fin dans cette maison. Maintenant que les plantes étaient arrivées et qu'elle avait organisé le transport d'un tombereau pour les faire livrer la semaine suivante, elle avait le temps de s'y consacrer.

Ce n'était pas seulement le manque de temps qui l'en avait empêchée, il fallait bien l'admettre. Elle mourait d'impatience de savoir ce qui se cachait dans cette pièce et redoutait en même temps d'être déçue. Cela constituait son dernier recours pour apprendre la vérité au sujet de son père, comme elle l'espérait. Mais peut-être ne trouverait-elle rien – une hypothèse qui lui était insupportable.

Le débarras dégageait l'odeur sèche et poussiéreuse des greniers désaffectés. L'air glacé de l'hiver qui pénétrait par les petites fenêtres et le toit ne chassait pas cette atmosphère particulière. Elle laissa la porte entrouverte pour aérer un peu la pièce et examina les objets qui s'y trouvaient.

Un tapis était roulé par terre. De l'orteil, elle le déroula légèrement jusqu'à ce qu'elle reconnaisse ses motifs. C'était une tapisserie d'Aubusson qui avait autrefois orné les appartements privés d'Alessandra dans Orchard Street. Sa mère en était très fière.

À côté, deux grandes aquarelles encadrées étaient posées contre le mur. Elles aussi avaient décoré l'autre maison. Cadeaux d'amants, elles représentaient toutes les deux des croquis agréables dessinés par des artistes français de la fin du siècle précédent. L'un représentait un modèle nu qui ressemblait beaucoup à Alessandra lorsqu'elle était jeune.

Celia contourna quelques sièges et des sellettes destinées à soutenir des plantes vertes afin de s'intéresser au plus grand des trois coffres qui encombraient presque tout l'espace. Elle souleva le couvercle, retenant son souffle. Une somptueuse pèlerine en fourrure reposait sur une pile d'autres vêtements. Un rapide examen montra que cette malle renfermait une garde-robe beaucoup plus précieuse que celle laissée dans l'autre maison.

Le deuxième renfermait encore des vêtements, mais moins luxueux. Ils protégeaient de petits objets de décoration en porcelaine et en verre, ainsi que des effets personnels ayant sans doute revêtu une valeur sentimentale aux yeux de la défunte.

Ce fut le troisième coffre qui la surprit le plus. Elle contempla son contenu avec une nostalgie mêlée d'émotion.

Il s'agissait de ses propres affaires. Sa garde-robe, choisie avec soin pour cette année-là, destinée à être portée dans le parc et lors de ces après-midi mondaines, était délicatement pliée à l'intérieur. En soulevant quelques vêtements, elle découvrit également des robes et des jupes qu'elle n'avait jamais portées, commandées à des modistes pour les débuts d'une jeune femme dans une société très spéciale.

Les souvenirs lui revinrent des gravures de mode qu'elles avaient étudiées, des étoffes choisies chez le drapier. Elle sortit la robe de soirée qui avait été sa préférée. Au dernier essayage, elle s'était représentée en train de présider un dîner en tant qu'épouse d'Anthony. Tous les visages autour d'elle étaient flous dans son esprit, à l'exception du sien.

Un son la tira brusquement de sa rêverie. En levant les yeux, elle vit M. Albrighton, la main sur la poignée.

Il entra d'un pas lent en promenant rapidement son regard autour de lui.

— C'est donc ici que l'on range les vieilleries ! Je me demandais l'autre jour à quel usage était affectée cette pièce.

Celia replia la robe du soir et lissa du bout des doigts le tissu satiné.

— Il était grand temps que je vienne voir ce qui se cachait derrière cette porte. Je m'attendais à y trouver une ou deux vieilles malles, mais pas tout cela.

Elle désigna tout ce qu'elle n'avait pas vu en passant la tête à l'intérieur la première fois.

Il s'approcha d'elle et regarda les vêtements.

— C'étaient mes affaires, expliqua-t-elle, bien que ce fût superflu. Ne les trouvant pas dans l'autre maison, j'ai simplement pensé qu'elle les avait vendues, ou données.

— Ce beige est une couleur inhabituelle. Celle d'un daim au pelage très clair...

Sa description était appropriée.

— C'est une robe sobre, pour sortir dîner en ville.

— Il y en a d'autres styles ?

— Oh, oui ! Ce n'est pas un trousseau pour me marier que l'on m'a composé. Je le savais et pourtant je me prenais à rêver que les choses pouvaient changer, comme vous le savez.

Son aimable sourire signifiait qu'il se rappelait la cruelle désillusion, de ce jour-là. Attirée par son regard qui ne quittait pas le sien, elle garda le silence pendant une durée indéfinissable.

— Par exemple, il y avait celle-ci...

Elle fouilla délicatement parmi les vêtements jusqu'à ce qu'elle trouve une soie couleur géranium, qu'elle sortit.

— La teinte n'était pas très discrète, mais à la mode et pas vraiment scandaleuse en elle-même. Cependant...

Elle éleva la robe pour la plaquer contre son corps. Le haut était en dentelle et rien d'autre...

— Il faudrait être complètement idiote pour oublier l'avenir tracé par une mère qui vous achète cela, n'est-ce pas ?

— Cette dentelle pourrait également convenir à votre future existence, quelle qu'elle soit. Tous les maris ne traitent pas leur femme comme de perpétuelles vierges effarouchées !

Elle éclata de rire et posa la robe.

— Dans ce cas, je devrais l'offrir à Verity ou à Audrianna. J'ai toutes les raisons de croire qu'aucun de leur mari ne sera choqué.

— Hawkeswell ou Summerhays ? Oh, non, je vous le confirme.

Elle s'agenouilla à côté de la malle pour la fouiller mieux.

— Alors je vais en trouver une pour chacune. Je suis certaine qu'il y en a une autre de ce style...

Jonathan s'agenouilla près d'elle et tendit les bras afin qu'elle puisse y déposer les ravissantes étoffes. Elle les empila jusqu'à son menton avant d'exhumer la robe d'un blanc nacré qu'elle cherchait. Elle l'ouvrit pour examiner son décolleté plongeant et son bustier arachnéen.

— Elle irait bien à Verity, je pense. Ne croyez-vous pas ?

— Il serait inconvenant que je me représente lady Hawkeswell dans ces atours.

— Vous pouvez au moins admettre que la couleur serait seyante.

— Je crois qu'elle vous irait mieux encore.

Celia lui jeta un coup d'œil et dans ses yeux profonds elle se vit elle-même dans cette robe, entourée d'oreillers et de draperies aux soieries tout aussi somptueuses…

Elle sentit son visage la chauffer, ainsi que d'autres parties de son corps, et s'appliqua à consacrer toute son attention au pliage de la robe tandis qu'un silence chargé d'érotisme s'installait entre eux.

Elle s'apprêtait à lui reprendre la pile de vêtements lorsqu'une chose dans la malle attira son attention. Elle écarta une pelisse en laine gris tourterelle et découvrit un carton à dessins posé à plat au fond du coffre. Elle souleva la couverture.

— Ses peintures et ses dessins, murmura-t-elle. Il y en a beaucoup, peut-être sont-ils tous là ?

Il regarda avec intérêt. Il était tout proche de la jeune femme, si proche qu'il sentait l'odeur de son savon et pouvait admirer l'épaisseur de ses cils.

Sentant son cœur battre plus vite, Celia craignit de bégayer comme une écolière. D'un geste un peu trop brusque, elle lui reprit les vêtements et les rangea rapidement dans la malle. Elle considéra le reste du débarras tout en essayant de ne pas prêter attention à la façon dont il restait agenouillé à côté d'elle, trop proche en vérité. Elle l'imaginait la touchant encore, l'embrassant, la...

Allons, c'était ridicule ! Il n'était pas fait pour elle, ni elle pour lui, du moins pas pour entretenir une relation respectable. Pourtant, son corps demeurait insensible à cet argument et ses pensées totalement indécentes. Au lieu de cela, les choses que sa mère lui avait décrites ne cessaient de se présenter à son esprit et certaines d'entre elles exerçaient pour la première fois un fascinant pouvoir de séduction.

Celia s'obligea à chasser de son esprit ces images scandaleuses.

— Je suis censée informer l'exécuteur testamentaire de la présence de ces objets, n'est-ce pas ? Ce tapis a une grande valeur et j'ai découvert ses fourrures dans une des malles.

Il haussa les épaules.

— Envoyez-lui le tapis si vous vous sentez coupable de ne pas le faire. Quant au reste, de vieux vêtements passés de mode, il n'a pas une valeur suffisante pour compter. Le contenu de cette malle en particulier vous appartient, en tout cas, il ne fait donc pas partie de la succession.

— Je me demande ce que fait mon trousseau ici. Je m'attendais plutôt à le trouver dans l'autre maison.

— Sans doute était-ce sa manière de préserver ce qui, venant de vous, comptait le plus pour votre maman. Si l'exécuteur testamentaire ignorait qu'elle vivait une partie du temps ici, il ne penserait jamais à dresser l'inventaire de ce que renferme cette maison...

Se pouvait-il que sa mère ait délibérément agi ainsi pour lui laisser au moins quelque chose de plus qu'une réputation souillée et une éducation très particulière ?

— À moi de procéder à mon propre inventaire, mais il fait trop froid dans ce débarras. Je vais emporter ces malles dans ma chambre afin d'en inspecter tranquillement le contenu.

Il se leva et referma le couvercle.

— Permettez-moi de m'en charger. Elles sont trop lourdes pour vous, même avec l'aide de Marian.

Il la suivit jusqu'à l'étage inférieur, puis dans sa chambre, où il posa la malle.

— Il vaudrait mieux, je pense, les descendre les unes après les autres, sans quoi vous ne pourrez plus vous retourner, ici.

Il n'avait pas tort. La chambre de Celia n'était pas immense et les coffres étaient grands.

— Très juste. Merci.

De son côté, il avait embrassé du regard le contenu de sa chambre. La dernière fois qu'il y était venu, il faisait trop sombre. Elle réalisa qu'aucun homme n'avait pénétré dans ses appartements privés avant lui. Pas même lorsqu'elle était enfant. Or celui-ci ne laissait pas sa virilité sur le seuil...

— Ce n'est pas ce à quoi je m'étais attendu de la part de votre mère, dit-il en observant la jolie mousseline blanche amidonnée qui ornait les fenêtres et les tentures du lit.

— Vous pensiez davantage à du satin rouge ? se moqua-t-elle d'une voix assurée malgré son émoi.

— Non, mais à quelque chose de plus raffiné, moins... campagnard.

Elle passa un doigt sur le tissu sans prétention.

— Je trouve apaisante la simplicité anonyme de ces tentures, ne serait-ce que parce qu'elles n'expriment aucun goût particulier. Elles sont également très commodes, contrairement aux apparences. Elles se lavent aussi facilement qu'une chemise.

Il posa son regard sur ces draperies aux fenêtres, puis sur celles du lit, puis sur le lit lui-même. Enfin, ses yeux s'arrêtèrent sur Celia, qui se sentit soudain intimement troublée par sa présence.

— Considérez-vous que cette chambre n'est pas le reflet de son occupante, mademoiselle Pennifold ? Pour ma part, elle en dit très long au contraire au sujet de la femme qui vit ici.

Elle n'était pas sûre qu'il l'entendît comme un compliment, bien qu'il la regardât d'une façon plus qu'aimable.

Ils restèrent ainsi, un peu plus longuement que nécessaire, avec entre eux la malle renfermant les vestiges de son année passée chez sa mère.

— Êtes-vous en train de vous demander si vous allez encore m'embrasser ? questionna-t-elle.

— En avez-vous envie ?

— Bien sûr que non !

— Ah oui ? N'avez-vous pas apprécié notre premier baiser ? Moi qui croyais que vous étiez l'une des rares femmes à ne pas jouer la comédie !

Il l'avait piégée. Elle avait eu tort de nier aussi farouchement, car il n'avait pu manquer de voir à quel point ce baiser l'avait transportée.

— Je voulais simplement dire que je ne vous encourageais pas à recommencer.

Il rit doucement, amusé de son agitation.

— Alors disons que vous n'avez pas détesté, mais bien entendu vous ne souhaitez pas que je récidive.

— Si. Euh... non. Je ne sais plus très bien, avoua-t-elle. J'aimerais en être sûre. C'était un baiser agréable.

— Dans ce cas, si vous n'êtes pas sûre d'en avoir envie, je ne recommencerai pas.

Elle haussa les épaules en espérant paraître sophistiquée plutôt que d'avoir l'air d'une écolière idiote.

— Ce n'était qu'un baiser. Un deuxième n'aurait vraisemblablement pas signifié beaucoup plus, même si je n'étais pas sûre de moi.

Il posa une paume sur sa joue, comme il l'avait fait dans le jardin. Son pouce lui caressa les lèvres, suscitant un picotement croissant qui s'étendit à tout le corps de Celia. Il la désirait. Elle le vit à son expression tendue et le sentit au mystère qui l'excitait.

Encore un baiser…

— Cela ne peut pas être un simple baiser de plus, Celia. Cela ne pourra plus jamais être un seul baiser. Vous le savez très bien.

Sur ces mots, il la quitta.

La pièce ne redevint pas pour autant rassurante. Jonathan s'y attardait, tel un parfum insistant, comme si les meubles et les murs avaient absorbé une partie de son énergie qui continuerait de s'y répandre pendant des jours, comme pour mieux rappeler à Celia ce qui l'attendait si jamais un jour elle était « sûre d'elle ».

Elle considéra les tentures immaculées. Qu'y avait-il vu de si éloquent ? Une pureté virginale ? Un blanc opaque, à l'image de sa carte de visite ?

Peut-être simplement le symbole d'une femme n'ayant pas encore décidé de quelle couleur elle voulait repeindre sa vie.

Celia ne quitta pas la maison, les deux jours suivants. Jonathan le sut, car lui-même resta enfermé dans ses appartements, à attendre qu'elle fasse atteler le cabriolet pour rendre visite à des amies ou vaquer à ses affaires. Si la chance lui souriait, elle sortirait à l'heure où Marian et Bella se rendaient au marché et il aurait le temps de procéder à ses investigations sans risquer d'être interrompu.

Son attente forcée lui laissa le temps de lire les journaux et les magazines qui s'étaient accumulés durant son absence de Londres. Il était absurde de souscrire des abonnements alors qu'il n'avait pas le temps de lire. Cependant, la presse en France, bien qu'intéressante et érudite, ne parlait que succinctement de ce qui se passait en Angleterre et en Écosse et il ne regrettait jamais de rentrer au pays pour y trouver des informations détaillées.

L'imprimeur chez qui était adressé son courrier avait été ravi qu'on le déleste de l'épaisse liasse accumulée chez lui. Des piles de journaux s'entassaient à présent dans sa chambre et il les examina avec soin. La plupart décrivaient des expériences en matière de chimie ou de processus naturels, certains s'intéressaient à de nouvelles espèces découvertes lors de lointains voyages, plusieurs faisaient état de développements industriels récents.

Il préférait les investigations portant sur la science pure et ses applications. Il avait toujours trouvé la certitude plus intéressante que l'ambiguïté, et fascinants les progrès effectués pour comprendre les lois naturelles. La solidité de la science, les découvertes, modestes mais avérées, que l'on pouvait prouver encore et encore, contrastaient fortement avec tout ce qu'il connaissait par ailleurs en ce bas monde.

Le troisième jour, il s'attaqua à un long traité à la rédaction particulièrement malhabile. En général, cela ne le rebutait pas. Ce jour-là, cependant, cela encouragea ses pensées à vagabonder, essentiellement vers l'image d'une Celia vêtue d'une certaine robe de soie transparente…

Il n'avait aucun mal à se la représenter dedans, avec ses cheveux dorés rassemblés en un chignon lâche qui ne demandait qu'à être libéré et le blanc nacré de la soie rehaussant sa pâle beauté. Le fin tissu s'étirait sur sa poitrine, moulait les pointes sombres de ses seins durcis. Une main d'homme, la sienne, effleurait cette soie, touchant sa poitrine lourde, ferme, sensible… Le bleu de ses yeux s'intensifiait sous l'effet du plaisir et au milieu, de délicieuses étincelles y brillaient. Elle…

Son exquise rêverie fut brutalement interrompue par les cris de Marian qui appelait Celia d'en bas pour lui dire de descendre voir ce qui arrivait dans la rue.

Intrigué, il posa son journal et se leva. Des bruits de pas féminins lui apprirent que Celia descendait. Sa fenêtre donnait sur l'arrière, aussi entra-t-il dans le débarras d'en face. Après qu'il eut descendu la malle dans la chambre de Celia, elle avait omis de refermer à clef et il s'était bien gardé de le lui rappeler. Il suffirait qu'elle quitte la maison pour qu'il en finisse rapidement avec sa mission.

Au rez-de-chaussée, devant la maison, une grande voiture s'était arrêtée. C'était le genre de véhicule destiné à faire impression. Seules quelques centaines de familles utilisant ce genre de carrosse résidaient à Londres en hiver. Deux splendides chevaux s'ébrouaient devant. Un laquais descendit le marchepied. Un homme blond en sortit et posa son chapeau sur sa tête. Avant que le rebord ne dissimule son visage à Jonathan, il le reconnut.

Anthony Dargent venait rendre visite à Celia !

9

Celia ôta vivement son tablier et lissa ses cheveux. Puis elle prit la pose sur le canapé du salon.

Marian entra avec la carte de visite. Dans ses yeux, Celia lut à la fois l'inquiétude et la curiosité.

— Faites-le entrer, Marian. C'est un vieil ami.

Pendant que Marian s'exécutait, Celia promena son regard autour d'elle non sans nervosité. Le tissu des fauteuils lui parut bien défraîchi à la lumière du jour. Elle ne l'avait jamais remarqué auparavant. Le mobilier d'une manière générale était plutôt humble, dans cette maison-ci.

Elle entendit le bruit de ses bottes et son cœur battit plus fort à chaque pas. *Cinq ans...* Une bonne partie de sa vie s'était écoulée depuis le fameux jour où elle avait fui le joli salon de sa mère, déçue et le cœur en miettes.

Soudain Anthony fut là, sur le seuil. La tension de Celia s'apaisa à sa vue. Il avait perdu ce qui donnait encore à son allure, à l'époque, une fraîcheur juvénile. Ces cinq années l'avaient fait mûrir de la façon la plus flatteuse, cependant, et il était encore plus beau maintenant. Jusqu'à ses cheveux qui avaient légèrement foncé.

Elle ne put s'empêcher de regretter qu'il ne se soit pas avachi avec les années. Tout lui serait plus facile si son visage était devenu flasque et s'il n'était pas doté de traits aussi réguliers, aussi finement ciselés.

Il s'inclina pour la saluer. Il s'était toujours comporté en gentilhomme, avec sa mère comme avec elle.

Et soudain, il avança d'un pas assuré et s'arrêta juste devant elle, pour la dévisager avec une telle intensité qu'elle en tressaillit.

— Celia...

Il prononça son nom comme s'il expirait dans un souffle un mot resté trop longtemps enfoui en lui. Brusquement, il prit la main entre les deux siennes et l'embrassa.

Celia se dégagea aussi doucement qu'elle le put.

— Anthony ! Quelle agréable surprise de vous revoir ! Asseyez-vous, je vous en prie.

Il songea à prendre place à côté d'elle. Voyant cela, elle laissa voleter sa main en direction d'un siège voisin, sur lequel il s'assit finalement.

— Comment m'avez-vous retrouvée ?

— Je pensais bien que vous étiez venue en ville régler la succession de votre mère, aussi me suis-je adressé à Mappleton. Imaginez ma stupeur lorsqu'il m'a appris que vous aviez pris résidence ici.

Il jeta un coup d'œil circulaire dans la pièce, visiblement peu impressionné par ce qu'il vit.

— Où étiez-vous donc passée ? Je ne cessais d'interroger votre mère, mais elle me répondait toujours que vous étiez partie. Jamais elle n'a précisé si cela signifiait sur le continent, ou simplement à la campagne, ou dans un autre quartier de Londres.

— Je n'étais pas très loin. Je venais même de temps en temps à Londres. Et vous, Anthony ? Êtes-vous resté ici tout ce temps ?

— Les devoirs qui m'incombent m'obligent à effectuer de longs séjours à la campagne. J'ai hérité du domaine, maintenant.

— Et vous vous êtes marié. Je l'ai lu. Je vous souhaite mes meilleurs vœux de bonheur pour ce qui doit être une union merveilleuse.

Anthony se rembrunit. Il n'avait jamais été doué pour dissimuler ses pensées et ses émotions. C'était précisément pour cette raison qu'elle avait été si certaine qu'il l'aimait. Qu'auraient pu signifier autrement tous ces élans poignants, sincères et visibles ?

Il rougit et regagna un peu de cette jeunesse d'autrefois.

— C'est une union merveilleusement assortie, pour toutes les raisons habituelles. Cependant...

Il s'empourpra davantage encore.

— La vérité est que vous n'avez jamais réellement quitté mes pensées, Celia. Parfois, la nuit, je vous entends chanter comme vous l'avez fait la première fois que l'on m'a emmené à l'un des après-midi de votre mère. Je me rends compte que je mesure la beauté des femmes à l'aune de la vôtre et que je les trouve insignifiantes. Vous continuez à me fasciner depuis cinq ans, sans même être présente dans ma vie.

C'était un beau discours, en particulier de la part d'Anthony, peu réputé pour son éloquence. Un argument, se dit Celia, qui aurait constitué un fort plaisant prélude à une demande en mariage.

Mais Anthony était déjà marié.

— Vous me flattez, répondit-elle en veillant à ce que son sourire soit aimable, mais guindé. Vous devriez plutôt chercher à être fasciné par l'aimable femme qui partage votre vie.

— Cela n'a rien à voir. Je lui voue affection et respect, mais... elle n'a rien de commun avec vous.

— Après cinq années, il est peu probable que vous sachiez qui je suis, Anthony. Si vous chérissez de doux souvenirs, cependant, il n'y a rien de mal à cela. Nous y avons tous droit, quelles que soient nos obligations.

Il se tourna vers elle, afin de refermer la distance imposée entre eux par le siège qu'elle lui avait désigné.

— Et vous, Celia ? Ne chérissez-vous pas de doux souvenirs ?

Elle en avait chéri quelques-uns, enfouis dans son cœur et teintés de trop d'amertume pour qu'elle les en exhume. Ils émergèrent à présent tandis qu'il l'observait de ce regard ardent et touchant. Mais seuls les souvenirs émouvaient son cœur, pas le regard lui-même. Les yeux du jeune homme, autrefois si familiers, n'étaient plus désormais que ceux d'un inconnu.

Cinq années représentaient une longue période dans leur vie à tous deux. Ni l'un ni l'autre n'était resté la même personne qu'autrefois. En aucune façon elle n'était encore une enfant.

— Les souvenirs sont un peu flous, maintenant. Ils appartiennent à un chapitre de ma vie qui s'est refermé. C'est néanmoins fort aimable à vous d'être venu me souhaiter la bienvenue pour mon retour à Londres. Il est toujours agréable d'avoir un ou deux amis en ville à qui s'adresser en cas de problèmes.

Il eut un sourire indulgent et charmant – le même que celui qu'il lui avait adressé jadis, quand il lui avait expliqué qu'elle s'était méprise sur ses intentions.

— Je ne suis pas venu uniquement vous souhaiter la bienvenue, Celia. Vous devez le savoir. D'autres femmes que vous, et qui ont reçu une éducation différente de celle que vous a donnée votre mère, pourraient feindre d'être effarouchées, mais pas vous.

Sa promiscuité la mit soudain mal à l'aise. Comme elle se levait et s'éloignait de quelques pas, il fit mine de se lever.

— Non, je vous en prie, ne bougez pas, dit-elle. Oublions l'étiquette. Je préférerais que vous restiez assis. Vous avez évoqué ma mère et émis une supposition à mon endroit. Vous savez pourtant que je suis partie de chez elle. Qu'est-ce qui vous fait penser que j'ai changé d'avis et suis faussement timide ?

Il sourit. Et promena lentement son regard dans la pièce.

— Parce que ce décor ne vous convient pas. Vous devriez habiter Mayfair, pas ici. Avoir une belle voiture et un équipage au lieu du cabriolet qu'on vous a vue conduire. Vous devriez porter de la soie, pas de la laine brute. Vous n'êtes plus une jeune fille. Vous comprenez certainement à présent que le mariage est un choix rationnel et économique. L'amour, en revanche... peut requérir d'autres arrangements.

Elle faillit éclater de rire, mais ravala son amertume.

— Votre haute opinion du luxe que je mérite est charmante. De même que vos allusions à l'amour. Pensez-vous que j'aie passé ces cinq dernières années à me languir de vous ?

Elle le gratifia d'un sourire indulgent avant d'ajouter :

— Mais vous avez raison, j'en suis venue à accepter la façon dont tourne le monde. Je ne vous en veux pas pour ce qui s'est passé. Ce que j'attendais de vous… ce que, croyais-je, vous attendiez aussi, ma foi, c'était bien ingénu. Si c'est l'amour qu'il vous faut, vous devriez à mon sens vous adresser à quelqu'un d'autre. Quelqu'un de plus naïf.

Il ne le prit pas bien, ce qui ne la surprit guère. Sa mère l'avait prévenue que de nombreux hommes, du genre de celui-ci en particulier, avaient une haute opinion d'eux-mêmes.

Il baissa les paupières. L'irritation se lut sur son visage.

— J'ai attendu trop longtemps pour être si facilement découragé.

— Vous n'auriez pas dû attendre du tout.

— Je n'avais pas le choix. Vous étiez partie, l'auriez-vous oublié ? J'avais déjà donné à votre mère vos deux premières années de pension. Elle m'a découragé à votre propos, et concernant l'argent également, jusqu'à ce que j'apprenne que je ne reverrais jamais mon investissement. Vous, en revanche…

— Vous avez donné de l'argent à ma mère et elle ne vous l'a pas rendu après mon départ ? s'exclama Celia avec stupeur.

— Elle était convaincue que vous reviendriez. Une simple question de semaines, affirmait-elle.

Le regard d'Anthony était franc.

« Oh, maman… ! », songea Celia, le cœur au bord des lèvres. Qu'il existe ou non un livre de comptes, cela constituait une dette supplémentaire. Elle comprenait mieux qu'il se soit présenté de façon aussi cavalière et ait abordé ce sujet pourtant délicat sans plus de cérémonie.

Anthony reprit son examen de la pièce.

— Dans trois mois, vous détesterez cette maison et ce quartier. Vous êtes née pour mieux que cela. Je prendrai soin de vous, Celia. Vous ne manquerez de rien. Nous ferons ce qui était convenu à l'origine et prévu depuis le jour de votre naissance.

Il ne faisait qu'énoncer ce que le monde entier pensait. Elle sentit son visage devenir écarlate, car il lui arrivait de le penser aussi.

— Je suis née comme nous le sommes tous, Anthony : nue et innocente. La fille d'une putain ne sort pas du ventre de sa mère avec une marque qu'elle hérite comme la couleur de ses cheveux.

— Vous montrez-vous toujours innocente, Celia ? La dernière fois que je m'en suis entretenu avec Alessandra, elle le croyait.

— Quoi ? Vous l'avez interrogée sur ma…

Ils avaient parlé d'elle, du début à la fin, de la même façon que si elle était une marchandise.

— Je vous interdis de me parler de la sorte, de vouloir savoir si l'article a déjà servi, si je suis… Je… C'en est trop ! Je dois vous demander de sortir sur-le-champ.

— Je vous en prie, écoutez-moi d'abord. C'est dans votre intérêt.

— De quel droit estimez-vous savoir ce qui est dans mon intérêt ?

— Inutile de m'insulter, Celia. Vous m'avez garanti que vous étiez innocente il y a cinq ans car vous m'aimiez et ne devriez pas être choqué que je souhaite savoir si vous l'êtes toujours. J'attribue votre conduite à la surprise de me revoir. Je me suis peut-être montré trop impatient, mais après toutes ces années, c'est excusable.

Son cynisme la stupéfia.

— Je vous prie instamment de bien vouloir sortir d'ici !

Il se leva, mais ne partit pas. Horrifiée, elle le vit avancer vers elle. Elle recula jusqu'à se trouver adossée au mur. Il plaça rudement les mains en corolle autour de son visage et voulut l'embrasser. Elle détourna le visage du mieux qu'elle le put et la bouche d'Anthony se posa sur sa joue.

— Cessez immédiatement ! Je vous en supplie, partez, maintenant ! s'écria-t-elle.

Il resserra les mains et essaya de l'obliger à tourner le visage vers lui.

— La demoiselle vous a demandé de partir, Dargent ! Si vous êtes un gentilhomme, vous ne la perturberez pas davantage et accéderez à sa requête.

Comme par magie, Celia vit Anthony reculer de deux mètres. Elle se tourna vers l'endroit d'où provenait la voix.

M. Albrighton se dressait dans l'embrasure de la porte, vêtu de noir à l'exception de sa chemise, d'un blanc éclatant. Anthony le dévisagea d'un air tendu, rougi par l'ardeur ou la colère, elle n'aurait su le dire.

Le ton de M. Albrighton avait été aimable. Pourtant, sa présence était distinctement chargée d'une puissance qui crépitait dans la pièce. Anthony donnait l'impression qu'on l'avait menacé.

— Je vous présente M. Jonathan Albrighton, dit Celia. C'est...

— Je sais qui il est.

Anthony plissa les yeux d'un air soupçonneux.

— Que faites-vous ici ?

— Je suis un ami de la famille. Je venais rendre visite à Mlle Pennifold et lui présenter mes condoléances pour sa mère.

Il s'écarta nonchalamment.

— Permettez-moi de vous raccompagner, Dargent.

Pris au piège, Anthony se dirigea vers la porte d'un pas vif. Il jeta un regard furieux à Celia, puis à M. Albrighton.

— Un ami de la famille, certes, puisque vous êtes du même acabit tous les deux, n'est-ce pas ?

Jonathan raccompagna Dargent jusqu'à sa voiture. Il eut du mal à s'empêcher de l'y jeter brutalement. Il s'assura que l'attelage quittait la rue, puis il rentra dans la maison.

Celia était restée dans le salon. Debout près d'une fenêtre, elle avait observé le départ de Dargent. En la voyant ainsi, Jonathan s'immobilisa.

Il chercha dans son profil les regrets, la nostalgie, la tristesse. La lumière faisait briller les larmes dans ses yeux et sur ses joues. Sans le regarder, elle essuya ses larmes de la main. D'autres les remplacèrent et il fut touché par ces pleurs silencieux.

— Merci de m'avoir encore sauvée, dit-elle enfin d'une voix étranglée par l'émotion. La scène devenait embarrassante...

— Il a de la chance que j'aie résisté à l'envie puissante de lui enseigner les bonnes manières.

— Il estimait avoir le droit de se comporter ainsi envers moi. S'il se montre poli avec les gens de ma sorte, ce n'est que condescendance et non obligation. Ce que je n'avais pas compris il y a cinq ans. Mais je le sais, à présent.

Les gens de ma sorte... Soudain, Jonathan regretta sincèrement de n'avoir pas rossé ce scélérat.

— Vous êtes trop bonne ! Dargent est un imbécile imbu de sa personne et il l'a toujours été.

Elle s'essuya de nouveau les yeux et prit une profonde inspiration.

— Il avait peur de vous, m'a-t-il semblé.

— Il savait que son comportement justifiait une bonne raclée. Surpris dans cette posture, il aurait eu peur de n'importe qui.

Elle se tourna enfin vers Jonathan. L'affliction qu'il vit dans son regard lui apprit que cet incident l'avait profondément blessée.

— Vous parlez comme si vous étiez naïf, monsieur Albrighton. Nous savons tous les deux pertinemment qu'il est venu me proposer un arrangement tout ce qu'il y a de banal. Ces négociations sont fréquemment franches et brutales, voire physiques, et les persuasions prévues pour appâter. Cela aurait pu tourner la tête de bien des femmes, je suppose.

— La vôtre commence-t-elle à tourner ?

Il fronça les sourcils en voyant qu'elle ne démentait pas. L'idée qu'elle puisse appartenir à Dargent le rendait fou.

— Le luxe a ses attraits, répondit enfin Celia. Et après tout, on m'a appris que l'amour était une denrée comme une autre. Chez Alessandra Northrope, la vertu n'était pas une vertu.

Elle esquissa un petit rire triste.

Ce fut un son musical et il eut soudain l'impression que la lumière de l'hiver se changeait en or devant la fenêtre, tandis que des étincelles allumaient le regard de la jeune femme. Elle se révélait plus forte que Dargent et ses humiliations. Mais elle n'en restait pas moins blessée et troublée.

Il aurait dû partir, à présent. Au lieu de cela, Jonathan traversa la pièce, la prit dans ses bras et l'embrassa avec ferveur. La lumière l'inonda alors à son tour, presque aveuglante. Il avait tant envie d'elle qu'il dut serrer les dents pour se maîtriser.

L'expression de Celia le fit chavirer. Disparues, les ombres... Son visage rayonnait et ses yeux trahissaient le désir qui la fit ployer sous son étreinte. Il l'embrassa encore, sachant qu'il n'aurait pas dû le faire, surtout pas aujourd'hui. Le baiser fut trop long, trop doux pour sa raison. Enfin, s'exhortant à se raccrocher à ce qu'il lui restait de bon sens, il s'arracha à ses lèvres.

Lorsqu'il commença à se détacher de Celia, elle enroula les bras autour de son cou.

— Je sais ce que vous pensez, souffla-t-elle contre son cou. Que vous risquez de m'insulter par vos actes de pire façon que ne l'ont fait ses mots. Mais cela n'a rien à voir.

— Cela a davantage à voir que vous ne le pensez. Le désir reste le désir, quel qu'en soit l'objet...

Elle rit doucement de son rire cristallin, qu'aucune note de tristesse ne voilait plus. Son visage demeura tout près du sien, leurs nez se touchant presque. Il l'étreignit plus étroitement encore, incapable de réagir autrement devant les yeux bleus qui le regardaient avec autant d'ingénuité.

— Pour moi, cela n'a strictement rien à voir, dit-elle. Il m'a donné l'impression d'être idiote, de mériter son insulte. Vous, vous me donnez l'impression d'être vivante, de la plus délicieuse façon.

Elle passa un doigt joueur sur sa bouche. Puis, ce doigt agile lui taquina la mâchoire et le lobe de l'oreille. C'était sa mère qui le lui avait enseigné, songea-t-il. Il était facile d'oublier l'éducation qu'avait reçue Celia et la raison pour laquelle Dargent était venu, mais ce petit geste ne le lui remémora que trop bien.

Comme c'était bon de l'avoir dans ses bras ! Elle était chaude et douce, et si féminine ! Un homme meilleur se contenterait de cela en espérant la distraire de cette visite importune. Lorsqu'elle leva les lèvres vers lui, cependant, l'invitant à un autre baiser, il sut qu'il n'était pas ce genre d'homme.

Une fièvre passionnée s'empara d'eux. Celia écarta les lèvres pour le laisser explorer sa bouche, faisant naître en lui une autre vague de chaleur. Elle resserra les mains autour de ses épaules, puis de ses bras, le serrant étroitement tout en plaquant son corps contre le sien. Le temps s'évanouit alors, tout comme l'univers qui les entourait, et ils prirent leur essor ensemble dans un troublant ballet de soupirs et de baisers.

Il fallait qu'il la sente, qu'il la connaisse. Il la lia à lui d'un bras tandis que l'autre se déplaçait vers sa taille, sa hanche, suivait les courbes généreuses... Quand enfin, il caressa la parfaite rondeur de son sein, elle gémit doucement.

Brûlant de désir, il laissa à son tour échapper un soupir fébrile. Jamais il n'avait ressenti passion si intense. Il lui donna autant de plaisir qu'il en prit et se retint tout juste à temps pour ne pas l'effrayer.

Il lui caressa encore le sein, en titillant la pointe durcie, tandis qu'elle savourait la sensation les yeux clos et les lèvres entrouvertes.

— S'il me procurait de telles sensations, je pourrais probablement me mentir au sujet du reste, murmura-t-elle.

L'évocation de Dargent le ramena à la raison.

— Et s'il n'y avait pas de mensonges, mais uniquement ceci ?

— Le plaisir est trompeur...

— Pas nécessairement. Parfois, c'est très simple.

— Comme ce que nous vivons en ce moment, vous voulez dire…

Jonathan coupa court et l'enlaça. Elle essaya de l'embrasser, mais il ne la laissa pas faire.

— Pardonnez-moi, Celia. J'ai profité de votre peine, murmura-t-il en la relâchant.

La vue de la jeune fille souriante, rosie et radieuse qui s'écartait de lui faillit le jeter de nouveau dans ses bras.

— Si, un jour meilleur, vous décidez que la vertu n'est pas une vertu, j'espère être le premier à l'apprendre.

Il se détourna avant que ses yeux étincelants ne le fassent changer d'avis.

— Et si ce scélérat remet les pieds ici, ou vous insulte de quelque manière que ce soit, je vous prie instamment de me le dire.

10

Celia examina son « jardin des plantes », comme elle l'appelait. Les quelques pots restants semblaient bien solitaires, sur leurs étagères. D'autres seraient livrés sous peu, mais pour l'instant elle avait achevé la plus grande partie de son travail.

Après trois journées d'activité intense, son temps lui parut soudain beaucoup trop libre. Elle se rendit dans la bibliothèque pour écrire à Daphné, lui raconter comment s'étaient déroulées ces premières livraisons. Elle la rassurerait quant à M. Drummond, qu'elle avait choisi pour l'aider et qui s'était révélé un assistant des plus agréables.

Le silence de la maison l'oppressa tandis qu'elle réfléchissait au contenu de sa lettre. M. Drummond avait indiqué que Jonathan était descendu pendant qu'elle s'occupait de la répartition des plantes dans la charrette afin qu'elles ne soient pas abîmées durant leur bref transport. Puis il était parti. Elle en était plutôt contente. Au moins, elle ne serait pas obligée de s'évertuer à l'éviter ce jour-là.

Peut-être lui écrirait-elle une lettre, à lui aussi.

Cher monsieur Albrighton,

Je vous remercie pour votre intervention de l'autre jour. Vous comprendrez, j'en suis certaine, que je n'étais pas moi-même après le choc que m'a procuré la visite de M. Dargent. Un homme de votre sagacité n'accordera certainement pas la moindre signification à quelques baisers accordés en ces moments de détresse extrême. Quoi qu'il en soit, l'incident rend la situation délicate. Vous devez désormais vous sentir fort mal à l'aise sous mon toit. Je ne vois aucune objection à ce que vous résiliez votre bail et cherchiez un autre logement. En vérité, j'ai même déjà pris les devants dans ce sens. Veuillez consulter les petites annonces du journal qui accompagne ce courrier, ainsi que celles que j'ai encerclées concernant des appartements pour messieurs.

Elle tira une certaine satisfaction à composer cette lettre qu'elle n'écrirait jamais. Elle aimait sa consonance sophistiquée, qui tranchait avec la manière dont elle s'était comportée la dernière fois qu'elle l'avait vu.

Lorsqu'il était revenu dans la maison après avoir jeté Anthony dehors, elle était bouleversée. Malgré ses efforts pour recouvrer son sang-froid et son calme, avait-il remarqué son angoisse ? Était-ce la raison pour laquelle il l'avait embrassée ainsi ? Avait-il voulu la consoler, ou seulement profiter de sa détresse, comme il l'avait affirmé ?

Une fois passé l'émotion procurée par la visite d'Anthony, l'humiliation à l'idée de ce qu'avait vu et entendu M. Albrighton et l'abandon avec lequel elle s'était conduite lui faisaient honte.

Que devait-il penser d'elle, à présent, qui lui avait autorisé de telles libertés et les avait même encouragées ?

« *Parfois, c'est très simple.* » Ainsi avait-il résumé cette passion. Encore une ambiguïté de la part d'un homme qui en était pétri.

Pour les hommes, sans doute une relation pouvait-elle être aussi simple. Pour une femme, cependant, le monde imposait une histoire, un scénario. Or aucun scénario acceptable ne pouvait s'écrire avec Jonathan Albrighton, elle en était convaincue. Elle n'était pas faite pour un homme de sa condition et il n'était pas fait pour elle, quel que soit le style de vie qu'elle choisirait d'embrasser.

Celia se leva brusquement, alla décrocher sa pelisse grise du portemanteau, l'enfila et la boutonna avec des gestes rapides et déterminés.

Elle en avait fini pour aujourd'hui avec les plantes. Elle ne se cacherait plus de Jonathan, quoi qu'il puisse penser, ni de quiconque. Et elle cesserait de se sentir humiliée par la visite d'Anthony.

Elle allait profiter de cette belle journée pour aller se promener au parc. Si quelqu'un la reconnaissait et chuchotait qu'elle était la fille de cette femme, la Northrope, elle passerait son chemin la tête haute, comme elle l'avait toujours fait.

De nombreux promeneurs étaient venus à Hyde Park savourer le soleil et la brise légère. Celia trouva un piquet où attacher le cheval et son attelage et s'apprêta à descendre.

C'est alors que des mains gantées lui prirent la bride des doigts.

— Si vous voulez bien me permettre...

Le gentilhomme à qui appartenaient les mains en question s'occupa des rênes agilement, puis vint l'aider à descendre.

Il se montrait poli, attentionné envers une femme sans valet de pied ni chaperon. Pourtant, Celia comprit que ce n'était pas uniquement la galanterie qui l'avait incité à l'aider. En posant le pied sur le sol, elle vit qu'il la considérait avec intérêt.

L'avait-il reconnue ? Pas nécessairement. Peut-être espérait-il simplement qu'elle était le genre de femme capable de faire fi des convenances en une telle situation. Si une conversation naissait, comment savoir où cela pouvait les conduire ?

Elle avait déjà remarqué cette étincelle dans les yeux des hommes. Même chez Daphné, même en présence de messieurs qui n'avaient aucune idée de l'identité de sa mère, elle avait suscité ce genre d'attention. Daphné disait toujours que c'était parce qu'elle était jolie, mais aujourd'hui, elle se demandait si elle n'était pas effectivement née avec une marque sur le front.

Elle n'avait pas envie de compagnie et moins encore d'une compagnie de la sorte. Aussi le remercia-t-elle avant de s'éloigner pour une promenade solitaire dans le parc.

Bientôt, le soleil dispensa ses bienfaits et Celia sentit son humeur s'alléger. Elle emprunta le chemin passant devant le lac du Réservoir, cherchant des signes de fleurs printanières commençant à percer le sol. Elle examina les voitures qui passaient à côté d'elle et la nouvelle mode des femmes de la haute société qui se promenaient ensemble.

Plus en paix qu'elle ne l'avait été depuis des jours, Celia s'autorisa à repenser à la visite d'Anthony. Non aux insultes ni à la façon dont elle s'était terminée, mais à ce qu'il lui avait dit et à ce que cela signifiait pour son avenir. Elle méditait la nouvelle lorsqu'une ombre se plaça entre elle et le soleil et l'accompagna quelques pas, jusqu'à ce que Celia lève la tête pour voir qui cheminait à ses côtés.

Un grand homme brun montant un cheval de couleur claire la regardait, adaptant le rythme de sa monture à celui des pas de la jeune femme.

— Monsieur Albrighton ! Quelle coïncidence de vous trouver ici.

— C'est une journée exceptionnellement belle pour la saison, fit-il remarquer. Je m'en serais voulu de la gâcher. Il semblerait que nous ayons eu la même idée.

— En effet. Ou bien vous m'avez suivie.

— Pourquoi ferais-je une chose pareille ?

Il mit pied à terre lestement et vint jusqu'à elle en tenant les rênes de son cheval, un sourire charmant aux lèvres.

— Au lieu de nier, vous esquivez encore…

Elle pressa l'allure et il lui emboîta le pas. Elle lui fit savoir d'un regard acerbe et en poussant un profond soupir qu'elle ne tenait pas à sa compagnie. Il passa outre.

— Vous avez raison, je vous ai suivie. Vous pouvez moins facilement m'éviter dans ce lieu public que chez vous. Car c'est bien cela, n'est-ce pas ? Vous m'évitez ?

— Vous êtes plus infatué que je ne le pensais.

— Mais c'est la vérité.

Elle s'arrêta et pivota face à lui.

— Oui, je vous évite. Je n'étais pas moi-même ce jour-là et me trouve à présent gêné de votre présence. Par ailleurs, je suis venue ici pour réfléchir à des sujets de la plus haute importance, non pour vous tenir compagnie.

— Êtes-vous en train de dire que vous regrettez cette passion, Celia ? Si tel est le cas, je le respecte, et veuillez m'excuser une fois de plus d'avoir abusé de vous.

Son insistance arracha un soupir à la jeune fille. Il la dévisageait trop gentiment et trop sérieusement pour qu'elle le rabroue. C'était décidément un bien bel homme, se dit-elle encore une fois. Excitant. L'euphorie des sens qu'elle avait vécue dans ses bras l'avait habitée ces trois derniers jours, malgré sa confusion et son embarras. Elle planait à présent dans l'air qui les entourait, diffuse mais réelle.

— Mieux vaut avoir des souvenirs que des regrets, dit-on. Mais je sais qu'il ne pourra jamais se tisser d'histoire entre vous et moi.

Il ne contesta pas cet argument, ce qui n'étonna pas Celia. Elle recommença à marcher. Avec lui, il était inutile de se montrer plus explicite. Il allait partir, à présent. Et peut-être quitter sa maison pour de bon. Cela vaudrait mieux.

Cette pensée lui donna soudain l'impression d'être vide à l'intérieur et l'attrista quelque peu. Elle s'en voulut de réagir ainsi. Elle se comportait encore parfois comme une fillette idiote.

— À quels sujets importants réfléchissez-vous, s'il ne s'agit pas de moi ?

— Je pense à mon avenir, à l'inconscience avec laquelle je me suis désignée responsable de la vie de deux autres personnes. J'ai découvert qu'il me reste une grosse dette à régler, qui pourrait bien anéantir tout ce que j'essaie d'accomplir. En conséquence, mon indépendance pourrait se révéler de fort courte durée.

— Une grosse dette ? Avez-vous perdu au jeu, Celia ?

— J'ai appris que ma mère devait à Anthony Dargent une somme conséquente et si je ne solde pas cette dette, on me prendra ma maison.

Celia continua à marcher. Elle ne manifestait aucune gêne à se trouver avec lui, contrairement à ce qu'elle prétendait. Jonathan s'en réjouissait.

« *Il ne peut se tisser aucune histoire entre nous.* » Il était quasiment certain de savoir ce qu'elle voulait dire. L'éducation de sa mère lui avait enseigné à envisager le monde sans aucune pitié ni illusion. Il se surprit à regretter qu'elle ne soit pas plus sensible.

Le sentier se divisa devant eux et elle choisit d'emprunter la direction la moins fréquentée par les promeneurs. S'ils disposaient d'un peu de tranquillité, peut-être se confierait-elle davantage au sujet de cette dette.

— À la fin de mon année à Londres chez ma mère, elle m'a cherché mon premier protecteur. Mais vous le saviez, n'est-ce pas ? demanda-t-elle, répondant à la question qu'il n'avait pas posée.

Il était au courant, en effet. Tous les jeunes hommes du beau monde l'étaient et ils étaient nombreux, comme lui, à s'être placés sur les rangs. Édouard ne s'était pas trompé en disant qu'Alessandra avait su remarquablement mettre en appétit la haute société quant aux débuts imminents de sa fille.

À l'époque, il avait trouvé coupable de lancer dans cette vie une jeune fille aussi fraîche et aussi innocente. Alessandra s'était moquée de ses scrupules et lui avait expliqué, avec patience dans la mesure où cela ne le regardait en rien, que c'était précisément cette candeur qui garantirait le triomphe de Celia.

— Oui, j'étais au courant de ses intentions à votre égard.

— Eh bien, l'élu n'était autre qu'Anthony. C'est lui qui m'a forcée à quitter précipitamment la maison de ma mère, après qu'il m'eut expliqué qu'elle lui avait donné son consentement. Et j'ai compris alors qu'il n'avait aucune intention de m'épouser, en réalité.

Jonathan ignorait que Dargent avait été choisi. Il comprenait mieux à présent la situation. Cependant...

— Il possède une jolie fortune, mais je m'étonne qu'elle ne vous ait pas choisi un aristocrate, ou l'héritier d'un titre.

— Elle l'aurait préféré, mais elle estimait que je devais avoir voix au chapitre. Elle savait qu'Anthony ne m'était pas indifférent, aussi a-t-elle accepté sa proposition, du reste fort généreuse.

— Une chance que vous ayez été éprise de l'un des candidats ! Jamais elle n'aurait agréé votre choix si vous étiez tombée amoureuse d'un homme dépourvu d'avenir.

— Alessandra m'a bien expliqué pourquoi, amant ou protecteur, il ne fallait en aucun cas dépendre d'un homme n'ayant pas les moyens.

Ce qui, naturellement, était l'une des raisons pour lesquelles une histoire entre eux deux était exclue, songea-t-elle avec amertume.

— L'autre jour, Anthony m'a expliqué que ces négociations étaient allées très loin : il prétend avoir donné à Alessandra mes deux premières années de rente, d'avance.

— Lui a-t-elle rétrocédé l'argent, après votre départ ?

— D'après lui, non.

— Voilà donc la dette qui vous cause souci.

Elle acquiesça de la tête.

— J'aurais dû attendre avant de me lancer dans mon entreprise de fleurs. Et surtout, avant de donner un toit à Marian et à Bella. À présent, soit je perds la maison lorsqu'il revendiquera la succession d'Alessandra, soit je les entraîne dans une vie autre que celle que je leur ai promise...

— Êtes-vous en train de vous dire que vous n'avez pas d'autre solution que d'honorer cette dette ?

Jonathan regretta aussitôt son ton acerbe, mais les hésitations de Celia l'exaspéraient. Il lui en voulait de lui avoir confié son problème et de ne pas lui demander conseil. Il la voyait soupeser les faits et aboutir à des conclusions en vérité fort pragmatiques.

Elle s'arrêta, piquée au vif.

— J'essaie de déterminer quels choix s'offrent à moi, bons ou mauvais.

Plutôt vendre son âme au diable que la laisser se convaincre de se donner à cet imbécile !

— Je me demande si vous comprenez réellement tous les enjeux de sa proposition. La sécurité, certes. Le luxe, même. Une maison plus cossue, davantage de domestiques et même une sorte de statut dans son monde. Votre mère vous a expliqué tout cela, à n'en pas douter.

— Elle s'y est employée assidûment.

— Vous a-t-elle également expliqué ce qui se passe lorsque vous devenez l'esclave sexuelle d'un homme ?

Elle lui lança un regard furieux.

— Je ne suis pas une oie blanche. Alessandra n'a rien omis dans mon éducation, et m'a appris à préserver ma dignité.

Il faillit éclater de rire. Naturellement, Alessandra n'avait pas dû entrer dans les détails au sujet de ce qui pouvait survenir lorsque la situation dégénérait.

— Voici mon avis, Celia : certains hommes vous entretiendront dans l'illusion que vous maîtrisez la situation, car le plaisir qu'ils trouveront à vous briser les réjouit d'avance. Tous les gentilshommes ne sont pas des honnêtes hommes, dans ce domaine. Je tenais simplement à vous le préciser.

— Merci pour la leçon, monsieur Albrighton.

Elle fit volte-face et s'éloigna en revenant sur ses pas.

Il eut tôt fait de la rejoindre. Il endura son silence cassant et se dit qu'il ne s'était pas exprimé aussi crûment pour son propre bénéfice, mais uniquement pour la mettre en garde.

Allons donc ! Il l'avait fait pour lui. La seule idée qu'elle s'offre à Dargent, et de son plein gré, lui donnait envie de le tuer.

Il prépara son argument suivant afin de la dissuader de se sentir redevable de cette dette. Avant qu'il ne puisse le prononcer, un petit drame commença à se nouer devant eux. Une femme qu'il reconnut avançait dans leur direction. Grande, les cheveux bruns, elle portait une tenue de promenade assortie d'une cape courte garnie de fourrure sur sa pelisse de velours. Une femme plus modestement vêtue l'accompagnait. Une domestique, de toute évidence.

À leur vue, la dame s'arrêta net. Elle tourna immédiatement les yeux vers l'herbe humide de part et d'autre du sentier, comme si elle cherchait une échappatoire rapide. Comprenant qu'il n'était pas avisé de quitter le chemin, elle raidit le dos et se remit en marche en fixant un point devant elle, le visage fermé.

Jonathan prit un malin plaisir à combler la distance qui les séparait. Il accrocha le regard de la promeneuse, malgré tous ses efforts pour l'éviter. En réaction, elle les toisa tous les deux, puis tourna la tête théâtralement en poursuivant son chemin, le nez vers les nuages.

Celia rougit des pieds à la tête, mais un éclat métallique fit briller ses yeux. Elle ne reprit la parole que lorsqu'il l'eut raccompagnée à son cabriolet.

— Vos conseils me concernant sont les bienvenus, monsieur Albrighton, même s'ils me font l'effet d'une leçon superflue, telle qu'on en donnerait à une enfant.

— Je n'avais aucune intention de vous prendre pour une enfant, mais pour une femme avisée faisant la balance entre ses profits et pertes à venir.

— Eh bien, l'acrimonie de cette dame n'a pas servi vos desseins, en me remémorant que je subis des pertes sans en tirer aucun profit.

Il l'aida à monter, puis sauta en selle.

— Cette aigreur ne vous était pas destinée. Elle n'a probablement aucune idée de qui vous êtes.

— Voulez-vous dire que cette impolitesse délibérée vous était destinée ? La connaissez-vous ?

— Très bien, oui. C'est ma cousine.

— Quelque chose m'intrigue, mon oncle, dit Jonathan. Il se peut que cela ait des répercussions sur mes recherches.

Ils étaient assis dans la bibliothèque d'Édouard, devant un bon feu qui chauffait leurs bottes. La femme d'Édouard s'était retirée après le dîner, comme toujours lors des visites de Jonathan. Elle ne pouvait refuser de recevoir le jeune homme, mais elle s'en tenait à de froides formalités. Elle préférait visiblement rester dans les bonnes grâces de Thornridge que dans celles de son mari.

Jonathan n'y prêtait guère attention. Édouard n'incarnait pas la « grande famille unie » à laquelle aspirait Jonathan dans son enfance, mais il n'avait personne d'autre.

— Quoi donc ? demanda Édouard en se resservant du porto.

— Anthony Dargent. Que savez-vous de lui ?

Édouard haussa les épaules.

— Bonne famille des Midlands. Grosse fortune. Son grand-père trempait dans plus de commerces qu'il n'a jamais voulu l'admettre et a rempli les coffres familiaux. Laine. Coton. Esclaves, aussi, probablement. Dargent vaut probablement sept mille livres sterling annuelles.

Largement de quoi faire mener grand train à une maîtresse. Alessandra avait escompté une somme princière pour Celia ; cela restreignait le nombre de prétendants. « *Elle estimait que je devais avoir voix au chapitre.* » Comme il était commode pour Alessandra et par voie de conséquence pour Celia, que celui qu'elle voulait puisse précisément répondre aux exigences de sa mère !

Il se demanda si Alessandra avait eu l'intention de conserver cette rente pour elle depuis le début. Sans doute pas. Après le départ de sa fille, elle avait simplement dû laisser l'argent lui filer entre les mains.

— Son nom est-il entaché d'une quelconque manière ? demanda-t-il.

— Pas à ma connaissance. C'est un garçon aimable, d'un ennui et d'une stabilité de bon aloi. Il a épousé la fille d'un homme également bon et ennuyeux, qui lui-même s'était marié avec la sœur d'un vicomte. Je suppose que cela a élevé un peu Dargent dans le monde.

— Et son père ? Était-ce également un homme bon et ennuyeux ?

— Moins que lui...

Édouard alluma un cigare et regarda sa fumée former des volutes.

— Mais il ne s'agit pas de ce que tu crois.

Jonathan ne pensait rien encore, mais se garda de l'avouer à son oncle.

— En êtes-vous certain ?

— Son père était très pieux. À l'excès. L'idée qu'il puisse avoir eu une liaison avec Mme Northrope est absurde.

Jonathan n'avait jamais songé à cela. Manifestement, quelqu'un s'était pourtant fait la réflexion, de sorte que cela devenait une piste intéressante.

— Occupait-il un poste au gouvernement pendant la guerre ? Le père, j'entends ?

— Officieusement, oui. Il avait passé trois ans en France lorsqu'il était jeune homme, où il servait de missionnaire, en quelque sorte, auprès de paysans français qui n'en avaient cure. Ils avaient déjà leurs prêtres, comprends-tu ? Mais il s'est remarquablement familiarisé avec la géographie de certaines provinces. De sorte que l'armée le consultait de temps à autre sur des questions de topographie. Pour lui demander si telle rivière était en crue au printemps, ou telle route indiquée sur la carte suffisamment bonne pour y déplacer des canons. Rien de spectaculaire, conclut-il en haussant les épaules.

Si ce n'était que ces questions pouvaient fournir des indications précieuses. L'armée posait vingt questions pour connaître la réponse à une seule, afin de noyer le poisson, mais n'importe quel individu au fait des développements militaires sur le continent serait probablement capable de déchiffrer quelle question était intéressante.

Si le père de Dargent avait été trop dévot pour avoir une liaison avec Alessandra Northrope, son fils n'avait pas les mêmes états d'âme. Peut-être Alessandra avait-elle une autre raison d'unir sa fille à Dargent, outre les affinités de Celia et les attentes du jeune homme. Espérait-elle que sa fille pourrait recueillir ces petites informations utiles que les hommes avaient tendance à laisser échapper à la femme qui les avait comblés ? Était-ce le but d'Alessandra ?

— J'ai croisé Miranda, aujourd'hui, dit Jonathan lorsque le sujet changea, comme c'est le cas lorsqu'on discute au coin du feu.

L'expression détendue d'Édouard s'affermit.

— Ah oui ? Où donc ?

— À Hyde Park. Nous sommes tombés nez à nez.

— T'a-t-elle salué ?

— Elle m'a traité par le mépris.

— Ne feins pas d'en être surpris, ni même réellement insulté.

— Pas le moins du monde. Cependant, elle se rend rarement en ville à moins que son frère n'y soit également. Thornridge serait donc à Londres ?

Une longue bouffée de cigare. Suivie d'un profond soupir.

— Je crois que oui.

— J'aimerais obtenir une audience avec lui.

— Ce ne serait pas raisonnable.

— Pour vous ?

L'agacement d'Édouard commença à se faire sentir.

— Pour aucun de nous deux.

— Au contraire, il est plus que temps, je pense, que nous ayons une conversation. Je peux tout simplement me présenter à son domicile, je suppose.

— Il ne te recevra pas.

— Je lui donnerai des raisons de le faire. Je dirai que je viens de la part des Affaires intérieures, ou que j'enquête sur tous les hommes influents du gouvernement qui ont rendu visite à une certaine Vénus pendant la guerre. Il s'est rendu chez elle plusieurs fois. Je l'ai vu.

Cette fois, le soupir d'Édouard était résigné.

— Si tu fais cela, tu créeras un problème avant que ce ne soit nécessaire, sans parvenir à aucun résultat. En insinuant qu'il a trahi, tu lui donneras le prétexte qu'il attend pour détruire ta vie et tout ce que tu as pu construire.

— Permettez-moi d'évaluer par moi-même les risques et les gratifications éventuels.

— Pas question ! Je risque gros, moi aussi.

Jonathan s'était toujours demandé si Édouard avait peur de Thornridge. Il soupçonnait depuis longtemps que l'usage désinvolte que faisait son oncle de ce neveu illégitime avait été un moyen de protéger l'autre neveu, qui était comte. Il en vint à conclure, à regret, qu'il ne s'était pas trompé. Par peur ou par calcul, son oncle Édouard ne parlerait ni n'agirait jamais dans l'intérêt de Jonathan si cela risquait de déplaire à Thornridge.

Quoi de plus naturel ?

Édouard semblait las et chagriné. Avec un faible sourire, il demanda :

— Où habites-tu, ces temps-ci ?

— J'ai loué une chambre pour la durée de mon séjour à Londres.

— C'est insensé de n'avoir pas vraiment de maison. Et si j'ai besoin de te contacter rapidement ?

— Utilisez la boîte aux lettres habituelle.

Édouard recracha un gros panache de fumée, auquel Jonathan mêla le sien. Les deux nuages restèrent en suspension au-dessus d'eux, avant de s'évanouir chacun de son côté.

11

— J'ai seulement dit que je te trouvais bien curieuse à l'égard de M. Albrighton, Celia. Je ne sous-entendais rien de plus.

Le sourire de Daphné, cependant, démentait ses propos.

— Ce n'était pas à son sujet que je m'interrogeais, mais à propos de la femme qui l'a ignoré si cruellement. Et du reste, pourquoi n'aurais-je pas le droit d'être curieuse ? Je te rappelle qu'il vit dans mon grenier.

— S'il a parlé de sa cousine, il pourrait s'agir de lady Chesmont, suggéra Verity. Elle a l'arrogance nécessaire pour faire cela, mais autrement, elle est plutôt gentille, je crois. Un peu morne, mariée à un vicomte qui n'a pour toute distinction que son titre.

Verity était passée prendre Celia à Wells Street et n'avait pas attendu discrètement dans la rue de derrière. Sa voiture de location étant anonyme, elle s'était fait conduire jusque devant la porte d'entrée.

Assises dans le salon de Daphné, les trois amies savouraient la jolie lumière qui baignait la pièce. De l'autre côté de la baie vitrée, derrière le canapé, Celia voyait la serre et Katherine à l'intérieur qui s'occupait de plantes en pot.

Katherine était la dernière recrue de Daphné, mais elle s'était absentée à l'arrivée des invitées. Elle savait que les femmes qui avaient quitté cette maison éprouvaient parfois le besoin d'évoquer le bon vieux temps et les souvenirs avec Daphné.

— Quant à l'argument que tu avances pour justifier l'intérêt que tu lui portes, je te rappelle que j'ai vécu dans la chambre voisine de la tienne ici et que tu n'as pas manifesté de curiosité à mon égard, ajouta Verity.

— Allons donc ! Bien sûr que si. Je ne t'interrogeais pas uniquement par discrétion, comme il est de règle ici. Je n'ai pas cet arrangement avec M. Albrighton, or il suscite une grande curiosité, permets-moi de te le dire.

— Comme tous les beaux garçons, je suppose, renchérit Daphné.

Elle retourna sur le sofa et regarda Celia dans les yeux.

Celia sentit son visage s'empourprer sous l'examen de son amie.

— Ce n'est pas uniquement parce qu'il est séduisant qu'il m'intrigue. Cet homme est une énigme. Il est l'ami des maris de Verity et d'Audrianna, il est cultivé et Verity dit que c'est le fils illégitime d'un comte. Pourtant, on pourrait croire qu'il a surgi de nulle part car il donne l'impression de n'avoir ni histoire ni famille. Il n'est pas employé dans le commerce, ne semble pas pour autant rouler sur l'or. Je crois qu'il est normal que je trouve tout ceci un peu trop mystérieux pour me sentir à l'aise.

— Je ne vois pas d'inconvénient à parler de M. Albrighton si tu le désires, déclara Daphné.

Cependant, avant que tu ne poursuives, t'ai-je dit, Verity, que Mme Hill nous a cuisiné une nouvelle charlotte, l'autre soir ? Avec un peu de citron dans la mousse.

— Hmm, c'est appétissant ! La charlotte est l'un de mes desserts préférés, je lui demanderai sa recette.

— Oh, moi aussi, j'adore la charlotte. En particulier à la fraise. Je me demande pourquoi on appelle ainsi cet entremets, du reste.

— En effet, c'est...

— Pourrions-nous, je vous prie, reprendre notre conversation ? interrompit Celia avec un brin d'impatience.

Daphné fit l'innocente.

— Je n'avais pas réalisé que nous l'avions interrompue, Celia.

Verity étouffa un gloussement et les deux jeunes femmes se mirent à rire. Puis Daphné prit la main de Celia.

— Soit, revenons-en à notre séduisant et trop mystérieux M. Albrighton. Hormis le nom de sa cousine, tu n'apprendras rien ici, je le crains. Nous sommes aussi ignares que toi.

— Crois-tu ? Allons donc, j'ai cru remarquer que l'une d'entre nous en particulier prend soin de rester totalement étrangère à notre causerie.

En prononçant ces mots, Celia regarda avec insistance la personne en question. Daphné et Verity tournèrent la tête dans la même direction.

L'objet de leur attention était assis devant la cheminée, un peu plus rigide sur sa chaise. Les yeux verts de lady Sebastian Summerhays s'arrondirent comme ceux d'un enfant surpris en train de voler un morceau de sucre.

— Celia a-t-elle vu juste, Audrianna ? Détiens-tu des renseignements intéressants concernant ce monsieur ? demanda Verity.

Audrianna posa brièvement les yeux sur chacune d'entre elles. Elle rosit, puis arrangea ses cheveux châtains, habitude qu'elle avait lorsqu'elle était nerveuse.

— Peut-être bien, murmura-t-elle. Mais je ne devrais pas te le dire, Celia. M. Albrighton risquerait d'être mécontent.

— Lord Sebastian t'a-t-il interdit de nous le dire ? demanda Verity.

— Non. Il a simplement suggéré qu'il vaudrait mieux ne pas répéter ce que sa mère m'a raconté.

— Il avait tort.

Celia pouffa et se pencha vers Audrianna.

— Qu'a-t-elle dit ? Je t'en prie, cesse de me faire enrager, raconte-moi tout.

Audrianna abandonna bien vite toute résistance.

— Son éducation a été payée par le comte de Thornridge. C'est ce qu'il a avoué à Sebastian alors qu'ils étaient étudiants tous les deux.

— Eh bien, voilà qui est éloquent ! dit Celia. La famille a au moins endossé une certaine responsabilité vis-à-vis de lui. Ils reconnaissent que ses allégations ne sont pas dénuées de fondement. Pourtant, sa cousine l'a méprisé.

— Feu le comte est mort avant la naissance de M. Albrighton, expliqua Audrianna en s'animant. Sa mère était déjà enceinte, cependant. Le comte le savait et a pris des dispositions concernant son éducation. Vous voyez combien tout cela était ambigu. Le titre a été transmis au neveu du comte, qui nie tout lien familial.

— Ce doit être fort agaçant, fit remarquer Daphné. Imaginez-vous ? Vivre en sachant son destin à la merci d'un simple claquement de doigts ? Même illégitime, si la famille le reconnaît, il verra beaucoup de portes s'ouvrir devant lui.

Celia médita tout cela tandis que ses amis continuaient à bavarder, évoquant les changements qu'apporterait cette reconnaissance tardive.

Elle comprenait, maintenant, pourquoi la cousine avait si cruellement bafoué Jonathan ! Pourquoi il semblait n'avoir aucune racine. Cette absence de reconnaissance devait constituer une source d'irritation, en effet. Il la souhaiterait même si cela ne lui ouvrait aucune porte, Celia en était certaine. Quoi de plus naturel ? On n'était pas censé vivre privé de tout lien familial. Ce n'était pas normal.

— Peut-être a-t-il été reconnu, d'une certaine façon. Peut-être une porte s'est-elle ouverte, dit Verity.

Son front ivoire se plissa tandis qu'elle réfléchissait.

— Cette affaire, dans le nord du pays, près de chez moi. Il était magistrat, là-bas. Nul homme ne se voit octroyer ce poste par hasard, surtout s'il est nouveau dans la région. Quelqu'un a dû user de son influence pour autoriser cela.

La conversation cessa et Celia fut soudain frappée par ce que venait de dire son amie.

— Et si c'était la raison pour laquelle Sebastian pensait que M. Albrighton n'apprécierait pas que je parle de son milieu ? reprit Audrianna. Voyez comme nous avons eu vite fait de découvrir ce mystère... Il se pourrait que ce monsieur préfère que personne ne s'intéresse de trop près à son passé ni à son présent.

— Sans doute, alors, devrions-nous oublier ce gentilhomme et passer à d'autres sujets, décréta Daphné. Audrianna, lorsque tu as écrit pour nous prévenir que tu serais des nôtres, tu évoquais d'heureuses nouvelles. De quoi s'agissait-il ?

La jeune femme rougit et sourit comme une écolière.

— J'ai en effet la nouvelle la plus merveilleuse : Sebastian et moi attendons un heureux événement pour le début de l'été.

M. Albrighton fut oublié dans l'excitation qui s'ensuivit. On ne parla plus que bébé, baptême et préparatifs. Pourtant, bien qu'elle participe à la fébrilité ambiante, Celia continuait à tourner et retourner dans son esprit ce qu'elle venait d'apprendre.

Jonathan ne dissimulait pas l'identité de son père. Il l'avait révélée à lord Sebastian et Hawkeswell des années auparavant. Pourtant, il ne la revendiquait pas publiquement. Il lui fallait l'accord de la famille et cela devait lui peser. Il ne serait pas humain s'il ne nourrissait pas de rancune.

Était-ce la raison de son séjour à Londres ? S'occupait-il de gagner cette légitimité ? Lorsqu'il était sorti ce soir, était-ce pour franchir les quelques portes qui s'étaient ouvertes en privé, alors que toutes les autres restaient closes ? Elle l'imaginait mal accepter une telle situation.

Oh oui, il en avait, des espérances, et pas exactement celles auxquelles elle avait cru ! Ce n'était pas un homme qui cherchait à amadouer la haute société afin de jouir des avantages que lui procurait sa naissance. C'était un homme qui continuait de se battre pour que ses minces acquis ne lui glissent pas entre les mains. Il avait davantage à gagner et à perdre qu'elle ne l'avait imaginé.

Rien d'étonnant à ce qu'il n'ait pas protesté lorsqu'elle avait dit qu'il ne pouvait exister aucune histoire entre eux. Pour l'instant, ils n'étaient pas idéalement assortis et si elle suivait les traces d'Alessandra, il ne pourrait jamais devenir son protecteur, même – et surtout ! – s'il obtenait tout ce qu'il espérait.

Cette dure réalité jeta un voile sombre sur l'humeur de Celia. Elle ne s'appesantit pas dessus, mais les rires et les petites histoires échangés avec ses amies lui parurent soudain sans intérêt. C'était terrible, décida-t-elle, de découvrir un homme aussi captivant et de savoir qu'elle ne pourrait jamais être à lui…

Il lui fallut attendre d'être de retour vers Londres dans la voiture de Verity, en fin d'après-midi, pour que la mélancolie se dissipe et qu'elle comprenne que sa réaction face à la nouvelle de la naissance de Jonathan l'avait troublée plus que de raison.

À bien y réfléchir, cette étrange histoire de magistrat était nettement plus importante. M. Albrighton lui serait peut-être plus utile que prévu. Elle était convaincue qu'il accepterait de l'aider pour peu qu'elle s'y prenne de la bonne manière. Ce qu'elle ne devrait probablement pas faire…

D'un autre côté, si effectivement il ne pouvait se tisser d'histoire entre eux, un écart supplémentaire était excusable, dans la mesure où c'était pour la bonne cause.

12

La lettre arriva avec l'eau chaude du matin. Sur un papier épais plié en quatre, d'une écriture propre et féminine, Celia l'invitait. M. Albrighton accepterait-il de dîner avec Mlle Pennifold ce soir à 21 heures ?

Intrigué, il rédigea son acquiescement par écrit et le lui fit porter.

Le soir venu, il s'habilla comme s'il se rendait à un grand dîner à Mayfair. Il noua son foulard avec un soin particulier tout en se demandant si elle le recevrait vêtue d'une de ces robes de soie. S'il s'agissait d'un dîner sans cérémonie, naturellement, il paraîtrait quelque peu ridicule. Il en prit le risque, toutefois et compta sur Celia pour savoir oublier les convenances si nécessaire.

Ce dîner avait un objectif, cela allait de soi. Elle voulait lui demander quelque chose. Il se prit à rêver d'être la chose en question. Ce serait merveilleux si elle avait décidé que la vertu n'était pas une vertu et qu'elle voulait qu'il l'embrasse encore…

Il se moqua de lui-même en descendant l'escalier principal et s'arrêta devant la chambre de Celia, d'où s'échappaient des murmures féminins. Impulsivement, il frappa.

Le silence se fit, puis la porte s'entrouvrit et Bella passa la tête.

— Dites à Mlle Pennifold que je suis venu la chercher pour l'emmener dîner, Bella.

Bella regarda par-dessus son épaule. Bientôt, Celia fut visible par l'étroite ouverture.

— Vous êtes un véritable gentilhomme, monsieur Albrighton, dit-elle.

Ses cheveux avaient été coiffés de façon élaborée et de minuscules tresses s'entrelaçaient dans son chignon. Elle portait la robe de satin couleur daim, celle qu'elle examinait dans la malle lorsqu'il avait fait irruption au grenier.

Elle était éblouissante. Sophistiquée, élégante et très féminine. Sa mise était étudiée pour rendre les hommes fous de désir.

Elle avait résolument une idée derrière la tête.

Lui aussi. Il doutait que leurs idées coïncident, mais élabora néanmoins une stratégie de séduction afin d'être certain qu'ils seraient tous deux dans les mêmes dispositions à la fin de la soirée.

— Bella ? Mon châle, s'il vous plaît.

Les mains de Bella apparurent, tenant un châle vénitien ivoire orné de motifs bleu marine. Celia ne portait pas de bijoux. Il se demanda si, en vendant tout ce qu'il possédait et en passant le reste de sa vie dans la misère, il pourrait lui offrir des saphirs dignes d'orner la peau douce de son cou.

Elle attendait patiemment qu'il s'écarte. Recouvrant ses esprits, Jonathan lui offrit son bras.

— C'est Marian qui fait la cuisine, lui annonça-t-elle tandis qu'ils descendaient l'escalier. N'espérez pas un dîner à la française.

Le satin fluide de sa robe flottait, effleurant les jambes de Jonathan, qui sentait la caresse du tissu soyeux aussi délicieusement que s'il ne portait pas de pantalon.

— Ce sera sans aucun doute meilleur que mon ordinaire.

— Les repas faisaient-ils partie de votre loyer et ai-je été négligente ? Si tel est le cas, je vous prie de m'en excuser. Je l'ignorais, n'ayant jamais lu le document attestant du bail.

Elle haussa un sourcil éloquent.

— Je vous l'apporterai demain.

La salle à manger avait été décorée avec quelques-unes des plantes et des fleurs qui restaient de la cargaison de Cumberworth. Elle était éclairée par deux chandeliers disposés à côté des assiettes déjà dressées. Celia s'était donné du mal pour créer une table reposante et élégante.

Bella et Marian les servirent, vêtues de tabliers propres telles deux servantes modestes. La soupe de tortue était probablement fort bonne, mais il n'y prêtait guère d'attention. Celia était de toute beauté, dans cette lumière. Ses yeux paraissaient plus grands et plus profonds. Il avait le sentiment qu'en les regardant assez longtemps, il aurait pu y voir son âme...

— J'ai entendu une rumeur à votre sujet, déclara-t-elle tandis qu'ils attendaient le plat suivant.

Il était en train de servir du vin qu'elle disait avoir trouvé dans la cave. Il se concentra sur le liquide grenat.

— Je ne suis pas suffisamment notable pour susciter des rumeurs.

— Cela concerne la dame que nous avons croisée au parc, votre cousine, qui vous a dédaigné. C'est la sœur du comte de Thornridge, n'est-ce pas ? Lady Chesmont...

Marian apporta du poisson et une belle sauce aux agrumes. Il devait manquer quelques fruits sur l'oranger livré aux Robertson, songea Celia.

— Est-ce Summerhays qui vous l'a dit ? Hawkeswell ?

Il ne leur avait jamais demandé de taire son lien de parenté avec Thornridge, mais il s'étonnait qu'ils l'aient fait.

— Leurs épouses ?

— C'est donc la vérité... Il est fort cruel de leur part de ne pas vous reconnaître légitimement.

— Ils ont leurs raisons, je suppose. Non, ce n'est pas cruel. Plutôt gênant.

L'expression de Celia s'adoucit.

— Cela vous a été cruel lorsque vous étiez enfant, quoi qu'il en soit.

— Je ne m'en souviens guère.

Si, il s'en souvenait. Comment oublier le rejet de cette famille ?

— Ainsi, ils sont tous au courant ?

— Oh oui !

Il aurait dû couper court, mais ces yeux bleus incitaient aux confidences et le vin encourageait les indiscrétions.

— Cela n'a été cruel qu'en une occasion. J'avais neuf ans, cela remonte loin.

— Que s'est-il passé ?

— Ma mère m'a emmenée à Hollycroft, la propriété de Thornridge. Elle a demandé à parler à mon cousin, qui venait d'atteindre sa majorité. Il a refusé de la recevoir. Nous avions parcouru une longue route et elle n'a pas admis ce rejet. Elle s'est assise sur les marches du perron en déclarant qu'elle resterait devant sa porte jusqu'à ce qu'il lui ouvre. Je me suis assis avec elle.

Bouleversée, Celia s'exclama :

— Ne me dites pas qu'il l'a laissée là mourir de faim !

— Pas tout à fait, bien que cela n'ait rien arrangé à sa santé déjà défaillante. Nous sommes restés assis trois jours et trois nuits. Enfin, Thornridge a cédé. Il attendait des invités pour une réception et ne voulait pas d'un scandale.

— Vous l'avez donc rencontré ?

— Ce fut la seule fois de ma vie. Je ne m'en souviens guère. Ma mère a énoncé ses exigences et il est resté tel un bloc de granit. Ils ont échangé accusations et insultes. À la fin, pourtant, elle a obtenu son accord pour mon éducation. Une petite rente a été convenue pour quelques années, à la condition expresse que je ne prétendrais pas à être légitimement reconnu.

Il retourna à son assiette, signifiant que la conversation était terminée. Il se rappelait mieux de cet entretien entre sa mère et son cousin qu'il ne voulait l'admettre. Avec les années, des bribes lui étaient revenues – ou plus exactement, les menaces…

Celia l'observa pendant qu'il mangeait une bouchée de poisson. Elle réfléchit et fronça les sourcils.

— De quoi vivez-vous, si vous ne jouissez plus de cette rente ? Je ne vous vois aucune occupation.

— Puis-je vous demander la raison d'une telle indiscrétion ?

— Simple curiosité.

— Est-ce parce que je vous ai embrassée ?

— C'est parce que vous vivez sous mon toit. Et à cause de cette affaire dans le Nord, du fait que vous y ayez agi en qualité de magistrat. J'étais au courant, voyez-vous. J'ai reconnu votre nom dans un journal que m'a montré Verity voici quelques mois.

Ainsi, elle avait commencé à assembler les fragments de sa vie ! Il ne fit pas mine d'en être offensé et attendit de voir où elle voulait en venir. C'était un prétexte pour observer les changements de nuance dans ses yeux et les reflets mouvants que jetaient les flammes des bougies sur sa peau.

— Je m'étais fait la réflexion que des hommes d'influence avaient dû intervenir pour vous obtenir ce poste, dit-elle. Puis je me suis rappelé que vous vous absentiez souvent durant la guerre, l'année où je vivais avec ma mère. J'en ai déduit une théorie…

Elle sourit d'un air suffisant et le taquina des yeux.

— Si votre théorie me vaut des invitations à dîner en tête à tête avec vous vêtue de votre robe en satin, je ne vous contredirai probablement pas.

— Ne voulez-vous même pas la connaître ?

— Pas vraiment. Mais j'ai la vague impression que vous me la direz tout de même.

Elle fit une moue boudeuse adorable. Puis, comme il s'y attendait, elle déclara :

— Je crois que vous êtes un espion et que vous avez travaillé en France, pendant la guerre. Qu'en dites-vous ?

— Je suis soulagé que selon votre théorie, au moins, je ne passe pas pour un homme ennuyeux !

— Je pense aussi qu'on vous a envoyé dans le Nord pour essayer de déterminer ce qui s'est passé là-bas. Ce sont des hommes influents qui vous ont chargé de cette mission. J'ai l'impression qu'en ce moment, vous attendez des ordres pour mener à bien votre prochaine mission !

— Votre imagination est fertile.

— Ce n'est pas tout. Je pense que vous en êtes venu à exercer cette occupation insolite parce que quelqu'un d'important a eu vent de ces rumeurs sur votre compte il y a des années et vous a ouvert cette porte alors que la majorité des autres restaient fermées.

Elle pencha la tête en arrière et partit d'un grand éclat de rire.

— Et maintenant, monsieur Albrighton, que pensez-vous de mon imagination ?

Marian survint pour leur servir de la volaille nappée d'une sauce à la crème. Après son départ, il remplit de vin le verre de Celia.

— Je ne me suis rendu en France qu'à quelques reprises. La plupart de mes missions se déroulaient ici, en Angleterre. Sur le littoral, essentiellement. Vous avez vu juste également quant à la dernière partie. Un homme important m'a ouvert une porte...

Il leva son verre dans sa direction et Celia écarquilla les yeux.

— Vous voulez dire que... je ne me suis pas trompée ? Que j'ai tout deviné ?

— Pour la majeure partie, en effet.

Elle était tellement stupéfaite qu'il regretta de n'avoir point nié. Une bonne parade, et elle aurait sans doute laissé tomber le sujet définitivement.

À un détail près : il n'avait pas eu envie de lui mentir. Qu'elle ait si bien réfléchi le flattait et lui ouvrait de nouvelles perspectives, en quelque sorte.

Elle le dévisageait d'un regard si limpide, si franc qu'il se sentit fondre. La gaieté étincelait dans ses yeux.

— Êtes-vous en train d'espionner, en ce moment ?

Jonathan tomba des nues. Nom d'un chien, elle était beaucoup plus futée qu'il ne l'avait réalisé. Il cacha sa surprise dans un rire.

— Me voici démasqué ! Les chefs des sociétés d'horticulture de la nation ont exigé du prince régent qu'ils m'envoient percer à jour les secrets de vos plantes.

Elle éclata de son rire musical.

— Enchantée d'apprendre que vous êtes employé à des tâches si dérisoires. Car voyez-vous, je souhaiterais vous embaucher.

Il marqua de nouveau la surprise et sentit sa garde altérée par le vin et la beauté de cette femme. Lui qui s'était donné pour but de la séduire durant ce dîner était pris à son propre piège...

— Je me vois contraint de décliner, mademoiselle Pennifold.

Cela ne pouvait que lui attirer des ennuis.

— Vous ne savez même pas ce que j'attends de vous !

— Mes services sont trop onéreux. Vous vous ruineriez.

— Vous ne pouvez pratiquer des tarifs aussi exorbitants. Tout de même, vous n'habitez pas Park Lane ! Vous pourriez au moins entendre ma requête avant de m'opposer un refus.

Il hocha la tête, résigné.

— Pardonnez mon impolitesse. Je vous écoute...

— C'est très simple : je voudrais que vous découvriez qui est mon père.

— Dans quel but ?

Elle roula des yeux.

— Est-il besoin d'un but ? Je souhaite simplement le savoir. Ne le souhaiteriez-vous pas, à ma place ? Vous êtes un enfant illégitime, vous aussi, mais vous connaissez l'identité de votre père, contrairement à moi.

— Mon père m'a reconnu, à défaut de sa famille. Si votre père a choisi de ne pas vous reconnaître, il avait probablement ses raisons et ne verra pas d'un bon œil ma curiosité.

— Ses raisons sont les mêmes que celles de tous les autres à mon endroit : il a supposé que je suivrais la voie tracée par ma mère et ne voulait pas que son nom y soit associé. Mais si je ne choisis pas cette profession, il se peut qu'il voie les choses différemment. Je suppose, en outre, que vous ne lui ferez pas savoir que vous vous immiscez dans sa vie privée.

— Je ne puis faire surgir des renseignements par magie. Dites-moi déjà ce que vous savez afin que je décide s'il existe une chance de succès.

— C'est là que le bât blesse. Je ne sais strictement rien. J'avais espéré découvrir quelques indices en fouillant dans les papiers et les affaires de ma mère, mais elle a supprimé tout ce qui pourrait me conduire à lui.

Son visage prit une expression triste et tout son corps sembla s'affaisser.

— Je souhaite uniquement connaître son nom afin d'envisager plus sereinement mon avenir. Je trouve peu charitable de la part de ma mère d'avoir fait en sorte que je ne le rencontre jamais, pas même dans quelque parc bondé.

Ce détail était révélateur, songea-t-il. Alessandra n'aurait pas fait œuvre d'une telle précaution si l'identité du père ne l'exigeait pas.

Celia le considérait avec sérieux. Toute séduction avait disparu de son attitude, depuis qu'elle avait abordé ce sujet. Découvrir l'identité de son père était essentiel pour elle et il ne comprenait que trop bien pourquoi. Elle avait raison : lui était un bâtard mais au moins, il connaissait ses parents. Il essaya d'imaginer ce que cela pouvait représenter pour elle.

Celia avait vingt-trois ans. Sa conception était survenue précocement dans la carrière d'Alessandra. Le père pourrait bien être cet émigré français évoqué par Édouard, ou un amant qu'elle aurait eu juste après et qui avait ses raisons de rester discret quant à ses aventures.

Peut-être éluciderait-il le mystère sans même le chercher, en menant à bien son autre mission ?

Devant son silence, Celia fronça les sourcils. Lentement, elle se leva et il vit sa robe onduler sur son corps tandis qu'elle contournait la table pour venir se placer derrière sa chaise. Il perçut une fragrance de lavande et sentit sa manche en satin effleurer sa main. Puis elle encadra son visage dans ses paumes lisses et douces et se pencha pour l'embrasser.

C'était un baiser réfléchi. Habile. Expert. Sa langue glissa entre ses lèvres et taquina la sienne, désirable, enivrante. Rien de comparable à l'impulsion à laquelle elle avait cédé le jour de la visite de Dargent, sous l'emprise à la fois de la joie et de la tristesse.

Ce soir, la fille d'Alessandra Northrope lui accordait une faveur.

Si son objectif consistait à le rendre fou de désir, il était atteint ! Le corps de Jonathan réagit avec violence. Ce petit numéro de courtisane était une séduction calculée, une façon de le narguer en exerçant son emprise sur lui et il n'était pas question de la laisser mener la danse.

Quand il l'attira sur ses genoux, dans ses bras, son expression étudiée fit aussitôt place à un air stupéfait. Elle tenta même de se dérober lorsqu'il commença à l'embrasser, mais dès que leurs bouches se touchèrent, elle fondit et referma les bras autour de son cou.

Elle le rejoignit dans ce baiser, donnant, prenant, oscillant entre abandon et retenue. Le velours de sa bouche, la chaleur de son corps dans ses bras, la souplesse de ses hanches contre lui, dont l'érection exerçait la plus douce des pressions, lui faisaient perdre la tête. Soudain, il n'existait rien d'autre qu'elle, sa peau, son goût, ses délicieux soupirs de surprise et ses gémissements de plaisir.

Son parfum, fleuri et musqué... Sa bouche et sa langue le mettaient au supplice, annonçant des plaisirs dont elle n'avait probablement aucune idée... Ses seins, si doux et si tendres sous le tissu de satin, se soulevaient devant ses caresses comme si elle aspirait à ce qu'il la touche, à remplir sa main. Elle remuait, ondulait doucement, le rendait fou, tandis qu'ils se noyaient tous les deux dans cet océan de sensations... Il avait l'impression qu'un halo de lumière blanche et virginale les encerclait tous deux, rendant leur plaisir parfait.

Aucune pensée ne vint gâcher ce moment de grâce. Aucune considération. Il taquina ses seins et elle émit de doux gémissements de désir dans le creux de son cou. Sa robe était conçue pour être ôtée et il n'eut aucun mal à desserrer les liens qui la fermaient. Il prit sa bouche et la dévora tout en faisant glisser le satin lentement, puis il retira son caraco avec moins de délicatesse.

Il fallait qu'il voie la peau ivoire que caressait sa main. Les lèvres entrouvertes, elle baissa elle aussi ses yeux pareils à deux lacs remplis d'étoiles. Ensemble, ils regardèrent les doigts de Jonathan encercler son sein, leurs souffles impatients mêlés. Le plaisir que prenait Celia à cette caresse transparaissait dans son infime sourire et son sein laiteux aux pointes brunes se dressa pour l'encourager…

Il la toucha avec une légèreté insoutenable. Les yeux clos, elle poussa un profond soupir, le visage offert à ses baisers. Des lèvres, il traça un sillon de son cou à sa poitrine et de sa langue diabolique lui fit connaître le même désir que le sien, la même faim rugissante…

C'était doux, trop doux, malgré le désir douloureux. Il se vit avec elle, leurs corps mêlés, le satin disparu, la sensation de sa peau contre la sienne, le goût d'elle, offerte. Ses caresses suivirent le chemin de son esprit, descendirent vers ses jambes, remontèrent jusqu'à la chair soyeuse et humide sous le satin chiffonné. Sa mélodie de soupirs stupéfaits s'accéléra, encore et encore, effrénée, l'implorant de…

Soudain, des bruits leur parvinrent au loin. La lueur dorée des bougies avala la lumière blanche éclatante, ne laissant plus autour d'eux que des ombres et une table. Celia lui saisit le bras, ravalant ses cris dans un hoquet.

Une femme s'éclaircissait la gorge si bruyamment que la porte derrière lui en tremblait…

Ils restèrent là, immobiles, tandis que la pièce, le monde et la visiteuse qui réclamait leur attention reprenaient peu à peu leur place dans leur conscience. Furieux d'avoir été interrompu, Jonathan poussa un grognement de frustration, que Celia s'efforça de tempérer par une expression résignée. Elle baissa les yeux vers ses seins dénudés, comme si elle était surprise par son manque de maîtrise d'elle-même. Gauchement, elle remit son caraco, puis se rassit sur sa chaise. À cet instant précis, Marian ouvrit la porte, une tarte à la main et les servit.

Après son départ, Celia regarda Jonathan par-dessus la lueur des bougies, les yeux encore emplis de la scène qu'ils venaient de jouer. Il lui rendit son regard et l'imagina nue de la tête aux pieds, courbée au-dessus de cette table de telle façon que son joli derrière s'élevait vers lui.

La situation lui avait un peu échappé, avec M. Albrighton, s'avoua Celia un peu plus tard, quand elle eut regagné sa chambre. « *Reste maîtresse de toi. Ne cède pas trop facilement. Sache à quoi t'en tenir avant de poursuivre au-delà d'une ou deux caresses.* »

Alessandra devait se retourner dans sa tombe.

Sa fille oubliait ce qu'elle lui avait si patiemment enseigné ! Elle avait cédé trop vite et aurait peut-être même tout offert si Marian ne les avait pas bruyamment ramenés à la raison.

Celia attendit, ce soir-là, l'homme qui serait probablement à la porte de sa chambre une fois la maison plongée dans le sommeil. Elle se demanda ce qu'elle ferait s'il venait à elle – lui qui avait toutes les raisons de penser qu'elle l'accepterait…

Elle essaya de ne pas imaginer la suite, mais elle resta allongée dans le noir, excitée et effrayée à la fois, dans l'espoir qu'il aurait cette audace. Ses seins étaient horriblement sensibles, à chacun de ses mouvements. Sa peau était moite. Elle le sentait, au-dessus d'elle, fou de désir pour elle.

Lorsqu'elle comprit qu'il ne viendrait pas, Celia se sentit étrangement soulagée, malgré la frustration qu'endurait son corps. Cela valait mieux, naturellement. Il n'y avait pas d'arrangement, pas de contrat. Elle n'en voulait pas vraiment, du reste, pour être tout à fait honnête. Jonathan ne pourrait jamais faire office de protecteur pour elle, en supposant qu'elle choisisse un jour d'en avoir un. Dans ce genre de décisions, mieux valait se montrer pratique et penser à l'avenir.

Pourtant... quels instants délicieux ils avaient passés ensemble ! Magiques... Elle n'avait pas eu à trouver le plaisir en elle-même, ni à écarter cet homme de son esprit pour ce faire. C'était lui qui l'avait éveillé et elle n'avait pu qu'y répondre. Les sensations l'avaient attirée, séduite, submergée, et le seul fait de penser à son regard pendant qu'ils mangeaient cette tarte faisait de nouveau naître une vague de chaleur au cœur même de sa féminité.

13

Jonathan se présenta à la porte de Castleford. Le duc l'avait invité à lui rendre visite à n'importe quel moment et il s'apprêtait à vérifier si ce n'étaient pas des paroles en l'air.

Il avait soigneusement évité le mardi, car il ne voulait pas que Castleford soit trop occupé pour consacrer du temps à leur conversation – ni le trouver trop sobre pour se livrer à des indiscrétions.

Le rituel fut le même que la fois précédente, avec les domestiques en livrée. Cette fois, le majordome emporta sa carte sur un plateau et le fit attendre dans cette jolie pièce où ils avaient joué aux cartes.

Seul, sans autre compagnie que les tableaux accrochés aux murs, il laissa son esprit vagabonder vers Celia – ce qu'il évitait pourtant depuis la veille. Cependant, même le désir le plus puissant ne pouvait détourner indéfiniment les sombres pensées auxquelles il était en proie lorsqu'il se remémorait le dîner de la veille. Pas plus que les images de Celia, ivre du plaisir qu'il lui donnait... En vérité, il badinait avec elle et ne savait même pas pourquoi. Il la trouvait belle, fascinante aussi, avec sa perception originale de la vie. C'était indéniable. Mais il n'avait pas envie d'une liaison et se révoltait à l'idée qu'elle puisse à l'avenir se donner à d'autres hommes.

Si elle ne l'avait pas embrassé, les choses ne seraient peut-être pas allées si loin, se dit-il. Mais non, il savait bien qu'il l'aurait séduite de toute façon. Dès qu'il l'avait vue dans la robe, c'était devenu inévitable.

Il revit le vêtement, qui lui allait si bien, glisser sur son épaule. Alessandra avait dû savoir en la lui commandant qu'elle mettrait en valeur tout ce que sa fille avait à offrir. Sobre, presque sage, la coupe n'avait rien d'impudique, ni d'excessif. Pourtant, le tissu glissait comme de l'eau sur son corps, soulignant sa silhouette avec un érotisme subtil. Aucun homme ne pouvait la voir dans cette robe sans l'imaginer nue, même si le vêtement n'était en aucun cas scandaleux.

À l'image de Celia, sa robe combinait innocence et assurance, pudeur et sensualité. C'était la robe d'une écolière, mais une écolière dont la maîtresse n'était autre qu'Alessandra, la courtisane la plus admirée de son temps.

— Monsieur le duc va vous recevoir, monsieur.

La voix le ramena à l'instant présent, promesse bienvenue d'un répit pour occuper son esprit. Il fallait qu'il s'acquitte rapidement de la mission confiée par Édouard. Il était temps de quitter Londres, avant de commettre l'irréparable avec Celia.

Il suivit la perruque blanche dans l'escalier conduisant aux appartements du duc. Ils occupaient tout l'étage, au-dessus des pièces de réception. Le domestique le fit entrer dans un immense dressing-room, dans lequel Castleford lui fit la surprise de le recevoir en robe de chambre.

Deux valets s'affairaient autour de lui pour l'habiller et il ressemblait davantage à un chevalier à qui l'on enfilait son armure qu'à un gentilhomme s'apprêtant à sortir en ville. Jonathan prit place dans l'un des nombreux fauteuils pour assister au spectacle.

— C'est une excellente idée d'être passé, marmotta Castleford, le menton dressé afin que le premier valet de pied puisse fermer le bouton supérieur de sa chemise sans en plier le col.

— Vous vous rappelez m'avoir invité à le faire, n'est-ce pas ?

— Bien entendu. Pourquoi ne me le rappellerais-je pas ?

— Certains ne se souviennent pas des propos qu'ils ont tenus avant de s'enivrer...

Castleford n'était pas vraiment sobre. Certes, il se tenait bien droit, sa voix n'était pas pâteuse, mais ses yeux étaient ceux d'un homme qui avait déjà beaucoup bu – ou se ressentait encore de ses abus de la veille.

— Je me souviens de tout. La seule différence avec moi, c'est que si je me moque d'un sujet, j'ai tendance à l'oublier...

Le second valet de pied lui présenta ses bottes en daim et Castleford signifia son approbation en prenant place dans un siège. Avec des mouvements souples qui démentaient son effort, le domestique les glissa à ses pieds.

L'autre s'approcha avec des redingotes, mais le duc l'écarta d'un geste impatient et leur intima à tous deux de sortir. Puis il s'avachit sur son fauteuil, planta une jambe bottée en travers de l'accoudoir et sourit à Jonathan tel le diable lorgnant la prochaine âme qu'il pourrait voler.

— Vous êtes venu trop tôt. Vous êtes censé arriver le soir. Vers 22 heures, demain, ce serait parfait. Il y a un match de boxe à voir. Et ensuite, nous trouverons des putains. J'espère que vous aimez les filles du peuple. Je n'ai jamais compris ces hommes qui paient cent livres ce qu'on peut avoir pour un shilling.

— Je ne les aime pas trop communes, non.

— Moi si. Communes, lascives et drôles. Pas de tristes histoires à vous raconter comme quoi c'est la pauvreté qui les a entraînées dans le péché. Il y en a des tas qui aiment ce qu'elles font...

Il considéra Jonathan d'un air songeur.

— La petite Katy vous conviendrait bien. Vous avez passé du temps en France, vous devez maîtriser l'usage de la langue. Elle aime cela.

Il bâilla et s'étira.

— À demain soir, donc, à moins que vous ne soyez accaparé par votre mission actuelle !

Tel était le problème, avec un homme à moitié ivre. Il était enclin aux indiscrétions. Mais celle-ci, soupçonnait Jonathan, avait été préméditée.

— La guerre est terminée depuis longtemps. Il n'y a plus de problèmes sur le littoral.

— On a toujours besoin d'un homme de votre compétence. Par contre, ce ne sont pas les Affaires intérieures qui vous emploient, cette fois... ce qui m'intrigue.

— Comment savez-vous si c'est le ministère ou non, puisqu'il n'y a pas de mission ?

— Je me suis renseigné. Ils n'aiment pas cela, du reste. Cela les met en émoi... Cependant, j'obtiens toujours une réponse. À voir la façon dont les informations se bousculent, on pourrait penser que j'appartiens à la famille royale !

— Peut-être craignent-ils que vous ne les fassiez tuer s'ils ne vous renseignaient pas.

Il réfléchit un instant, avant d'éclater de rire.

— Ma foi, c'est fort possible. Et moi qui pensais que c'était par déférence pour mon titre.

— Il est commode de recueillir davantage d'informations que vous n'en espériez. Vous devez connaître plus de potins politiques que quiconque.

Il haussa les épaules.

— C'est plus amusant que les âneries qu'on entend dans les salons. Les seules choses qui les intéressent sont de savoir qui a une fille assez sotte pour s'être laissé compromettre.

— Alors vous savez sans doute qui m'a confié une mission. En supposant qu'il en existe une, bien entendu.

— Non, je n'en ai aucune idée. Je n'ai pas essayé de le savoir. Je n'ai pas encore décidé si je m'en moquais ou non, voyez-vous.

Jonathan espérait bien que non. Si Édouard ne l'avait pas envoyé fouiller dans le passé d'Alessandra pour le compte des Affaires intérieures, pour qui, alors, l'avait-il fait ? Il n'aimait pas obéir aux ordres d'un homme dont il ignorait le nom.

— Je vois que je suis tombé à un mauvais moment, dit-il. Avant de partir, je me demandais si vous accepteriez de chercher parmi ces renseignements utiles que votre curiosité a portés à votre connaissance et répondre à une question.

Castleford leva les yeux au ciel et émit un grognement théâtral.

— Je croirais entendre Summerhays. Il m'assomme en permanence avec ses questions politiques.

— Je vous promets de n'en poser qu'une. Savez-vous quelque chose au sujet du père d'Anthony Dargent ?

— Dargent ? Celui qui a abandonné sa famille pour se livrer à un travail de missionnaire, c'est cela ? Voilà sans doute pourquoi Dargent est devenu un tel imbécile. Il s'est entiché de la fille de cette femme Northrope, il y a quelques années. Certains ont pensé qu'il allait l'épouser, tant il était épris. D'autres étaient agacés que sa tâche soit si aisée.

— Tout le monde était au courant, n'est-ce pas ?

— Je m'en souviens bien. Tous ces hommes qui salivaient à la vue de cette jolie vierge. Je n'ai jamais compris cette fascination pour les pucelles. Pour des raisons dynastiques, certes, il est préférable d'en épouser une, mais la première nuit doit être bien peu plaisante.

— Vous étiez donc, vous-même, intéressé ?

— Grands dieux, non ! Ni par la mère non plus, bien qu'elle ait du chien. On voyait qu'elle connaissait son affaire. Mais si j'avais voulu d'une femme qui m'entraîne dans des salons et des réunions et espère des diamants en guise de récompense, autant me marier.

— Je crois savoir que tout le monde ne partage pas votre vision des choses, loin de là. Ce n'est pas pour rien que Mme Northrope était célèbre.

Castleford leva vers lui un regard étonnamment direct.

— C'est donc cela ! Vous devez réparer les pots cassés à la suite d'un écart de conduite qui pourrait nuire à quelqu'un ? Pourtant, on dirait que vous n'êtes même pas sûr de savoir qui est l'homme en question. C'est absurde…

— En effet, ce qui devrait vous prouver que l'idée est grotesque.

— Certes, mais néanmoins possible. Quant aux nombreux autres que vous m'avez poussé à me souvenir, je présume qu'ils étaient tous nobles, comme ceux qui s'y intéressaient ouvertement. Ou issus de familles parmi lesquelles on trouve des pairs du royaume. On dit qu'elle était très stricte à ce sujet et ne se donnait qu'aux hommes du meilleur sang.

— Cela en laisse un bon nombre au portillon.

— Et certains l'ont eue alors que vous et moi étions encore des petits garçons. À moins qu'elle n'en ait dressé une liste, vous cherchez une aiguille dans une meule de foin !

Pas nécessairement. Il suffisait de s'assurer qu'il n'existait aucune liste. Cependant, Jonathan avait ses raisons d'espérer qu'il en existait une.

— Si c'est pour connaître les protecteurs de Mme Northrope que vous êtes venu, je regrette de ne vous avoir point été utile.

Le ton de Castleford ne trahissait pas le sarcasme auquel Jonathan s'était attendu. Aussi persévéra-t-il, au lieu de ne pas insister.

— C'était une simple curiosité, suscitée par quelques rencontres fortuites que j'ai faites ces derniers temps. En réalité, je venais vous demander un service.

— Naturellement, fit l'autre, les yeux brillant à la fois de curiosité et de résignation. Et en échange, nous ferons une belle virée demain soir !

— Je me contenterai de boxe et de boissons et me passerai des prostituées.

Castleford soupira.

— Allons, Albrighton, leur vulgarité n'est pas contagieuse. C'est terrible d'être obligé d'être duc pour suivre librement ses inclinations.

— Ce n'est pas la vulgarité que je crains, monsieur.

Cela fit sursauter Castleford. Mais ce moment de sobriété fut de courte durée.

— Dites-moi donc quel est ce service ? Va-t-il m'amuser, ou est-ce une corvée ennuyeuse ?

— Je voudrais que vous m'obteniez une audience avec Thornridge.

Les yeux de Castleford s'éclairèrent, surpris, puis s'assombrirent.

— Ainsi, vous allez vous mesurer à lui ? Enfin ?

— Je souhaite avoir une conversation avec lui. Rien de plus.

Castleford fit basculer sa jambe et la reposa par terre avant de plonger les yeux dans ceux de Jonathan.

— Une conversation ? Voyez-vous cela...

Il sourit.

— Voilà qui est amusant ! Je vais réfléchir à un moyen de le piéger, mais à une condition. Je veux être présent lorsque vous lui parlerez.

Le lendemain, Celia quitta la maison de bonne heure. De nouvelles plantes arriveraient le lendemain et elle avait besoin de cette journée pour elle. Elle prit le cabriolet et partit vers la ville. Là, elle se rendit chez M. Mappleton, qui l'avait convoquée.

Certains documents relatifs à l'héritage de sa mère étaient en attente de sa signature. Après s'être acquittée de ces formalités, elle s'enquit du règlement des dettes.

— Elles sont toutes honorées, j'ai le plaisir de vous en informer, la rassura M. Mappleton.

— Aucune autre n'est apparue ? Aucun risque de découvrir soudain une nouvelle créance ?

— Pas à ma connaissance. Comme vous le savez, je n'ai trouvé aucun livre de comptes. Il est possible, je suppose, que votre mère ait simplement tout gardé en tête.

Ses joues pâles se teintèrent d'une légère nuance rosée.

— Pour plus de discrétion.

— Comment étiez-vous au courant des dettes non remboursées ?

— Les prêteurs et les marchands se sont adressés à moi, ils m'ont présenté des documents. Dans la plupart des cas, votre mère disposait des doubles. Même sans livre de comptes, elle gardait certains papiers.

— Mais si une dette vous est présentée, comment savez-vous qu'elle n'a pas déjà été remboursée ?

— Il faudrait être idiot pour rembourser une dette et ne pas pouvoir en montrer la preuve écrite.

Or Alessandra n'était pas une idiote, loin de là.

Celia prit congé. En sortant de l'étude, elle vit un grand homme blond s'approcher d'elle en souriant.

Anthony ôta son chapeau et s'inclina profondément.

— Celia, quelle heureuse coïncidence...

Elle jeta un coup d'œil dans la rue. L'attelage du jeune homme attendait à quelques mètres de là.

— Une extraordinaire coïncidence, en vérité, Anthony. Je pense que vous m'avez fait suivre aujourd'hui, ainsi que, vraisemblablement, d'autres jours. Je ne le tolérerai point.

— Jamais je ne ferais montre d'une telle incorrection. En visite chez Mappleton, j'ai appris qu'il vous attendait aujourd'hui.

Il sourit, de ce sourire qu'elle avait jadis trouvé si chaleureux.

— J'avais envie de repasser vous voir à Wells Street, mais avec l'incident de l'autre fois... Il faut que je vous parle, Celia. Je voudrais aussi vous montrer quelque chose.

— La pluie s'annonce, Anthony. Je dois rentrer à...

— Je souhaite vous montrer le petit contrat que votre mère a signé avec moi. Je ne l'ai pas donné à Mappleton et ne vous harcèle pas pour que vous me remboursiez pour l'instant. Je pensais que nous devrions au préalable en discuter tous les deux.

La journée avait été plaisante et il venait de la lui gâcher. Elle avait envie de s'en aller, mais n'osait pas : s'il disait la vérité ?

Il désigna sa voiture, comme pour l'y inviter.

— J'ai la mienne, merci. Je préfère vous suivre, afin de la retrouver plus facilement ensuite.

— À votre guise. Je vais dire au cocher de rouler lentement, de sorte que vous me suiviez sans encombre.

La voiture s'arrêta dans une rue occupée par de hautes maisons, au nord de Grosvenor Square. Celia rangea son cabriolet derrière celui d'Anthony, tandis qu'un domestique sautait à terre et lui prenait les rênes des mains.

— Vous vivez ici, maintenant ? demanda-t-elle en observant les façades claires de la maison.

Son hôte esquissa un sourire et un hochement de tête et l'accompagna à la porte. Il se servit d'une clef pour entrer, ce qu'elle trouva étrange.

Elle comprit dès que la porte s'ouvrit. La maison était vide. Leurs pas résonnaient dans le vestibule haut sous plafond.

— C'est une belle maison. La plus belle du quartier. Votre femme va la trouver fort à son goût.

— Elle n'aime pas beaucoup la ville.

— Alors, c'est vous qui vous y trouverez bien.

— Je l'espère.

Elle marcha dans la bibliothèque, puis dans une pièce qui constituerait un charmant petit salon. La maison n'était pas immense, mais suffisamment pour recevoir. On n'y donnerait pas de bals, mais des dîners, des soupers... des réunions plus intimes. L'agencement des pièces lui rappela la maison de sa mère à Oxford Street. Il y avait même une pièce qui pourrait servir de salon de musique.

Elle sentit Anthony guetter ses réactions. Elle marqua une pause à côté des fenêtres qui donnaient sur un joli jardin.

— L'avez-vous achetée ?

— C'est mon intention.

— Je vous en prie, ne le faites pas pour moi, si telle est votre visée.

Il ne répondit pas, immobile. Elle n'osait pas le regarder et l'atmosphère se figea dans un profond malaise, comme si toute la maison retenait son souffle.

— Vous attendez-vous à ce que je vous poursuive de mes assiduités, Celia ? Je vous rappelle que j'ai déjà tenté ma chance.

Elle se tourna pour lui faire face.

— De vous, je n'attends rien. Ni ne veux rien. Je vous l'ai expliqué.

— Cette maison sera à votre nom, Celia. Vous recevrez également une coquette somme d'argent.

Elle promena son regard sur le mur, les plafonds. Elle aurait aimé que la proposition ne soit pas séduisante, mais c'était une fort belle maison, d'une valeur immense et elle était une femme pragmatique. « *Des biens, des bijoux et de l'argent, Celia. Exige toujours des choses qui durent.* »

— Pourquoi, Anthony ? Vous pourriez installer une maîtresse somptueusement ici pour beaucoup moins. De nombreuses femmes seraient heureuses de jouer ce rôle, j'en suis certaine.

En le voyant s'avancer vers elle avec un regard intense, elle se raidit et recula. Il dut remarquer sa prudence car il se calma. Il s'arrêta à distance respectable d'elle et examina son visage comme s'il devait en mémoriser tous les traits.

— Vous avez été ma première grande passion, Celia, et restez la seule. Cela fait des années que j'imagine notre première nuit ensemble et le temps n'a nullement atténué ce désir. Bien au contraire. J'ai dit que nous serions ensemble pour toujours et cela reste mon espoir et mon intention. Être votre premier amant. Et le seul...

Encore de belles paroles, songea-t-elle. Elle les entendit, ainsi que beaucoup d'autres, restées muettes.

— Et si vous n'étiez pas mon premier amant ?

Il réagit comme elle l'avait supposé. Son expression se transforma tandis qu'il s'efforçait de dissimuler sa colère. Visiblement, avoir l'exclusivité était très important, à ses yeux...

Sa mère lui avait parlé de ce type d'hommes. En fait, elle avait misé sur le fait que les hommes de la bonne société se battraient pour avoir la fille d'Alessandra Northrope. Mais Anthony Dargent avait fait de sa virginité une condition impérative à son soutien, ce qui augurait mal de son affection et de la manière dont il la traiterait après leur première nuit...

— Voulez-vous dire qu'il y en a eu un autre ? lança-t-il d'un ton agressif. Je vous ai posé la question déjà et vous avez éludé.

— Tout comme je continue à le faire. Est-ce réellement primordial, Anthony ? Vous avez parlé d'amour, en venant me voir. Si je suis votre seule grande passion, ce n'est certainement qu'un détail.

Il pinça les lèvres.

— J'ai le droit de le savoir, tout de même.

— Non, en aucun cas. Car je ne suis pas sensible à votre proposition. Je n'habiterai pas cette maison.

Elle aurait dû le dire immédiatement, certes. Mais c'était une belle demeure et devant son ardeur zélée, elle avait décidé de réfléchir un peu à son offre avant de la rejeter. Elle l'avait même promis à sa mère...

Il ne vit pas la chose d'un bon œil. Le visage rougi par la colère, il sortit de sa redingote un papier plié, qu'il ouvrit d'une chiquenaude avant de le lui tendre.

— Vous n'êtes pas responsable de ceci, naturellement. Mais votre mère l'était, ce qui affecte sa succession.

Elle prit le feuillet et lut l'écriture élégante du scribe. Les mots lui donnèrent la nausée et elle maudit silencieusement la négligence de sa mère.

Ce n'était pas un contrat de vente. Anthony avait été trop malin pour cela. Cela prenait la forme d'un prêt accordé à Alessandra, d'une valeur de huit cents livres, à rembourser en argent ou en nature. Celia imagina aisément ce que cette dernière clause signifiait pour elle...

— Vous êtes donc disposé, je vois, à me contraindre pour obtenir ce que vous désirez, Anthony ?

— Cela n'a rien à voir avec vous. Je vais me rendre chez Mappleton et ajouter ceci à la succession.

Aussitôt, Celia s'imagina annonçant à Marian et à Bella que la maison devait être vendue. Marian survivrait, elle reprendrait le commerce qu'elle connaissait bien, la prostitution aussi, éventuellement. Mais Bella... elles pourraient toutes les deux aller chez

Daphné, sans doute. Deux femmes sans logis et démunies cherchant un sanctuaire à Cumberworth.

Elle-même y avait été heureuse et sans doute pourrait-elle l'être encore. Elle devait envoyer Anthony au diable !

Elle regarda le papier vélin, puis les jolies moulures au plafond de la pièce. Elle se représenta les années à passer chez Daphné, d'autres femmes qui venaient et repartaient tandis qu'elle restait là, immobile tel un insecte piégé dans l'ombre.

— J'ai besoin de réfléchir à tout ceci, Anthony. Accordez-moi une semaine, je vous prie.

14

Jonathan tourna la dernière page de son journal. Dès qu'il l'eut fait, les ombres se refermèrent à nouveau sur lui.

Castleford trouverait un moyen de les réunir, Thornridge et lui, il n'en doutait pas. Son oncle Édouard serait furieux, mais il était temps de régler cette affaire d'une manière ou d'une autre.

L'attente de cette entrevue ne cessait de faire ressurgir des souvenirs de sa dernière rencontre avec le comte. Il avait faim, alors, était fatigué et frigorifié quand son cousin avait enfin accepté de recevoir sa mère. Dans une bibliothèque de dimensions imposantes, Thornridge avait écouté les exigences et les menaces de cette dernière. Il faisait beaucoup plus que ses vingt et un ans, alors, avec son expression endurcie et ses yeux froids et noirs.

Jonathan reposa le journal et se dirigea vers la fenêtre. La majeure partie de cet entretien se perdait dans le flou. Quelques autres détails restaient cependant vivaces. Il se rappelait tous les livres de cette bibliothèque, leurs reliures pareilles à des bijoux, rangée après rangée. Il revoyait le comte accepter d'assurer l'éducation promise par son prédécesseur.

À présent, il allait obliger son cousin à lui accorder une nouvelle audience. Il ne savait pas encore s'il formulerait ses propres menaces, cette fois-ci.

Appuyé à la fenêtre, il soupesait cette décision avec une telle concentration qu'il ne remarqua le mouvement dans le jardin que lorsque Celia fut presque dans la maison. Alors, toutes ses pensées se volatilisèrent.

Il ne pouvait la voir sans la désirer. Même maintenant, à cette distance, le souvenir de sa joyeuse passion le rendait fou de désir. Il n'avait pas l'habitude d'interrompre ainsi ses ébats et cette femme le rendait fou.

Elle semblait réfléchir avec autant d'intensité que lui. Elle marchait lentement, presque raide, sur le sentier, aveugle à tout ce qui l'environnait. Elle s'arrêta pour ôter son chapeau, comme s'il la serrait trop et leva la tête vers la maison, qu'elle inspecta d'un air triste.

Puis son regard descendit et elle parut un instant profondément bouleversée. Elle resta là, sans bouger et, au lieu que la lumière se pose sur elle, ce furent les ombres du jardin qui semblèrent l'envelopper.

Jonathan l'observa, attendit qu'elle se ressaisisse dans l'espoir de lire sur son visage la joie de vivre qui l'animait, même lorsqu'elle ne souriait pas. Mais elle demeura figée et sa ressemblance avec sa mère lui parut soudain plus marquée que jamais.

La maison et le jardin lui paraissaient étrangers. Le sentiment qu'elle ressentait ici d'être chez elle s'était subitement volatilisé. Ce n'était pas sa place, ici, et sa décision d'en faire sa résidence et de s'associer avec Daphné avait été une erreur.

Elle ne ressemblait ni à Daphné Joyes ni à Audrianna, du reste. Toutes trois n'avaient pas en commun la même histoire, ni la même éducation. L'élégante sobriété de ses amies leur venait de leur naissance et de leur éducation, tandis qu'elle, fille d'Alessandra Northrope, avait été élevée dans d'autres desseins, selon des valeurs différentes. Elle engloba du regard la maison, pensa au mobilier démodé. Pendant un an, tout ceci pourrait peut-être la satisfaire, excitée qu'elle était de prendre enfin son indépendance.

Mais elle avait été formée pour un style de vie différent, dont la promesse s'était toujours révélée un appât puissant. Même l'infamie était un genre de renommée. Ces cinq dernières années, elle avait vécu vertueusement, mais dans l'ombre, ne supportant cette situation que parce qu'elle la savait temporaire.

À présent, elle se demandait si elle ne serait pas plus heureuse en exécutant le projet de sa mère et acceptant Anthony comme premier protecteur. Elle se vit soudain durant les dix années à venir, déplaçant des plantes vertes en se demandant si M. Albrighton reviendrait à Londres, cette année...

« *Promets-moi que tu réfléchiras à ton avenir, à ce que tu gagnes et ce à quoi tu renonces selon les choix que tu feras. Promets-moi de bien tout peser équitablement, sans faire semblant d'être quelqu'un d'autre que ma fille.* »

Cela avait été une promesse facile à faire à une mère mourante. Celia pensait d'ailleurs l'avoir tenue. Mais soudain, elle se rendit compte que non.

— Vous semblez perdue, mademoiselle Pennifold...

Elle sursauta et se retourna. Jonathan se tenait non loin d'elle. Elle ne l'avait même pas entendu approcher.

— C'est bien possible, oui. Les pensées peuvent parfois conduire au pire des égarements, diraient les évêques, mais ils auraient tort.

— Aimeriez-vous qu'ils aient raison ?

— Cela rendrait peut-être mes choix plus faciles.

Elle ne put s'empêcher de sourire en formulant cet aveu. Si elle considérait qu'Anthony représentait la damnation de son âme, elle n'envisagerait peut-être pas d'accéder à sa requête.

La chaleur dans les yeux d'Anthony l'incita à se confier. Elle sentit les mots se bousculer en elle. Son visage n'était pourtant pas vraiment aimable, en cet instant. Elle l'aurait même qualifié de dur, car il n'avait pas été adouci par les effets de trop de mondanités, comme c'était le cas avec bien des hommes de son âge. C'était un beau visage, quoique un peu trop marqué pour un homme qui ne pouvait pas avoir plus de trente ans.

Ses yeux, cependant, transformaient son attitude. Elle y lut de la chaleur, de l'amitié et la promesse d'une discrétion et d'un intérêt sincères.

— Je réfléchissais à mon héritage, comme j'ai promis à ma mère de le faire. Il est grand temps que je m'y consacre. Avant de m'engager trop loin dans une certaine voie, je dois les envisager toutes.

Quelques ombres voilèrent brièvement les yeux de Jonathan.

— J'espère que mon attitude inexcusable n'en est pas la cause.

— Votre attitude n'avait rien d'inexcusable. Nous savons tous deux que je vous ai donné la meilleure des excuses. Je vous promets que vous ne m'avez pas dévoyée. Cependant, les paroles que vous avez prononcées à l'occasion de la visite d'Anthony me plongent dans une certaine confusion.

— Quelles paroles ?

— Celles qui concernaient la nature de nos rapports, que vous avez qualifiés de « simples ». Vous avez révélé là une disposition masculine, je pense. Les clients de ma mère n'attendaient probablement pas davantage qu'un peu de plaisir, pour la plupart. D'autres, bien entendu, rêvaient de vivre leur relation au grand jour, mais elle ne l'a jamais accepté. Elle affirmait que tous ces somptueux cadeaux qu'on lui offrait étaient le prix du secret – et de la tranquillité.

— Avez-vous retenu d'autres leçons de votre mère ?

— Oh oui, car elle m'en a donné beaucoup. Quand vous pensez à ce qu'une femme a à gagner, vous parlez de plaisir, je suppose. Mais je sais que je n'ai pas besoin d'un homme pour connaître cela, pas plus que vous n'avez besoin d'une femme.

Son insinuation sembla le choquer quelque peu, au point qu'elle dut réprimer un sourire.

— Votre mère n'offrait pas seulement du plaisir à ces hommes. Ils auraient pu payer une femme quelques pennies et cela leur aurait convenu, s'ils n'avaient recherché que cela.

— Ah… Ainsi, je me trompe ?

Celia fit une grimace.

— Je ne suis pas sûre de supporter les artifices de la comédie et des faux-semblants… mais je suppose que, s'il le faut, je m'en accommoderai.

Elle n'avait aucune envie d'être la maîtresse d'Anthony, la première et l'unique. Ce qui ne l'empêcherait pas de jouer ce rôle avec un autre – si toutefois il n'exigeait pas l'exclusivité.

Jonathan lui sembla soudain guindé. La chaleur disparut de son regard, qui se fit distant.

— Vous avez sans doute raison. Même avec moi, ce ne serait probablement pas si « simple ».

— Avec vous ? Grands dieux, me feriez-vous une proposition, monsieur Albrighton ?

Elle avait parlé d'un ton aguicheur, mais il ne mordit pas à l'hameçon.

— Si votre conclusion vous amène à décider d'accueillir les propositions, je n'aurai jamais les moyens de vous entretenir. Vous réglerez cette question de la façon dont votre mère vous l'a enseigné. Avec intelligence.

Certes, mais pourquoi formuler les choses aussi crûment ? Ce qui avait été ébauché entre eux n'était pas encore achevé. À moins que...

Elle se représenta, se préparant pour son premier homme. Pour Anthony. Elle en était capable. Elle pourrait même connaître le plaisir, comme le lui avait appris Alessandra. Mais pas l'excitation, ni la joie de l'abandon. Anthony resterait étranger à toutes ses émotions et elle imagina froidement ce que son cœur et son âme ressentiraient en l'attendant.

D'un mouvement vif de la tête, elle écarta cette ennuyeuse perspective et observa l'homme qui se tenait devant elle. À sa seule vue, son sang se mettait à bourdonner. Il l'excitait depuis le premier soir. Leur aventure aurait été brève et nécessairement discrète, mais au moins, cela aurait été une véritable aventure...

Elle se rapprocha de M. Albrighton, soudain désireuse de combler la distance qu'il avait établie entre eux.

Il baissa les yeux vers elle, son expression endurcie, presque emportée. Avec une infinie douceur, elle posa le bout des doigts sur son foulard.

— Hélas, cela ne peut jamais être aussi simple, murmura-t-elle.

Il captura sa main et la posa contre sa poitrine, où il la serra. Elle sentait son corps sous sa paume, dur et vibrant de ses battements de cœur. Elle ne pouvait plus dégager sa main, l'eût-elle voulu.

— On dirait que votre conflit intérieur est en train de se résoudre. Vous n'en êtes plus à vous demander si la vertu est une vertu, Celia.

La chaleur de son regard la fascina, comme toujours. Une chaleur qui contrastait tant avec le danger qu'il représentait qu'elle ne savait plus, tout à coup, comment réagir.

— Oui, il est en train de se résoudre.

Plus rapidement même qu'elle ne l'avait cru jusqu'à cet instant.

— Et vous vous donnerez à cet imbécile ?

— Il n'est pas pire qu'un autre et il sera plus sottement généreux que la plupart.

— Nom d'un chien !

Il lui parut soudain sombre et intimidant. Elle voulut ôter sa main, mais il la serra plus fort encore. Troublée par la chaleur de son corps, elle sentit l'excitation la gagner à son tour.

Elle avait appris à ressentir ses émotions jusqu'à leur extrême, plutôt qu'à les nier. Elle brûlait d'un autre contact, d'un autre plaisir, de l'heureux désir qui lui incendait les reins, faisant bouillir son sang. Une fois, une fois au moins, avant qu'elle choisisse sa voie, elle aurait aimé connaître tout ce que pouvait être le plaisir sensuel lorsqu'il était sincèrement partagé.

Il était en colère, à présent. Sa rage froide ne faisait aucun doute.

— Plutôt mourir que vous voir faire cela !

— La décision n'appartient qu'à moi, s'entendit-elle répondre. Vous n'avez rien à dire.

Il la fixa d'un regard sombre et intense, mais garda le silence. Elle se hissa pour embrasser sa joue, en un geste d'amitié et de soutien, mais il détourna la tête.

— Vous vouliez un dernier baiser, Celia ?

— Un baiser amical, Jonathan.

— Je vous ai dit que c'était impossible. Quelle que soit votre décision, cela n'a pas changé.

Il s'éloigna, la laissant seule dans le jardin, plus triste encore et plus désemparée qu'elle ne s'y était attendue.

« *Beaucoup d'hommes considéreront cela comme l'acquisition d'un cheval lors d'une vente aux enchères. Tu dois leur montrer clairement que tu ne te donneras pas simplement au plus offrant et que toute liaison restera toujours ton choix.* »

« *Ton choix* »... À n'en pas douter, elle venait de faire le sien, pour le meilleur ou pour le pire, malgré ce que croyait Jonathan. C'était devenu inévitable, de par sa naissance et maintenant qu'elle avait admis quelle était sa place dans le monde et cessé de se battre contre les règles établies. Alessandra avait toujours su que sa fille en viendrait à prendre cette décision si elle regardait objectivement la vérité en face.

Elle aurait dû être heureuse, convaincue d'avoir fait le bon choix. Elle aurait dû se réjouir à la perspective des belles robes et du luxe, du confort de cette nouvelle demeure dans un quartier en vogue et se féliciter de pouvoir conserver sa petite maison pour Marian et Bella et, pourquoi pas, d'autres femmes comme elles.

Au lieu de cela, la douleur lui brûlait le cœur. Des larmes brouillèrent sa vision et elle dut se détourner du soleil.

Il fallait qu'il quitte cette maison. Il lui était tout bonnement impossible de rester ce jour-là. Celia y était trop omniprésente, elle, son âme, les petits bruits… Il était convaincu que son désir et sa colère remplissaient tout l'espace à la façon d'une brume invisible. Chaque minute était une torture.

Il se rendit chez Summerhays. Durant les heures qu'il passa chez lui, il entendit à peine ce que lui disait son ami. Summerhays et Hawkeswell se joignirent à lui lorsqu'il alla retrouver Castleford au match de boxe.

Le duc n'était pas content de le voir accompagné.

— Pourquoi diable avoir amené ces deux dandins ?

Summerhays s'esclaffa. Hawkeswell, en revanche, garda son sang-froid.

— Nous ne vous empêcherons pas de vous amuser. Vous pourrez boire jusqu'à ce que mort s'ensuive, nous trinquerons avec vous.

— Ce ne sera pas la même chose.

— Ma parole ! Êtes-vous en train de dire que la présence d'individus dotés d'un semblant de sens des responsabilités vous embarrasse, vous qui en êtes totalement dépourvu ?

— Ce que je pense, c'est qu'avec deux péroreurs qui vont lui babiller à l'oreille, Albrighton n'entendra rien de ce que je lui dirai dans l'autre.

Ils s'installèrent de manière à bien voir la rencontre. Debout au milieu des autres joueurs et des cris, ils prirent leurs paris auprès de l'homme qui tenait le livre de comptes, achetant des verres d'alcool et allumant des cigares.

Summerhays eut un sourire lumineux.

— Sommes-nous donc ici pour vous servir de chaperons ? demanda-t-il à Jonathan. Votre invitation était en effet très appuyée, maintenant que j'y repense.

— Disons que vous tenterez d'éviter que cette soirée se termine pour moi en une orgie qui dure jusqu'à l'aube...

Il regarda Castleford, occupé à expliquer à Hawkeswell lequel des deux pugilistes allait gagner, puis ajouta :

— Sachant à quoi Castleford a l'intention d'occuper les dernières heures de la nuit, nous prendrons congé nettement plus tôt.

— De même que moi. Je le lui ai dit, mais il reste convaincu qu'il saura m'influencer.

— Avez-vous besoin de nous pour vous influencer dans l'autre sens ?

— Nullement.

Cependant, ces amis l'empêcheraient peut-être d'humilier le duc en partant prématurément. Il n'avait aucune envie de se trouver là. Du reste, la plus grande partie de son être était dans sa chambre, en train de subir l'insupportable tentation de la proximité d'une femme qui lui avait pourtant annoncé que leur passion était impossible...

Si elle pensait qu'il allait accepter cette déclaration sans rien faire, elle se trompait !

— Il a l'habitude de ses catins, au cas où quelqu'un serait d'humeur à l'accompagner. Il pourrait même écrire un livre à leur sujet, ajouta Summerhays.

Castleford l'entendit.

— C'est une formidable idée ! Vous prétendez toujours que je devrais utiliser ma position à des fins altruistes, Summerhays. Vous venez de me souffler le moyen de le faire.

— Une sorte de guide touristique londonien, qui pourrait s'appeler *Vénus, abbesses et colombes pas si blanches* ? suggéra Hawkeswell.

— Il me faudrait un titre plus accrocheur, déclara Castleford. Quelque chose de subtil et de poétique.

— Trop de poésie, et l'homme de la rue pourrait passer à côté de la valeur de l'ouvrage.

Castleford réfléchit.

— Le titre peut attendre. En revanche, la forme que prendra le contenu m'occupe et m'intrigue. Inutile d'y faire figurer les courtisanes les plus célèbres, car les hommes qui vont acheter mon livre n'auraient aucune chance auprès d'elles. Pour être réellement utile, il ne doit inclure que des femmes accessibles à quiconque est prêt à payer.

Hawkeswell se tourna vers Summerhays et Jonathan.

— Bon sang, il a l'air presque sobre, soudain. Ma parole, il parle sérieusement !

— Cela va de soi. Un livre pareil serait un bienfait pour l'humanité. J'aurais aimé que quelqu'un m'en donne un lorsque je suis allé chercher des femmes pour la première fois, à Londres.

L'idée le distrait durant tous les matchs de boxe à tel point que Jonathan se demanda si Castleford était en train d'en choisir les chapitres, bien qu'il continuât d'acclamer les pugilistes sur lesquels il avait parié.

Jonathan, lui aussi, se consacrait à autre chose qu'aux coups échangés au milieu de la salle. À mesure que s'écoulaient les minutes, il imaginait les femmes de cette maison en train de se livrer à leurs occupations routinières. Il voyait Marian servir le dîner, Bella faire la vaisselle. La belle, la lumineuse Celia présidant l'ensemble et les faisant rire.

Le dernier match se termina après minuit. Castleford le supplia de rester, mais il refusa et s'éclipsa avec Summerhays et Hawkeswell. Ils regagnèrent leur foyer et leurs épouses respectives, tandis que Jonathan se hâtait auprès de celle qu'il était bien déterminé à séduire.

15

Celia remit un peu de bois dans la cheminée, puis elle commença à plier les robes déployées sur son lit. Son examen de sa garde-robe scandaleuse avait été purement pratique. Elle ne s'était accordé aucun plaisir sensuel à toucher le tissu, cette fois, inspectant chaque vêtement pour vérifier son état tout en se récitant les leçons enseignées par sa mère.

Une feuille de papier vierge attendait sur le bonheur-du-jour. Un encrier était posé à côté. Elle prit sa résolution, laissa les robes et s'assit. Il était temps d'écrire à Anthony.

Le message qu'elle lui rédigea était simple. Elle l'invitait à lui rendre visite et signa de son nom. Dès qu'il le lirait, il comprendrait qu'il avait gagné.

Elle promena son regard autour d'elle, dans la chambre. Cela se passerait-il ici ? Il ne voudrait pas attendre. La voix de sa mère résonna dans sa tête. Non, pas ici... Pas encore... L'arrangement devait d'abord être signé avant qu'elle ne lui accorde ce qu'il désirait. Elle lui ferait d'abord acheter cette maison en son nom et la meubler. Et lorsqu'elle se donnerait enfin à lui, l'emprunt qu'avait contracté sa mère à l'époque attendrait sur le manteau de la cheminée d'être aussitôt brûlé.

Lorsque tout serait fait, Celia ne pourrait plus revenir en arrière. Il y aurait d'autres lettres à écrire, alors, à Verity et à Audrianna, probablement même à Daphné. Elles continueraient peut-être à la fréquenter, en toute discrétion. Celia l'espérait de tout cœur, car elle redoutait de perdre ces précieuses amitiés – un prix trop lourd à payer.

Une étrange tristesse lui serra le cœur, trop accablante pour que ses seules larmes la soulagent. À la façon d'un deuil, la peine s'était logée en elle. Il faudrait qu'elle s'y habitue dans les jours à venir, lorsqu'elle vivrait la réalité de celle qu'elle était et renoncerait aux illusions de celle qu'elle avait tenté d'être.

Elle retourna vers le lit et finit de plier les robes. Soudain, le silence de la maison se modifia presque imperceptiblement, mais assez pour attirer son attention. Des bruits subtils lui parvinrent. Des mouvements. Des pas…

Jonathan était revenu !

Elle s'immobilisa pour écouter ces signes de sa présence. Ils lui apportaient du réconfort, curieusement. Elle ferma les yeux et le revit dans le jardin, en colère. Puis elle se représenta son visage lorsqu'il l'avait embrassée, la première fois. Oh comme ce baiser avait été doux !

Elle fut brutalement tirée de sa rêverie. Les bruits de pas n'empruntaient pas le chemin ordinaire vers le grenier. Ils s'arrêtèrent devant sa porte, puis ce fut le silence. Il ne frappa pas, mais elle percevait sa présence à travers le battant, tout comme l'énergie qui émanait de lui.

Elle attendit. Rien. Se ravisait-il, quelle qu'ait pu être la raison de sa présence ? Celia retint son souffle.

Puis elle se dirigea vers la porte, prit une profonde inspiration et l'ouvrit.

Il était là, les bras croisés, une épaule appuyée contre le chambranle.

— Comptiez-vous rester ainsi toute la nuit ?

— Non.

Il savait qu'elle l'avait entendu. Elle préférait penser qu'il s'était abstenu de frapper par considération, au cas où elle aurait été endormie, mais il ne semblait pas particulièrement attentionné ni tendre, en cet instant. Au contraire…

— Vouliez-vous me dire quelque chose ? Pourquoi êtes-vous venu ?

Quand il franchit le seuil, Celia recula instinctivement. Elle vit son visage à la lumière du feu tandis qu'il entrait dans sa chambre. Il répondit à sa question d'un coup d'œil direct qui se passait de mots.

Le regard de Jonathan fut attiré par les robes de soie étalées sur le lit. Il s'approcha et en souleva une. Le tissu satiné, doux et délicat, ruissela comme de l'eau entre ses doigts, saisissant contraste avec la couleur et la forme de sa main masculine.

— Je croyais que vous alliez donner ces robes à vos amies ?

— Il y en avait d'autres.

Il parcourut des yeux son corps, les laissa glisser sur ses seins et ses hanches. Instinctivement, elle toucha le tissu de son déshabillé.

— J'aimerais vous voir en porter une, un jour. Mais pas ce soir.

Elle aurait dû lui dire de partir, c'était l'évidence. Pourtant, il s'emparait de l'espace si totalement qu'elle était incapable de formuler sa requête. Verity l'avait trouvé fascinant. Si seulement elle savait combien ce terme pouvait être approprié ! Maintenant, par exemple, Jonathan avait un air redoutable, mais infiniment séduisant. Impressionnée par sa force virile, Celia sentit son sang courir dans ses veines.

Il se dirigea alors vers le secrétaire, où une lettre attira son attention. Il la lut en inclinant la tête de côté. Puis se tourna vers elle, le papier à la main.

— Ne faites pas cela, je vous en prie. Pas maintenant. Pas encore...

Seigneur, il était venu pour la faire changer d'avis ! *Pour la sauver.*

Elle parvint à se ressaisir, malgré son imposante présence. Elle n'avait pas envie d'être obligée de se justifier auprès de lui d'une décision qui la concernait, elle et elle seule.

— Je ferai ce que je décide en mon âme et conscience. Vous êtes la dernière personne à pouvoir me juger. Vous m'avez dit vous-même à plusieurs reprises que vous ne le feriez pas.

— Je ne porte pas de jugement, Celia. Je dis simplement que vous ne devez pas accepter l'arrangement de cet imbécile pour l'instant.

Il agita la lettre.

— Je ne vous permets pas de...

— Non !

Il jeta le papier dans la cheminée, où les flammes le dévorèrent instantanément.

Elle avança vers lui d'un pas furieux.

— En voilà un bel acte, qui n'a aucun sens pardessus le marché ! Vos manières autoritaires sont présomptueuses et votre critique insultante. Je ne suis pas une bécasse qui cherche le moyen le plus rapide d'accumuler une jolie garde-robe, Jonathan. Cela fait plus de *cinq ans* que je réfléchis à tout cela.

Il la fixa. Son expression était tendue, ses yeux chaleureux, insondables et remplis d'une ardeur qui lui coupa le souffle. Brusquement, il l'attira à lui et encadra son visage exactement comme il l'avait fait ce soir-là, dans le jardin.

— Je ne rejette pas votre décision, Celia. Je dis simplement que ce ne sera pas cet homme-là.

Il l'embrassa avant qu'elle ne puisse rétorquer quoi que ce soit. Elle lutta de toutes ses forces pour que ce baiser ne produise aucun effet sur elle, mais ses pensées l'abandonnèrent à mesure que les sensations balayaient son corps et le regret s'empara d'elle, menaçant de noyer tout ce qu'il lui restait de bon sens.

« Il ne faut pas. Je vais tout gâcher. Je vais me perdre, je le crains, ce sera pis que de me donner à Anthony… »

Prononça-t-elle ces mots à voix haute, entre deux soupirs qu'elle lâchait tandis que la bouche de Jonathan lui brûlait le cou ? Elle aurait été incapable de le savoir. Quant à lui, il fit mine de n'avoir rien entendu.

« *Que ce soit toujours eux qui réclament, Celia. Même le premier baiser…* » Cet homme ne demandait la permission de rien. Il ne l'avait jamais demandée, du reste.

Son étreinte était trop délicieuse, sa force trop grisante. Elle n'avait pas choisi de succomber à ce désir qu'ils ressentaient l'un pour l'autre, mais elle ne put y résister. Son feu commençait à consumer sa volonté, tout comme les flammes avaient dévoré la lettre destinée à Anthony.

Il caressa son corps, ses seins, de ses mains impérieuses et possessives. Il la serrait de telle façon qu'elle se moulait contre lui. Ses baisers l'embrasaient et le plaisir se mit à chanter dans le corps de Celia. Ce n'était pas une mélodie, mais un chant primitif aux pulsations torrides et vibrantes, dont le rythme s'accélérait minute après minute.

Elle ne pouvait nier ces sensations, ne pouvait prétendre qu'elle n'était pas heureuse de connaître une fois de plus cette glorieuse passion. Elle ne pouvait s'y adonner totalement, mais était incapable de s'y soustraire.

Elle renonça à lutter contre elle-même et, le cœur libéré, se rendit. Oui, une fois, juste une fois, cette fois, elle méritait de savoir ce que pouvait être l'amour...

« *Tu dois rester. Que ce soit digne.* »

En cet instant, elle n'avait plus ni maîtrise, ni dignité. Elle ne contrôlait rien, avec cet homme. Elle n'avait jamais rien contrôlé, d'ailleurs, et aurait dû le renvoyer dès leur première rencontre... Elle n'aurait jamais dû...

Quand les mains de Jonathan vinrent se placer de part et d'autre de sa tête, elle abandonna toute velléité de résistance et se pressa contre lui, tout contre son cœur...

Elle se hissa sur la pointe des pieds pour dénouer le ruban de ses cheveux, qui tombèrent de chaque côté de son visage et lui donnèrent un air canaille. Elle caressa sa nuque, revint vers son menton, puis tira sur son foulard. Le baiser se fit plus fougueux et elle chercha son souffle lorsqu'il s'écarta et que ses mains s'emparèrent de son corps d'une telle façon qu'elle avait l'impression d'être soudain nue.

Ô plaisir merveilleux... Ô délicieuse excitation... Une multitude de sensations s'empara d'elle, lui donnant envie de crier, de chanter... Une faim toute particulière la fit frissonner des pieds à la tête et elle lui rendit son baiser, agressive, possessive, afin qu'il ne tarde pas trop à la satisfaire.

Un tourbillon de folie s'empara d'eux, qui emporta toute pensée rationnelle. Quand il la poussa doucement vers le lit, Celia, le corps en feu, le supplia silencieusement de combler ce vide douloureux qui menaçait de la rendre folle.

Au lieu de cela, il la lâcha, s'assit sur le lit et retira ses bottes. Puis il ôta sa redingote et l'attira contre lui. Bientôt, elle fut à califourchon sur lui, finissant d'enlever son foulard tandis qu'il lui caressait ses jambes. En quelques gestes délicats, le déshabillé remonta en haut de ses cuisses et ils se retrouvèrent peau contre peau...

Celia en fut tellement distraite qu'elle eut quelque difficulté à s'occuper de son gilet et de sa chemise. Elle terminait de les défaire lorsqu'il glissa une main à l'intérieur de sa cuisse. Chaque fois qu'il l'approchait de son bouton de rose, elle en avait le souffle coupé.

Elle écarta sa chemise et se pencha pour l'embrasser, goûtant du bout de la langue la saveur de sa peau, avant de lui caresser la poitrine. C'était un beau torse, décida-t-elle. Mince et musclé, plus robuste qu'on ne l'aurait pensé en le voyant dans ses habits de citadin. Elle y laissa glisser ses doigts, fascinée.

Il regarda son déshabillé.

— Il se ferme devant...

— Cela vous rendra la tâche plus facile.

Ses caresses montaient très haut sur les cuisses de la jeune femme.

— Je suis occupé, pour l'instant.

Elle s'escrima sur les fermetures, trop transportée pour s'en acquitter avec facilité. Une étrange timidité bridait sa frénésie. Elle n'aurait pas dû ressentir cela et elle prit soudain conscience que le plaisir de son partenaire avait de l'importance pour elle.

Elle écarta les pans de son déshabillé, exposant ses seins à son regard. Bientôt, elle sentit contre sa chair le renflement de son érection, qui la mit au supplice.

Il plaça une main en corolle autour de ses fesses.

— Lève-toi...

Celia se pencha, prit son visage entre ses mains et l'embrassa avec toute la virtuosité dont elle était capable avant de se lever. Il s'affaira autour des vêtements et quand elle se rassit, il était nu. Il se plaqua directement contre elle, déclenchant immédiatement de délicieux frissons au creux de ses cuisses.

Les caresses sur ses seins étaient divines. Un halo de sensations s'éveillait par vagues successives, chacune plus excitante, chacune aiguisant sa sensibilité. Le tissu léger glissa plus haut encore, l'aveugla le temps qu'il passe son déshabillé par-dessus sa tête. Puis elle fut nue, face à lui, buvant des yeux son expression intense, hypnotisée par son corps et son odeur.

Dans un état proche de la transe, elle se cambra pour mieux offrir ses seins. Les caresses de Jonathan vibraient jusqu'aux tréfonds de son corps, jusqu'au noyau secret où forcissait le désir.

Il embrassait à présent son corps, son ventre. Sa tension était palpable, Celia la sentait dans l'air, dans ses caresses, dans la façon dont il la tenait.

Sous l'emprise de la volupté, elle se demandait s'il existait un moyen de faire durer éternellement une telle satisfaction. Elle oublia tout pendant un moment hors du temps, se laissant gagner par le plaisir entre les mains possessives qui lui donnaient envie d'en recevoir toujours plus.

Les leçons d'Alessandra lui revenaient par bribes. Il n'était pas bon de prendre autant de plaisir. Elle était censée en donner également. Alors elle baissa les yeux vers l'endroit où leurs corps se touchaient et prit son membre entre ses mains. Elle savait comment faire. Cela faisait partie de son apprentissage.

Elle caressa son sexe doucement, puis resserra peu à peu les doigts, encerclant l'extrémité avant de la recouvrir entièrement. Elle vit son visage se raidir, sa bouche s'entrouvrir, ses yeux magnifiques devenir aussi profonds que deux lacs.

Cette fois, il ne lui demanda rien. Il lui empoigna les fesses et la souleva pour prendre son sein dans sa bouche. Son phallus se dressait contre les cuisses de Celia, mais c'était sa main qu'il pressait à présent sur son mont-de-vénus, ses doigts touchant le renflement de peau si sensible à ses caresses...

Éperdue, elle le saisit par les épaules et se mit à pleurer. Plus rien d'autre n'existait soudain que leurs corps et le plaisir qu'il lui prodiguait ; elle perdit la raison, s'entendit gémir, supplier, réclamer plus, toujours plus, offrir son corps, son âme, n'importe quoi pourvu qu'il lui accorde le soulagement qu'elle réclamait.

Ses mains fermes autour de ses hanches, il l'abaissa lentement vers lui. Quand il la pénétra, elle sentit une légère douleur, presque agréable. Le souffle court, elle lui serra les bras et ce fut elle qui l'incita à s'enfoncer plus profondément en elle.

Lovée contre lui, elle se délecta de la force de ses bras protecteurs autour d'elle, de ses murmures rassurants... Mais elle sentait le désir, puissant, tapi en lui, prêt à le submerger...

Sans cesser de lui tenir les hanches, il remua et la fit remuer en rythme. Puis elle le sentit remplir entièrement son corps et affoler tous ses sens, vainqueur du peu de raison qu'il lui restait. Et Celia sut, au plus profond de son âme, alors que leur union submergeait son cœur et la mettait à nu, alors que sa force la rendait faible, alors qu'elle donnait beaucoup plus que sa virginité, elle sut qu'Alessandra Northrope n'aurait jamais approuvé la façon dont sa fille s'était abandonnée à cet homme.

Ainsi, elle était vierge...

Il voulut se dire qu'il avait été surpris et trouva des raisons pour justifier sa surprise. Mais en vérité il s'en était douté et cela ne l'avait pas arrêté.

Il aurait dû se sentir plus coupable. Il devrait lui dire certaines choses, aussi, à présent, s'il était un gentilhomme. Dans l'éclat bienheureux de sa béatitude, ainsi allongé sous Celia, leurs corps toujours unis, il lui sembla en effet nécessaire de prononcer ces mots.

À contrecœur, il s'écarta enfin pour ramener les couvertures sur elle. Puis il alla ranimer le feu.

Elle le regardait, les yeux encore brillants, le visage rayonnant, si belle avec sa peau claire et ses cheveux dorés. Il la rejoignit et la prit dans ses bras.

— Vous ai-je fait mal ?

Du bout des doigts, elle effleura ses lèvres.

— Pas beaucoup. Je m'attendais à pire.

Elle lut dans ses pensées :

— Vous n'en étiez pas certain, mais vous n'avez pas été surpris, n'est-ce pas ? On peut dire que, d'une manière ou d'une autre, je n'étais pas vraiment innocente.

— Officiellement, si.

— Et vous venez de veiller à ce que je ne le sois plus. À ce que je ne puisse plus conclure de contrat avec Anthony.

La pointe d'accusation dans son ton ne lui échappa pas.

— Votre innocence était-elle essentielle dans cet arrangement ? Ma parole, il est encore plus sot que je ne le pensais !

— Vous ne semblez nullement contrit d'avoir tout gâché. Peut-être votre conscience verra-t-elle les choses autrement, lorsque nous serons tous jetés dehors.

— Il ne vous reprendra pas cette maison !

— Je ne vois pas comment y faire obstacle.

Cela restait à voir...

— Je n'éprouve aucun regret, Celia. Si vous voulez vivre cette vie, je ne puis vous en empêcher, mais au moins, ce n'est pas vers lui que vous irez. Cet homme vous faisait du chantage. Vous avez toujours dit que le choix devait vous revenir. Ce soir, vous avez fait votre choix. Et ce n'était pas lui.

— Non, mais j'ai été soumise de votre part à une pression déloyale...

Il n'avait aucune intention de s'en excuser.

Et pourtant... oui, il l'avait bel et bien séduite. Inutile de chercher un autre mot. Et elle était bel et bien innocente.

Elle se redressa sur un bras et le regarda. Le cœur de Jonathan manqua un battement tant elle était belle à la lumière du feu. Mais il vit aussi que la brume de son regard s'était dissipée et qu'elle réfléchissait à présent à tout ce qui venait de se passer.

— Ne dites pas ce que vous pensez devoir dire, murmura-t-elle comme si elle lisait dans ses pensées. Ne jouez pas la bienséance et la culpabilité avec moi, alors qu'il y a une heure vous ne vous en êtes guère encombré.

— Il y a une heure, mes facultés étaient émoussées. Je n'étais plus moi-même, la seule chose que je désirais, c'était vous.

— Et, à présent, vous m'avez et cela ne change rien. Je vais tout de même choisir ma propre voie. Je ne veux pas d'un arrangement avec vous, avec la réalité. Aucun ne nous convient, vous le savez. Il s'est passé ce qu'il s'est passé, *simplement*, comme vous aviez dit que cela pouvait arriver, parfois...

La plupart des hommes auraient tué père et mère pour une liaison aussi libre de tout engagement. Lui-même l'aurait fait, jadis. Alors pourquoi voulait-il discuter maintenant, expliquer qu'en réalité, non, rien ne pouvait être aussi simple ?

Satisfaite de l'avoir libéré de toute culpabilité, elle se lova contre lui.

— Je me demande si Marian va me gronder.

— C'est possible, si elle le devine. Elle vous reprochera probablement votre inconséquence.

— Au moins, elle ne parlera pas de péché. Quant à mon inconséquence, ce n'est pas le terme qu'elle emploierait.

— Intrépide ?

— Plutôt, oui, d'une certaine façon. Mais je ne pensais pas à cela.

Il roula au-dessus d'elle.

— Séductrice, alors.

— Ce n'est pas moi qui vous ai séduit, dois-je vous le rappeler ?

— Séductrice, enchanteresse, éblouissante, déclara-t-il. Je n'ai pas l'habitude de perdre la raison avec les femmes, Celia. Sachez au moins qu'il ne s'agissait pas d'un désir banal.

Elle sembla rosir.

— Éblouissante ?

— Le terme s'adresse autant à votre esprit qu'à votre corps.

— Ma foi... merci, Jonathan. C'est fort poétique.

Il aurait ri si elle n'avait paru sincèrement touchée. C'était la première fois qu'on lui reconnaissait un talent d'orateur.

Elle observa attentivement son visage tout en faisant glisser les doigts le long de sa joue. Elle l'étudia comme jamais on ne l'avait étudié et son expression devint grave.

— À quoi pensez-vous ?

— Je fais en sorte d'être certaine de me souvenir, Jonathan. De vous et de ce que je ressens. Je veux me remémorer absolument tout.

Il n'aima pas l'entendre présumer ainsi froidement qu'ils n'avaient aucun avenir ensemble. Il n'aimait pas non plus penser à l'endroit où elle irait lorsqu'elle cesserait d'être avec lui.

Il baissa la tête et l'embrassa avec passion. Puis il écarta les couvertures.

— Je vais m'en aller, à présent, afin de ne pas risquer de m'endormir et d'être découvert ici par Marian ou Bella.

— Vous pouvez revenir demain soir, si vous le désirez.

Ô comme il le désirait ! L'invitation le combla, mais il n'en aurait certainement pas attendu une si elle n'était pas venue. Il avait déjà envie d'elle, encore, mais ce serait manquer d'égards, même si Celia avait dit n'avoir pas beaucoup souffert.

Allongée sur le côté, elle le regarda s'habiller. Elle n'avait pas honte de sa nudité. Le tracé de son corps formait sur les draps blancs une courbe enchanteresse.

Il regarda longuement cette courbe, ses seins, son visage encore rayonnant de bonheur. Son éclat… Il se pencha pour l'embrasser et resta là, à musarder tout contre elle, son menton entre les mains. Toutes sortes d'images érotiques assaillirent son esprit, auxquelles il faillit bien céder. Mais il s'arracha du lit et remonta dans sa cellule monacale, prêt à vivre un supplice jusqu'au lendemain soir.

16

Marian devina tout.

Le lendemain matin, elle apporta à Celia son petit déjeuner au lit, ce qu'elle n'avait jamais fait. Impassible, elle posa le plateau sur une table, jeta un coup d'œil à l'épaule nue de Celia dépassant des couvertures, aux robes de satin jetées à bas du lit.

— Jolis vêtements, dit-elle en se penchant pour en ramasser. Trop coûteux pour être ainsi maltraités.

— Je les examinais pour voir s'il leur fallait des travaux de couture lorsque…

— Lorsque vous avez été quelque peu distraite, n'est-ce pas ?

— Oui, c'est cela : distraite.

— Tiens, c'est curieux. Il doit y avoir quelque chose dans l'air… M. Albrighton ce matin paraît souffrir de distraction, lui aussi.

Un sourire espiègle éclaira son visage tandis qu'elle pliait les vêtements.

— Étrange, oui.

— À propos, M. Albrighton se baigne dans la cuisine. Nous chaufferons de l'eau pour vous ensuite.

Elle ramassa le déshabillé et le posa au pied du lit.

Celia se réjouissait de n'avoir pas à feindre avec Marian. Le bain prêt, elle descendit. La maison lui sembla différente. Quelque chose avait changé dans la lumière, dans la manière dont son corps se mouvait. *Elle* avait changé.

Alors qu'elle s'approchait de l'escalier descendant à la cuisine, quelqu'un l'attira au détour du mur. Jonathan la plaqua contre le mur, jeta un coup d'œil autour d'eux et tendit l'oreille, puis il l'embrassa avec une passion prouvant que la nuit n'avait en rien entamé son désir.

— Vous êtes ravissante, murmura-t-il entre deux baisers. Je raffole de ce déshabillé.

— Il n'a rien de particulier, dit-elle en riant au milieu des soupirs.

Il le regarda.

— Bon sang, vous avez raison ! Retirons-le au plus vite. Non, attendez, pas ici. Marian et Bella. M'en voulez-vous de regretter qu'elles vivent sous le même toit que nous ?

— Vous êtes excusable, je pense.

Après un baiser moins fougueux, mais interminable, elle déclara :

— À présent, je dois aller prendre mon bain.

— Je viens vous aider.

— Pas question ! Vous allez vaquer à vos occupations de la journée et moi aux miennes.

— Je ne serai bon à rien. Renvoyez tout le monde, montez dans ma chambre et passons la journée au lit.

Elle lui administra une petite tape sur le plastron.

— La charrette arrive en début d'après-midi de Cumberworth. Voulez-vous que Daphné nous trouve dans votre lit ? Je vous rappelle qu'elle a un pistolet.

Il l'embrassa une dernière fois, puis, à contrecœur, il recula et la libéra.

— Filez donc, à votre bain et à vos obligations. Je trouverai un moyen de survivre. Peut-être cesserai-je de penser à vous pendant quelques minutes, au moins.

Ravie et flattée par ses déclarations romantiques, Celia descendit dans la cuisine.

Le bain chaud raviva ses sens. Des réminiscences de plaisir la balayèrent en même temps que les tourbillons d'eau. Pour la première fois de sa vie, elle remercia silencieusement sa mère de lui avoir appris qu'une femme pouvait éprouver du plaisir sans remords. Il y avait des péchés, dans ce monde, de graves péchés, mais la sensualité n'en faisait pas partie.

Elle passa les heures suivantes dans un halo de béatitude. Des pensées de Jonathan et même de sa mère, de cette première nuit et des nuits à venir se mêlaient dans son esprit. Curieusement, elle se sentait plus proche d'Alessandra, aujourd'hui, que jamais. Davantage son égale, en quelque sorte, maintenant qu'elle n'était plus ignorante.

En fin de matinée, en attendant les plantes, Celia ouvrit la malle que Jonathan lui avait descendue du grenier. Les robes et autres vêtements avaient depuis longtemps été inspectés et rangés dans sa garde-robe.

Elle souleva le carton resté au fond, renfermant les grandes feuilles de format raisin. Elle avait regardé rapidement les dessins du dessus, mais à présent elle voulait prendre le temps de les étudier les uns après les autres, d'imaginer sa mère dessinant ou peignant. Elle avait envie de nourrir sa nostalgie d'Alessandra et d'en apprendre un peu plus sur elle à travers son art.

— Qu'avez-vous donc là ? demanda Marian en entrant avec des draps propres.

— Les aquarelles et les dessins de ma mère.

Elle posa le carton à dessins sur le bonheur-du-jour situé près de la fenêtre et l'ouvrit.

— C'est elle qui a fait tout cela.

Marian regarda par-dessus son épaule.

— Celui-ci aurait sa place dans la vitrine d'une galerie d'art.

— Elle était très douée.

L'aquarelle représentait le jardin de la maison en été. Sa mère avait dû le peindre assise sur la petite terrasse.

— Avec un talent pareil, j'en aurais vendu quelques-unes, fit remarquer Marian.

— Peut-être l'a-t-elle fait ? Il y a tant de choses que j'ignore au sujet de ma mère.

Elle tourna les feuilles et admira avec Marian les petits paysages et les scènes représentées.

— Il y en a beaucoup, déclara Marian. Je vous laisse les regarder. Je vais faire les commissions.

Marian partit, laissant Celia admirer les travaux de sa mère. Sous les aquarelles, elle découvrit des croquis au fusain, essentiellement des paysages, mais aussi quelques portraits. Elle en était à plus de la moitié lorsqu'elle se trouva soudain face à un genre de peinture tout à fait différent.

Le dessin représentait des armoiries minutieusement tracées au crayon et coloriées. La feuille suivante montrait un dessin similaire, mais sans les couleurs à l'aquarelle. Curieuse, Celia se pencha sur le reste des feuilles. Toutes reproduisaient des blasons et elle en reconnut certains. Au verso figuraient tantôt des chiffres, tantôt de longues colonnes.

Elle fronça les sourcils devant ces nombres à dix chiffres chacun. Puis, soudain, elle comprit de quoi il s'agissait et ce qu'ils signifiaient...

— Suivez-moi, j'ai quelque chose à vous montrer, demanda Celia une fois les plantes livrées et installées.

Elle emmena Daphné, Verity et Audrianna dans ses appartements ; ces dernières avaient profité de la venue de Daphné pour rendre visite à leur amie.

— Quelle chambre charmante ! s'écria Verity en entrant. D'une simplicité fort plaisante.

— Difficile d'imaginer que ma mère l'a décorée, n'est-ce pas ? Elle est tellement différente de la maison qu'elle habitait la majeure partie du temps.

— Cela devait lui rappeler son enfance, suggéra Daphné en laissant glisser les tentures de mousseline entre ses doigts. Si tel est le cas, elle était issue d'une famille simple. De la campagne, vraisemblablement.

Son observation frappa Celia. Daphné, sans surprise, percevait cette maison comme elle-même n'avait pas su le faire. Elle considérait sa mère comme une Vénus, car c'était tout ce qu'elle avait connu. Mais Daphné avait peut-être raison : cette maison révélait la véritable Alessandra derrière la prostituée célèbre – une femme que sa fille n'avait jamais rencontrée.

Elle les réunit autour du bonheur-du-jour et ouvrit le grand carton à dessins. Il n'y restait plus que les armoiries, la plus grande partie des aquarelles et des crayonnés étant à présent étalés sur son lit.

— Voyez ce que j'ai trouvé. Et regardez au dos. Je suis certaine que ces chiffres sont des dates.

Elles en examinèrent quelques-uns, leurs têtes regroupées.

— S'agit-il d'un historique quelconque ? demanda Audrianna avec stupeur. Une sorte de journal, croyez-vous ?

Elle retourna l'une des feuilles.

— Peut-être est-ce un code pour établir la liste de ses amants ? Seigneur, je reconnais ces blasons ! J'aurai du mal à rester imperturbable quand je rendrai visite à certaines dames avec la mère de Sebastian, maintenant...

— Dès lors que j'ai compris qu'il s'agissait de dates, déclara Celia, il m'a semblé évident que ceci correspond à une sorte de registre.

Verity souleva l'un des dessins.

— Grands dieux ! Ce baron est connu comme un homme très collet monté et à cheval sur les principes moraux...

Elle retourna le papier.

— Il semble avoir commis quelques écarts de conduite, il y a sept ans.

Elles se regardèrent toutes les quatre et ravalèrent un éclat de rire.

— On jaserait gaiement dans les salons, si cela se savait, déclara Audrianna. Regardez ici. Pensez-vous qu'il s'agisse du père ou du fils ?

Elle désignait l'une des feuilles.

— La question est intéressante, fit Daphné. Cessons de tirer des conclusions hâtives. Au lieu du vicomte, c'était peut-être son héritier.

Audrianna pouffa.

— Tu n'es pas drôle, Daphné. L'idée que ce vicomte ait péché me plaît bien. Je n'aime pas cet homme, il est d'une arrogance insupportable. Quant à sa femme, si vaniteuse, elle serait fort choquée d'apprendre la nouvelle.

— Nous nous amuserons plus tard avec tout ceci, déclara Celia. Voici les dessins qui m'intéressent. Ils sont en couleur et ce sont les seuls sur lesquels ne figure aucune liste de dates. Voyez, deux seulement : une en haut et une autre en bas. Je crois que ce devait être des liaisons régulières, dont ces dates marquent le début et la fin.

Elle étala les dessins colorés à l'aquarelle, puis en ôta quelques-uns pour n'en laisser que trois.

— Voici ceux correspondant à l'époque de ma conception. Je pense que l'un des trois représente mon père.

Elles examinèrent les armoiries remarquablement bien reproduites. Le doigt pâle de Verity en désigna une.

— Ce blason est celui du marquis d'Enderby, Celia. Son âge correspondrait. Et celui-là, ajouta-t-elle en en montrant une autre, représente le baron Barrowleigh. Le dernier, je crois, est le comte de Hartlefield. Il n'a pas plus de quarante-cinq ans mais il a hérité du titre très jeune.

— Sa jeunesse ne justifie pas que je l'écarte. À l'époque, maman n'était guère plus âgée.

— Comment t'y connais-tu si bien en héraldique, Verity ? s'étonna Audrianna. Pour ma part, je n'avais reconnu qu'Enderby.

Verity fit la lippe.

— On m'a priée d'en mémoriser un bon nombre. Cela fait partie de mon éducation. La femme de mon cousin craignait que mon ignorance concernant les gens qui m'étaient socialement supérieurs ne me fasse manquer des opportunités.

— Comment vas-tu t'y prendre pour découvrir lequel des trois est le bon ? interrogea Daphné. Ton père sait-il seulement qu'il t'a engendrée ?

— Je crois qu'il est au courant et qu'il a fait promettre à Alessandra de garder le secret.

Elle remit les dessins dans le carton et le referma avant de se tourner vers ses amies.

— Cependant, je comptais un peu sur votre aide, pour être honnête.

— Naturellement, Celia, nous ferons tout ce que nous pouvons, affirma Audrianna.

— Je suis heureuse de ta bonne volonté en particulier, Audrianna. Car vois-tu, la mère de Summerhays est friande de potins et à l'époque, c'était une véritable figure de la haute société. Elle a pu entendre des choses qu'elle se fera un plaisir de te rapporter, si tu sais bien l'aiguiller.

— Pour elle, ce ne sont pas des commérages, mais un véritable bagage intellectuel, confirma Audrianna. Cela signifie que je vais devoir passer de longues journées avec elle pour créer une intimité… Toutefois, tu as raison. Si elle sait quelque chose, elle me le dira, ne serait-ce que pour aider la roturière qu'a épousée son fils à se forger une réputation dans le grand monde.

— Je verrai quelles réactions suscite l'évocation de ces noms auprès des dames qui me rendent visite également, proposa Verity. Et la tante de Hawkeswell va bientôt venir à Londres se commander des robes pour la saison. Elle saura peut-être quelque chose.

— Je déplore de ne pouvoir t'être utile, soupira Daphné. Je n'ai aucune parente à qui soutirer de tels ragots.

Celia serra dans ses bras chacune de ses amies.

— Tout cela ne servira peut-être à rien, mais c'est un début. Pour la première fois de ma vie, je suis optimiste.

— Et lorsque tu sauras ? voulut savoir Daphné.

— J'ignore encore ce que je ferai.

Mais dans le fond de son cœur, elle le savait.

L'excitation qu'avait suscitée sa découverte ne lui laisserait qu'une issue, le jour où elle connaîtrait le nom de son père, qui lui échapperait peut-être jusqu'à la fin de ses jours. Il la bannirait, s'il le voulait. Mais auparavant, elle aurait au moins une conversation avec lui, une conversation de père à fille.

« *Aussi simple que cela.* »

Toute la journée, Jonathan ne cessa de retourner les mots dans sa tête. Ils résonnaient dans son esprit tandis qu'il se représentait Celia la nuit précédente, exposant ses seins, les yeux brillants d'excitation, à la fois innocente et coquine.

Il risquait de devenir fou s'il attendait la nuit. S'obligeant à maîtriser ses pensées, il chercha une diversion sans grand succès. En début de soirée, cependant, un événement inattendu se produisit, qui le détourna de son obsession.

Il marchait sur le Strand lorsqu'une majestueuse voiture décrivit soudain un écart et s'arrêta brusquement juste devant lui. Dans les mains de n'importe quel autre cocher, l'équipage aurait pu manquer sa manœuvre lors cette spectaculaire embardée, et le tuer.

Il s'en approcha au moment où la portière s'ouvrait.

— Montez !

Un coup d'œil à l'intérieur lui montra Castleford vautré sur le siège, avec une femme.

— Une autre fois, monsieur.

— Allez, montez donc ! Nous avons terminé, puisque vous êtes si choqué.

Les occupants se rajustèrent à la hâte dans la pénombre.

— Disparais, ma petite colombe. Mon homme va te mettre dans un fiacre.

— Vous aviez dit que vous me raccompagneriez à la maison, geignit la femme. Vous m'aviez promis une promenade en voiture.

— Et tu l'as eue ! Je dois m'entretenir avec ce jeune homme. Tu rentreras chez toi tout de même.

Un joli visage émergea du véhicule, suivi d'un corps voluptueux en tenue de soirée. Un laquais se glissa près de Jonathan pour aider la femme à descendre.

Une fois dehors, elle se retourna et lança :

— Vous m'avez promis que je figurerais dans ce livre, hein ? Vous n'allez pas m'oublier ?

— Tu es en bonne voie d'y avoir un chapitre tout entier, ma chère petite. Et maintenant, file. Je te reverrai bientôt.

Satisfaite du marché qu'elle avait conclu, la prostituée s'en alla avec le laquais. Jonathan grimpa dans la voiture.

— Vous tombez à pic, déclara Castleford en guise de salutation. J'ai des nouvelles pour vous.

Le duc n'était manifestement pas très bien réveillé. Ce qui s'était passé dans cet habitacle y avait laissé une odeur assez forte pour inciter Jonathan à écarter le rideau et ouvrir la fenêtre.

— Et quelles sont-elles ?

Castleford se gratta la tête, ébouriffant encore davantage sa tignasse. Aucun valet de pied ne s'était occupé de lui, ce jour-là. On aurait dit qu'il avait dormi dans ses vêtements. Trois bouteilles de vin vides roulaient par terre.

Il remarqua le regard critique de Jonathan et s'esclaffa :

— J'ai passé la nuit et la journée là-dedans, si c'est ce que vous voulez savoir. J'effectue des recherches pour mon livre. Saviez-vous que l'on peut copuler avec une femme de six manières différentes dans une voiture sans se blesser ni causer de désagrément à quiconque ?

— Six, vous dites ? Vous me voyez impressionné. Je ne peux penser qu'à trois, voire quatre…

— C'était également ce que je croyais. Mais pour les besoins de la cause, il fallait bien que je repousse mes limites.

— Cela va de soi.

— Vous me désapprouvez, Albrighton ? Vous avez pris exactement le ton qu'aurait pris mon précepteur.

— J'ai péché suffisamment dans ma vie pour ne m'octroyer aucun droit de réprouver l'attitude des autres.

C'était la vérité. Certes, cet homme avait passé douze heures à forniquer dans sa voiture, mais il n'avait jamais séduit une innocente. Ce que Jonathan avait fait et prévoyait de faire encore, malgré toutes ses bonnes intentions.

Et malgré son abondant usage des prostituées, Castleford n'avait pas non plus, soupçonnait-il, mis une femme sur le trottoir. Ce que venait peut-être de faire Jonathan, la nuit précédente – bien qu'indirectement.

Rien de tout cela n'aurait d'importance ce soir, ni la nuit d'après, ni tant que Celia lui ouvrirait la porte de sa chambre. Mais s'il avait un ton de précepteur en cet instant précis, ce n'était pas dû à Castleford.

— Alors, ces nouvelles ? l'encouragea-t-il.

Castleford bâilla et ferma les yeux.

— Pourquoi marchiez-vous donc ? Imaginez ma surprise de vous apercevoir en jetant un coup d'œil à travers les rideaux, au moment crucial de l'extase. Où est votre cheval ?

— Je l'ai laissé près d'une taverne, en haut de la rue. J'avais besoin de faire un peu d'exercice. Et pourquoi diable regarder dehors à cet instant précis ?

— Je m'assurais qu'elle ne simulait pas. Elles font cela, parfois. Oh, si, croyez-moi. Vous voir fut complètement fortuit, j'espérais juste la lumière d'un réverbère.

Jonathan éclata de rire.

— Pardonnez-moi, mais je suis en train d'imaginer la scène et c'est plutôt cocasse…

Castleford sourit.

— Je comprends qu'elle ait remué ainsi au dernier moment, puis se soit brutalement immobilisée. Nom d'un chien, elle a cru que mon ordre s'adressait à elle, alors que je ne voulais qu'avertir le cocher !

Il partit d'un rire tonitruant qui le plia en deux, puis s'essuya les yeux.

— Pauvre femme ! Elle aura bien mérité son chapitre. Je devrais rédiger cela sous forme de Mémoires pour lui rendre justice.

Il cria au cocher de repartir.

— Faisons demi-tour, je vais vous ramener à votre cheval.

Ils se mirent en route et Jonathan attendit un long moment avant d'insister :

— Ces nouvelles dont vous parliez concernent-elles Thornridge ?

— Pas encore. Ce bonhomme est insaisissable. Il est reparti à la campagne. Cela devra peut-être attendre quelques semaines. Non, il s'agissait d'autre chose. Voyons… qu'était-ce donc ?

Il fronça les sourcils en faisant appel à la portion sobre de son cerveau.

— Ah oui. Dargent…

— Père ou fils ?

— Les deux. Dargent père a effectivement fourni des indications aux militaires pendant la guerre. Ce qui est nouveau, c'est que le fils l'accompagnait souvent sur le terrain. Le père se savait malade et lui a transmis les rênes, comme cela se fait. Il voulait que tout son mérite revienne à son héritier, de même que ses biens.

— Ce détail était-il connu en haut lieu ?

Castleford haussa les épaules.

— Probablement de tous ceux qui y prêtaient attention. Ce n'était pas un secret, mais personne n'a fait d'annonce officielle non plus.

De sorte qu'Anthony était au courant de toutes les questions posées à son père. Quelle négligence de la part du gouvernement ! Toutefois, elle ne surprenait pas Jonathan. Le père et le fils étaient des hommes d'honneur et ne risquaient pas de trahir. Les militaires, après tout, ne révélaient jamais l'intégralité de leurs stratégies.

N'empêche, ce n'étaient pas des nouvelles de nature à réjouir Jonathan. Il aurait préféré qu'Alessandra n'ait aucune raison de jeter sa fille à la tête d'Anthony. Il se rappela que les soupçons et les bavardages s'arrêtaient là, mais au fond de lui il en doutait sérieusement.

Il avait supposé que son enquête exonérerait Alessandra, ou, du moins, laisserait planer le doute quant à sa culpabilité. Il n'y croyait plus guère.

17

Il décida d'attendre 23 heures avant de descendre voir Celia, ce soir-là. Il tint jusqu'à 22 heures. Il entendit Marian et Bella regagner leur chambre, écouta leur porte se refermer... Après cela, chaque minute lui fit l'effet de durer une éternité.

La discrétion n'était pas forcément de mise. Marian savait ce qui s'était passé la veille. La froideur avec laquelle elle lui avait proposé de prendre un bain, le lendemain, était éloquente. Il se demandait si elle avait admonesté Celia pour son imprudence. Peut-être, ayant été elle-même prostituée, estimait-elle n'en avoir pas la légitimité.

Il descendit l'escalier de service et marcha jusqu'à la chambre de Celia. Il s'était consumé de désir toute la journée et à chaque pas il se défaisait un peu plus de sa réserve habituelle. Quand il atteignit la porte, il était au supplice.

Il n'eut pas à frapper. Sa voix prononça doucement son nom dès qu'il arriva. Il ouvrit le battant sur une scène d'une douceur exquise.

Celia était assise devant une flambée qui réchauffait la chambre, vêtue d'une de ses fameuses robes en satin dont le haut consistait en un tissu arachnéen laissant voir ses seins. Sa délicate nuance de rose mettait son teint en valeur. Ses cheveux étaient dénoués et brossés, son visage propre et rayonnant. Un autre fauteuil était rapproché du sien et une bouteille de vin posée sur une petite table.

— Asseyez-vous, l'invita-t-elle.

Il n'avait pas envie de s'asseoir. Il avait envie de la prendre sauvagement dans ses bras, de la jeter sur son lit et...

Il s'assit. Elle lui servit du vin. Qu'il but. Le fait de se soumettre à ce rituel émoussa quelque peu son désir. Alors qu'il restait assis, à siroter le liquide bordeaux en regardant danser les flammes, il comprit que c'était exactement la visée de Celia. Comment avait-il pu oublier que sa mère lui avait enseigné la manière de séduire un homme, mais aussi de calmer ses ardeurs ?

Elle sembla savoir à quel moment intervenir. Alors, elle posa son verre et se leva. Il voulut la toucher, mais elle l'interrompit.

— Ne bougez pas, Jonathan. Tout ce que vous voudrez, vous l'aurez, et même davantage.

Elle recula et ôta ses mules. C'était l'un des gestes les plus érotiques qu'il eût jamais vus.

Elle défit deux agrafes de sa robe sur les épaules, sans cesser de le regarder. Son regard exprimait en toute sincérité qu'elle était parfaitement consciente de ce qu'elle lui faisait et de l'insupportable volupté qu'elle éveillait en lui. Enfin libéré, le tissu brillant glissa de son corps et elle fut nue devant lui, baignée par la lueur dorée du feu, les yeux immenses, comme si ce moment la stupéfiait. Alors, elle se dressa juste devant lui, magnifique et prête, le subtil parfum de son désir trop proche pour qu'il passe outre.

— Cela fait deux heures que je suis assise là, à ne penser à rien d'autre qu'à votre présence ici ce soir, dit-elle.

— J'ai passé le plus clair de la journée obsédé par cela.

Il posa les doigts sur ses épaules, les fit descendre le long de son corps. À sa surprise, elle recouvrit sa main des siennes et la posa sur son mont-de-vénus.

— Un tout petit peu, dit-elle en entrouvrant les cuisses. Juste assez.

Il la caressa lentement et Celia sentit le plaisir monter dans tout son corps. Elle le laissa regarder, l'exigea, même, de lui, et sa propre passion grandit, vertigineuse, jusqu'à ce que la tempête reprenne possession de Jonathan.

Elle fit alors une chose qui le surprit. Gracieusement, élégamment, elle s'agenouilla devant son fauteuil et ses jambes, défit les boutons de sa chemise et dénuda son torse. Elle se pencha en avant, ses seins parfaits effleurant sa peau, son dos nu courbé jusqu'aux hanches. Elle embrassa ses mamelons, puis les caressa et les lécha jusqu'à ce qu'il soit rigide et fou de désir.

Ses doigts s'affairèrent ensuite sur sa ceinture et une lueur d'espoir se mua en un désir obsessionnel. Sa première caresse le fit basculer dans un univers de sensations pures. Quand elle le prit dans sa bouche, Jonathan ferma les yeux et s'abandonna à cette exquise et parfaite torture.

— Comment en es-tu venu à connaître ma mère ?

Celia prit appui sur un bras pour poser sa question. Jonathan était entièrement nu, dans la bienfaisante torpeur du plaisir reçu, ses vêtements froissés étalés autour de lui. Ils étaient allongés sous les couvertures, peau contre peau. Le feu se consumait lentement, envoyant des lueurs pâles et dansantes à travers les ombres.

— Pourquoi me demandes-tu cela ?

— Ne réponds-tu jamais simplement à une question, Jonathan ? Esquives-tu toujours ? Je te la pose parce que j'ai énormément pensé à elle, aujourd'hui.

— À cause de moi ?

Elle rit.

— Quel prétentieux !

Mais elle savait ce qu'il voulait dire. Et ce qu'il craignait, supposait-elle.

— Peut-être à cause de toi, aussi. J'en suis venue à me dire que je sais finalement fort peu de chose à son sujet. Cette maison, par exemple. Son passé...

Il l'attira plus près de lui.

— Elle connaissait ma mère. Quand celle-ci est tombée malade, elle lui a rendu visite. À sa mort, Alessandra a été l'une des rares personnes à se rendre à son enterrement. Des années plus tard, elle m'a avoué avoir dit à ma mère qu'il était bien beau d'aimer le comte et d'être sa maîtresse, mais qu'elle devrait lui demander un arrangement. Ma mère n'avait rien voulu savoir. J'ignore pourquoi.

Celia le savait. La mère de Jonathan n'avait pas voulu être la putain du comte. Peut-être avait-elle espéré davantage...

Inutile de l'expliquer à Jonathan. Il n'avait pas besoin de le savoir.

— Après avoir quitté l'université, j'ai reçu une lettre d'Alessandra qui m'invitait à venir lui rendre visite si j'avais besoin d'une amie. Ce que je fis, car je connaissais peu de gens en ville, à l'époque.

— L'introduction à la haute société qu'elle proposait était pour le moins insolite, mais c'en était une.

Cela t'a permis de rencontrer tous ces aristocrates lors de ses soirées et ses dîners.

— C'était ainsi qu'elle l'entendait. C'était même généreux de sa part de s'être souvenue de moi après toutes ces années.

Cela expliquait beaucoup de choses, songea Celia. Pourquoi cet homme était ici alors qu'il ne serait jamais un protecteur acceptable. Pourquoi Alessandra lui avait loué sa chambre au grenier. Elle rendait service au fils d'une vieille amie qui, au nom d'un amour impossible, avait commis la folie de ne pas pourvoir elle-même à ses besoins.

— Savait-elle que tu travaillais pour le gouvernement ? Sur le littoral, par exemple ?

— Je pense qu'elle l'avait deviné, car elle ne me demandait jamais où j'allais, quand je partais. On aurait dit qu'elle savait qu'il valait mieux ne pas poser la question.

Ce fut à son tour de prendre appui sur un coude. De sa main libre, il commença à la caresser.

— Tu as beaucoup réfléchi à tout cela. Beaucoup trop pour ce soir. Je crois que tu as besoin d'un peu de distraction.

Ses lentes caresses l'empêchèrent bientôt de se concentrer. Elle ferma les yeux et savoura le plaisir de cette main qui glissait sur son corps.

— Qui t'a enseigné à utiliser ta bouche comme tu viens de le faire, Celia ?

Elle ouvrit des yeux surpris.

— C'est elle.

— Tu ne l'avais jamais fait ?

— Serais-tu jaloux si je l'avais fait ?

Il regarda sa main tandis qu'elle scrutait son expression.

— Oui.

Elle n'arrivait pas à savoir si elle trouvait cela charmant ou contrariant, aussi opta-t-elle pour la première solution. Le plaisir délicieux qu'il lui procurait faisait pencher la balance en ce sens. Mieux valait qu'il soit jaloux que coupable, après tout.

Il la transperça du regard.

— Ne vas-tu point me le dire ?

— Il est indéniable que tu as été mon premier homme, d'une certaine façon du moins. Difficile de le cacher. Quant au reste, tu n'as pas à le savoir.

Un vague sourire se forma sur ses lèvres.

— Tu n'es pas aussi futée que tu le crois, Celia. Ta réponse m'en dit long. Le reste, je le vois dans tes yeux et l'entends dans tes cris. C'est une chose de connaître les plaisirs, une autre d'en posséder l'expérience. Crois-tu que je ne sache faire la différence ?

— Je ne pense pas que tu remarques grand-chose, dans un cas comme dans l'autre.

Il baissa la tête pour embrasser un de ses seins.

— Oh, détrompe-toi ! Si l'on t'a dit que je ne remarquerais rien, « on » s'est trompé.

Il prit ses deux mains et les éleva au-dessus de sa tête.

— Je vais m'assurer que tu le remarques aussi, au cas où l'on t'aurait appris à rester indifférente à ton partenaire.

Comment connaissait-il cette leçon ? Sans doute avait-il deviné que c'était courant chez de nombreuses femmes. Peut-être était-ce même une nécessité, pour la plupart d'entre elles.

Il n'eut à s'assurer de rien. Elle aurait été incapable de faire comme s'il n'existait pas. Elle le voyait dans la belle lumière du feu, avec ses cheveux longs, tandis qu'il la caressait. Même les yeux fermés, même pendant qu'il la faisait gémir de plaisir en embrassant ses seins, même quand le monde entier bascula, il était là.

Pendant tout ce temps, il lui retint les mains captives au-dessus de sa tête, afin qu'elle se contente de se soumettre, puis il plaqua ses jambes avec une des siennes et caressa son sexe. Les sensations explosèrent dans le corps de Celia, de plus en plus intenses, jusqu'à ce qu'elle perde la tête et gémisse de plaisir.

Lorsqu'il couvrit son corps du sien et lui écarta doucement les genoux, ce fut la béatitude. La perfection. La plénitude, la sensation d'être exactement à sa place... Celia était stupéfaite. Lorsqu'il commença à remuer en elle, lorsqu'il la domina de sa force, suscitant de nouveaux frissons qui l'électrisèrent complètement, elle ne put que répondre au terrifiant appel du plaisir. Et quand le plaisir atteignit son sommet, alors, seulement, l'image de Jonathan s'évanouit, comme tout ce qui l'entourait, jusqu'à son propre corps...

Le lendemain, ils firent comme s'il ne s'était rien passé et reprirent le vouvoiement d'usage.

Jonathan trouvait cela un peu ridicule en présence de Marian. Mais Bella avait dû connaître une vie très dure et était fragile. Elle idolâtrait Celia et mieux valait préserver les apparences en sa présence.

Ce qui n'était pas facile, car ni lui ni Celia ne pouvaient dissimuler leur bonheur lorsqu'ils descendirent, chacun à son tour, le lendemain matin.

— La table est propre et Marian n'a pas encore rangé les poêles, si vous voulez manger quelque chose, monsieur Albrighton, dit poliment Celia.

Elle lui montra une petite table tout en tendant des plantes à M. Drummond.

— Je paie pour la chambre, pas pour la pension, mademoiselle Pennifold.

— Sage est l'homme qui n'attend rien, monsieur. L'humilité rend la générosité d'autant plus bienvenue.

— Hier soir encore, je pensais à votre grande générosité, mademoiselle Pennifold, répondit Jonathan en réprimant un sourire.

Il profita de cette générosité avec le même appétit qu'il l'avait fait la veille. Assis à sa table, il la regarda négocier avec M. Drummond.

La nourriture arriva au moment où Celia terminait. Elle s'assit avec lui pendant qu'il se restaurait. Elle ne parla pas, mais à aucun moment leurs regards ne trahirent ce qui s'était passé la nuit précédente. Les souvenirs planaient entre eux sans qu'un seul mot soit prononcé. Pourtant, Jonathan ressentait le besoin de s'exprimer et cherchait les mots depuis qu'il l'avait quittée, à l'aube.

— Sortez-vous, aujourd'hui, monsieur Albrighton ? demanda Celia pendant que Bella débarrassait.

— Je l'envisage, oui.

— Avant de partir, pourriez-vous me consacrer quelques minutes ? J'aimerais vous montrer quelque chose.

Il la suivit poliment dans la bibliothèque. Elle referma la porte aussitôt, puis se hissa sur la pointe des pieds et l'embrassa.

Ce n'était pas suffisant. Cela ne le serait jamais. Il profita de cette intimité pour l'enlacer et l'embrasser correctement.

— Il va falloir me convoquer dans la bibliothèque plusieurs fois par jour, déclara-t-il.

— Ce n'était pas une manigance pour voler quelques baisers, Jonathan. J'ai réellement quelque chose à te montrer. Viens voir.

Elle lui prit la main et l'emmena jusqu'à une table, où était posé un carton à dessins à la couverture marbrée. Elle l'ouvrit et il aperçut une pile de papiers de belle taille. Celui du dessus montrait une aquarelle représentant le jardin de la maison. Elle le souleva pour lui montrer les autres, représentant des armoiries.

— J'ai déniché ce carton dans la malle de maman au grenier, tu te rappelles ? Ces dessins étaient sous les aquarelles du jardin et de paysages. Je pense qu'ils renferment un indice concernant mon père. Tu disais pouvoir peut-être m'aider si je possédais plus de renseignements. C'est le cas.

Elle lui montra les chiffres au verso et lui expliqua sa théorie, ajoutant que les armoiries coloriées indiquaient probablement de longues relations, trois d'entre elles couvrant l'année précédant sa naissance.

Il les contempla, ainsi que les dates et les identités révélées. Bonté divine ! Celia avait découvert la liste des amants d'Alessandra sur laquelle Édouard espérait mettre la main.

— Crois-tu que cela pourra aider ?

— Aider ?

— Aider à découvrir qui était mon père.

— Je vais les monter dans ma chambre et y réfléchir.

Elle pencha la tête de côté, surprise.

— Pourquoi donc ? Je sais qui sont ces hommes : Enderby, Barrowleigh et Hartlefield. Verity a identifié les blasons. Quant aux autres, fit-elle en montrant la pile plus importante en noir et blanc, ils n'ont pas d'importance...

Oh, que si, ils en avaient ! Jonathan allait devoir passer un bon moment avec ces dessins, décrypter les dates et consulter quelques traités d'héraldique. Il voulait savoir lesquels correspondaient à la période postérieure à la naissance de Celia. Des dates remontant à cinq ans, approximativement, lorsqu'il était parti pour cette mission fatale sur la côte de Cornouailles. Il voulait...

Celia l'observait attentivement, remarqua-t-il soudain, comme si elle lisait dans son expression beaucoup plus qu'il ne désirait révéler.

Il se tourna vers ses yeux interrogateurs et soucieux, puis reporta son attention sur les dessins. Les réponses se trouvaient dans la pile des autres croquis, il en était certain. Grâce à ce carton à dessins, d'ici un jour ou deux, il aurait peut-être tout compris.

Et ensuite ?

La question se présenta, sèche et abrupte.

Il se représenta l'adorable visage en face de lui, marqué par la désillusion lorsqu'elle apprendrait tout. Que penserait-elle et ressentirait-elle en découvrant que sa mère avait trahi son pays, voire même sa propre fille, durant ces négociations avec Anthony ?

— S'ils n'ont pas d'importance, tu n'as qu'à les brûler, suggéra-t-il.

— Pourquoi faire une chose pareille ? C'est en quelque sorte son journal. Ils sont de sa main. Elle m'a laissé très peu de chose, en particulier sur elle-même.

— Ils pourraient être embarrassants pour certains des hommes avec lesquels elle a eu des liaisons.

Une étincelle fit briller les yeux de Celia.

— Uniquement si la mauvaise personne tombe dessus et décode ces chiffres inscrits au verso. Or je doute que cela arrive.

Ses doigts délicats se posèrent sur le dessin en couleurs.

— Concernant ces trois-là...

— Tu penses avoir circonscrit le champ de recherches, mais qui te dit que tu ne te trompes pas ?

— Supposons que j'aie raison. Peux-tu m'aider ?

Il examina de nouveau les trois dessins. Ils représentaient des noms susceptibles de servir d'une manière ou d'une autre. Cela constituait davantage que ce qu'il détenait, en général, lorsqu'il partait pour une mission.

— Si je t'aide, que feras-tu en apprenant son identité, Celia ?

— Je te l'ai dit. Je veux simplement connaître son nom.

— C'est ce que tu crois, mais lorsque tu en auras la certitude, je crois que tu éprouveras le besoin désespéré de lui parler.

Elle se raidit et le considéra d'un œil moins aimable.

— Et sous ce prétexte, vas-tu refuser ?

Elle n'avait pas nié. Il avait donc vu juste.

— Si tu abordes cet homme bille en tête, tu t'exposeras probablement à des insultes. Je crains que connaître l'identité de ton père, en définitive, ne te brise le cœur.

Le corps de Celia se détendit. Ses yeux brillaient, maintenant, mais de larmes contenues.

— Ce sera toujours *quelque chose*. Il faudra bien qu'il me parle, pour me briser le cœur ! Qu'il me rencontre, qu'il me voie, qu'il reconnaisse que je suis sa fille, avant de me répudier ainsi. Je veux risquer ce déboire, Jonathan, pour quelques minutes en face à face avec lui !

Il aurait voulu argumenter encore, la dissuader. Il aurait voulu lui dire que cela n'en valait pas la peine. Mais il savait qu'il ferait la même chose, à sa place. Savoir que son père l'avait reconnu l'ancrait dans une histoire, une identité. Le besoin de savoir qu'avait Celia n'était pas un caprice.

— Je vais voir ce que je peux apprendre, céda-t-il.

Elle se hissa pour l'embrasser.

— Merci. Je ne te demande pas de procéder à des démarches officielles, ni risquer qu'il te nuise. Je pensais que tu pourrais mener discrètement ton enquête.

Il la serra dans ses bras, doutant de pouvoir poser beaucoup de questions sans alerter les hommes haut placés concernés par cette affaire. Néanmoins, une conversation avec son oncle Édouard lui permettrait d'en éliminer un, voire deux.

Tout contre la douce chaleur de Celia qui le distrayait de ses appréhensions quant au prix qu'elle aurait à payer s'il acceptait, il vit les dessins sur la table, derrière elle.

— Laisse le carton ici, Celia. Je voudrais me pencher plus attentivement sur les dessins de ta mère. Il se peut que nous ayons davantage à en apprendre.

18

— J'ai besoin de ton avis, Jonathan.

Les mots brisèrent la béatitude qui le plongeait dans une douce léthargie, tandis qu'il était allongé dans le noir, tout contre Celia. Son corps l'enlaçait par-derrière et ses mains caressaient ses seins. La jouissance de la jeune femme avait été violente et il s'y était abandonné de toute son âme, avec elle.

Sa voix l'aida à rassembler les morceaux de réalité, mais l'extase persista, trop vivace pour n'être déjà qu'un souvenir.

— Au sujet de tes plantes ? murmura-t-il. Je ne suis pas meilleur jardinier que menuisier, j'en ai peur.

— Au sujet de mon amie Audrianna. J'ai reçu une lettre d'elle, hier soir. Elle me prie de lui rendre visite aujourd'hui. Cependant, elle n'a pas précisé que je devais venir discrètement. Je ne voudrais pas lui causer d'ennuis, ni avec son mari ou sa belle-mère.

— Pourquoi ne pas la laisser décider si tu vas causer des ennuis et ce qu'elle est prête à supporter ?

Celia garda un instant le silence. Il sentit que cette affaire la plongeait dans l'agitation.

— Elle a découvert la vérité au sujet de ma mère par hasard, peu après son mariage. Je me rappelle le jour où elle est venue à Cumberworth me dire qu'elle ne pourrait plus se montrer avec moi en public. Elle a beaucoup pleuré, mais je n'en attendais pas moins, naturellement. J'ai trouvé généreux que Sebastian la laisse même continuer à me fréquenter.

— Si elle lui a obéi à l'époque, elle continuera de le faire. Sebastian a dû changer d'avis.

— À moins qu'elle ne l'en ait convaincu, pouffa-t-elle. Je me demande comment elle y est parvenue.

— Peut-être en se montrant exceptionnellement généreuse.

Il embrassa son épaule.

— Je comptais justement rendre visite à Sebastian aujourd'hui. Pourquoi ne t'y accompagnerais-je pas ?

Elle se retourna dans ses bras et le regarda.

— Tu ferais cela ? J'avoue qu'approcher ce perron toute seule… je m'imagine ce qui pourrait se passer si je m'étais méprise et…

— Tu mérites autant de franchir cette porte que n'importe laquelle des femmes que fréquente Audrianna. Elle le dit elle-même et c'est la vérité. Nous prendrons ta voiture et irons cet après-midi.

— C'est trop ostentatoire. Si l'on te voit régulièrement en ma compagnie, ton nom va être associé au mien.

— Personne ne remarquera deux obscurs bâtards dans un cabriolet, Celia. Et si c'est le cas, à ton âge, cela ne compromettra pas ta réputation.

— Ce n'est pas ma réputation qui me soucie, Jonathan. Tes perspectives d'avenir sont plus radieuses que ne le seront jamais les miennes. C'est toi qui dois te montrer prudent.

Il se déplaça pour se trouver à califourchon au-dessus d'elle et la regarder bien en face à la lueur du feu.

— Ce n'est pas parce qu'on me verra avec toi que ma réputation sera entachée. C'est absurde.

Elle détourna la tête et évita son regard. La lumière était faible et son expression troublée, mais il eut l'impression qu'elle était plus triste que furieuse.

— Cependant, nous louerons une voiture fermée. Ainsi, le monde entier ne saura pas que nous sommes amoureux.

— C'est bien aimable à M. Albrighton de t'avoir accompagnée, déclara Audrianna après les avoir accueillis.

Elles étaient seules dans son petit salon privé. Jonathan avait demandé à voir Sebastian et les deux hommes s'étaient aussitôt retirés dans la bibliothèque.

— Il est devenu davantage que mon locataire, avoua Celia.

Audrianna sourit.

— Ma foi, comme amant, il doit être tout à fait appréciable.

— Tu es censée être choquée.

— Et pourtant, je ne le suis pas. Incroyable, non ?

— À cause de ma mère ?

Le visage d'Audrianna se décomposa.

— Quelle question idiote, Celia ! Si je ne suis pas choquée, c'est parce que tu es une femme et qu'il est très bel homme et parce que ta conception de la sensualité a toujours été teintée d'une certaine... comment dire... ironie ?

— Pardonne-moi. Tu as parfaitement raison, c'est une question idiote. Depuis que tout le monde sait que je suis la fille d'Alessandra Northrope, j'ai la fâcheuse tendance de voir les insultes partout, alors que ce n'est parfois pas le cas.

Audrianna plissa le front.

— Mais parfois cela arrive ?

— Bien entendu. Je te remercie chaleureusement de m'avoir reçue au vu et au su de tous aujourd'hui, mais je crains que tu n'aies à en payer le prix.

Elle regarda vers la porte.

— La mère de ton mari sait-elle que je suis ici aujourd'hui ?

Audrianna porta la main à ses cheveux châtains et tapota quelques mèches en inclinant la tête.

— Il se trouve qu'elle est partie ce matin pour la campagne. Je doute qu'elle revienne avant le début de la saison des bals.

— Cela t'évite des complications pour me recevoir.

— Oh, elle est au courant ! Nous nous sommes disputées sérieusement hier, avant que je ne t'écrive ce mot. Je lui posais des questions sur ta mère et les vieux ragots et elle a fini par comprendre que si je m'y intéressais, c'est parce que tu es toujours mon amie. Et là...

Elle haussa les épaules.

— C'est précisément ce que je voulais dire ! Notre amitié te pose des problèmes alors que nous nous sommes montrées discrètes. Ce sera bien pire si nous nous affichons !

— Au contraire. Laisse-moi t'expliquer la suite. Elle a attiré Sebastian dans cette querelle, ce qui était très sot de sa part, comme elle devrait le savoir maintenant. Il s'est rangé de mon côté en affirmant que je te recevrais à ma guise et que soit elle l'acceptait, soit elle quittait cette maison.

Audrianna reposa les mains sur ses genoux et regarda son amie innocemment.

— Donc, si l'on peut dire, Sebastian m'a ordonné de te recevoir et s'est arrangé pour que sa mère disparaisse.

— Je comprends. Voilà qui est fort commode !

— N'est-ce pas ? Je crois qu'il se félicite de cet éclair de génie.

— À propos de ta belle-mère... Avant son départ, s'est-elle rappelé les commérages concernant ma mère ?

— Davantage que je ne m'y attendais, mais il faut dire que les hommes impliqués étaient tous des notables influents. Elle a laissé entendre que Hartlefield n'a conçu ni fils ni fille, bien qu'ayant été marié trois fois avant de mourir.

— À moins qu'il n'ait eu la malchance d'épouser trois femmes stériles, il semblerait donc...

— D'aucuns pensent que le problème pourrait en effet venir de lui. Le cas échéant, si tu ne te trompes pas avec ces histoires d'armoiries, l'homme que tu cherches serait soit Barrowleigh, soit Enderby.

— A-t-elle évoqué ces deux-là ?

— D'après elle, la liaison d'Enderby avec Alessandra fut intense mais brève, car il est tombé amoureux d'une autre femme, qu'il a fini par épouser. Quant à Barrowleigh, on dit qu'il voulait épouser Alessandra et que le reste du monde aille au diable, mais qu'elle n'a pas voulu de lui pour mari. Il a pu faire sa demande parce qu'il savait qu'elle portait son enfant ?

— C'est possible...

Ce n'était pas cependant la seule demande en mariage qu'avait reçue Alessandra au fil des années. Le plaisir seul pouvait inciter les hommes à formuler des déclarations impulsives.

Barrowleigh ou Enderby ? Elle allait se débrouiller pour apprendre ce qu'elle pouvait à leur sujet. Elle était excitée d'être proche du but. Peut-être même n'aurait-elle pas besoin de l'aide de Jonathan.

— Elle savait aussi d'autres choses, Celia. Des rumeurs circulaient.

Le ton d'Audrianna avait perdu sa légèreté.

— Quelles rumeurs ?

Elle poussa un soupir.

— On disait que l'un des premiers amants de ta mère était français. Un émigré. Certains pensaient qu'il espionnait pour le compte des Français pendant la guerre.

Elle se pencha et posa une main sur celle de Celia, qu'elle pressa affectueusement.

— On disait également qu'elle se livrait pour lui à de l'espionnage.

Celia dévisagea son amie, puis la main qui serrait les siennes pour la rassurer et la réconforter.

Malgré elle, elle éclata de rire.

— Alessandra, une espionne ? Audrianna, c'est grotesque ! Elle était du Yorkshire, pour l'amour du ciel ! Cela s'entendait encore à son léger accent, malgré le mal qu'elle se donnait pour le masquer. Pourquoi aurait-elle fait une chose pareille ?

— Pour l'argent. Par amour.

— Je n'y crois pas. Ce sont des balivernes, des médisances. C'est parfaitement insensé.

— C'est ce que je pense aussi. Je suis convaincue que tout cela est faux. Je ne voulais même pas t'en parler. Puis je me suis dit que tu devrais le savoir, puisque tu cherches le nom de ton père.

— Tu penses que son silence quant à sa paternité n'aurait rien à voir avec moi, mais avec cette autre histoire ?

— Réfléchis-y, en tout cas. Peut-être a-t-il lui aussi entendu ces rumeurs et ne veut-il surtout pas que l'on rapproche son nom du sien. Les messieurs de bonne réputation ne voudraient pas avoir à expliquer qu'ils n'ont rien dit d'intéressant qu'elle aurait pu rapporter à son ami français, comprends-tu ?

Cette explication était fort plausible. Celia était profondément choquée que le nom de sa mère ait été souillé par ce genre de ragots.

Si Audrianna ne se trompait pas et que c'était la raison pour laquelle l'identité de son père avait dû rester secrète, peut-être ne serait-il pas si réticent si elle se faisait discrètement connaître de lui.

— Vous n'avez aucune intention de me dire ce que vous faites, n'est-ce pas ? demanda Sebastian sans même prendre la peine de lever les yeux du livre qu'il lisait.

— Je m'intéresse à la science héraldique, répondit Jonathan en tournant une page.

Il existait des centaines de blasons, parfois très similaires. Une seule couleur pouvait indiquer une personne différente et pour certains il ne disposait d'aucune couleur, uniquement de croquis sommaires qu'il avait esquissés à partir des dessins d'Alessandra.

Celia l'avait vu recopier les motifs en couleur l'après-midi où elle lui avait révélé sa théorie. Elle avait quitté la pièce, cependant, avant qu'il ne se penche sur les autres et les classe, d'après les chiffres, dans un ordre chronologique des amants qu'Alessandra avait jugé utile de mentionner.

— Une chance que Castleford ne soit pas là. Il vous dirait que vous êtes rasoir.

— Et grossier. Vous, en revanche, êtes trop bon pour me le reprocher. C'est la raison pour laquelle je me sers de votre bibliothèque et non de la sienne.

— Je suis également trop bon pour vous faire remarquer que si vous avez des questions concernant l'art héraldique, je connais un endroit où vous trouverez les réponses plus rapidement que dans n'importe quel ouvrage.

— Je doute que le *Heralds College* me reçoive et me donne ces réponses, surtout à titre de curiosité oisive.

— Qu'ont-ils d'autre à faire de leur temps ?

Sebastian releva le nez de son livre.

— À moins que vous puissiez révéler la raison de votre requête, pour une raison ou pour une autre. À moins que vos recherches ne soient pas si oisives que cela...

Voilà qui était intéressant.

— Auriez-vous des raisons de penser qu'elles ne le sont point ?

— Aucune, hormis le fait que ce n'est pas un sujet qui passionne en temps normal un homme s'adonnant plutôt aux sciences.

— Je m'adonne à bien des choses.

Sebastian se mit à rire.

— De fait. Et en général, j'en suis vaguement au courant. Pas cette fois. Quelqu'un fait preuve d'une extrême discrétion.

C'était manifestement le cas, si ni Castleford ni Summerhays n'avaient pu apprendre la vérité. Il était temps de demander à ce brave oncle Édouard qui au juste était cette personne excessivement discrète.

— C'était fort aimable à vous d'autoriser votre femme à recevoir Mlle Pennifold, dit-il, préférant changer de sujet de conversation.

La main de Sebastian décrivit un geste paresseux.

— Je doute qu'elle soit la première personne de son milieu à entrer par la grande porte.

— Certainement pas. Moi-même, par exemple, j'y suis passé.

Sebastian sourit.

— Ce n'est pas vraiment la même chose.

— Pourquoi ? Parce que ma mère s'est attachée à un homme et est restée invisible et cachée ?

— Parce que rien ne laisse croire que vous allez vous engager dans une profession qui vous marquera irrémédiablement. Or, cette possibilité n'est pas exclue dans le cas de Mlle Pennifold. Nul n'a oublié son année passée auprès de Mme Northrope.

— De par ma profession, Summerhays, j'ai tué. Si cela ne marque pas une personne...

— Je vous comprends. Cependant, des rumeurs entourent aussi bien vos origines que celles de Mlle Pennifold et vous avez un avantage certain sur elle...

Jonathan aurait pu demander pourquoi Summerhays voyait son avenir plus radieux que celui de Celia, mais il n'en avait pas besoin. Castleford n'avait sans doute pas tenu sa langue au sujet de son projet de rencontrer Thornridge.

À cet instant, les dames entrèrent dans la bibliothèque. Elles avaient attaché leur chapeau et mis leur pelisse. Jonathan se leva ainsi que son hôte.

— Le soleil baigne la terrasse et j'ai demandé qu'on nous serve le thé dehors, annonça lady Sebastian. Vous joindrez-vous à nous, messieurs ?

Jonathan consacra son attention à lady Sebastian, mais il regarda également Celia. Elle parcourut la pièce des yeux et, au moment où Sebastian acceptait la proposition, vit les livres qu'il avait examinés.

Il la sentit s'animer. Il aurait pu jurer qu'elle avait remarqué qu'ils traitaient d'héraldique.

Ce soir-là, Jonathan sortit, comme à l'accoutumée. Pour la première fois, Celia se demanda où il allait. Elle ne s'était pas montrée suffisamment curieuse à son sujet, décida-t-elle.

Elle s'assit dans sa chambre après le dîner et essaya d'écrire à Daphné, mais un méli-mélo d'impressions confuses l'empêcha de se concentrer. Les révélations d'Audrianna avaient été fort troublantes. Certes, les commérages mondains remontaient à une vingtaine d'années, mais la belle-mère de son amie avait beau être pénible pour elle et son fils, son expertise en la matière était incontestable.

Alessandra avait-elle recueilli des indiscrétions auprès des hommes importants qui se disputaient ses faveurs et les avait-elle transmises à son amant français ? Ou à quelqu'un d'autre ? Si tel était le cas, l'avait-elle fait par amour ou pour l'argent ? Cela expliquait peut-être l'absence de livres de comptes...

Celia réfléchit longuement à la question, beaucoup plus longuement que nécessaire. Enfin, elle reconnut qu'elle se dérobait ainsi à d'autres souvenirs. En particulier, elle n'avait pas envie de repenser à ce livre d'héraldique que consultait Jonathan dans la bibliothèque de Summerhays.

Il n'avait pas besoin d'identifier les blasons du carton à dessins, car elle lui avait déjà donné les noms correspondants. Voulait-il en confirmer la véracité avant d'entreprendre ce qu'exigeait son enquête ? Elle aurait aimé le croire. De toutes ses forces.

Elle alla ouvrir le carton. Les aquarelles recouvraient toujours les autres dessins. Elle ressortit les armoiries et commença à les retourner. Peut-être recélaient-elles des éléments susceptibles de lui être utiles également. Mais lesquels ?

Elle observa attentivement les blasons, les écus, les chiffres et les posa sur le tas qui montrait le verso des papiers à dessins.

Alors qu'elle avait presque terminé, elle remarqua une chose qui lui serra le cœur : sur les derniers dessins, toutes les dates remontaient à cinq ans et elle était sûre qu'ils n'avaient pas été regroupés ce matin.

Leurs blasons n'avaient rien à voir avec sa recherche de paternité. Ils étaient beaucoup trop récents. Pourtant, Jonathan les avait jugés dignes d'intérêt, au point de les distinguer du lot. Se renseignait-il, dans la bibliothèque de Summerhays, au sujet des hommes à qui ils appartenaient ?

Lorsqu'elle comprit ce que cela signifiait, Celia sentit une douleur inattendue lui vriller la poitrine, mêlée à une bonne dose d'humiliation. Elle avait été assez sotte pour penser que la passion pouvait s'affranchir du passé, assez naïve pour croire qu'elle n'avait rien à perdre en s'engageant dans une aventure avec Jonathan ! Ce dernier lui cachait quelque chose, elle en était certaine, maintenant. Il était temps de découvrir quoi.

Jonathan rentra par la porte du jardin. Aucune lumière n'était visible à l'intérieur, lorsqu'il avait regardé la maison de la rue.

Le silence l'accueillit. Pas seulement celui d'une maisonnée endormie, mais un silence plus figé, plus pénétrant. Il s'arrêta sur le premier palier de l'escalier de service et tendit l'oreille en direction de la chambre de Celia. Rien. Ce soir, pas même une lame du plancher ne craquait.

Il était resté trop longtemps avec Castleford, dont la condescendance n'allait pas sans exigences, en particulier vis-à-vis de gens tels que Jonathan Albrighton.

Ce soir-là, le duc avait semblé déterminé à entraîner son hôte dans ses excès et Jonathan avait dû déployer un tact considérable pour échapper à la débauche planifiée.

Il alluma une bougie dans sa chambre et ôta sa redingote tout en songeant au duc et à ses femmes, et à l'étrangeté de cette amitié retrouvée. Peut-être Castleford avait-il décidé que, quitte à être tous les deux condamnés aux flammes de l'enfer, il serait plus agréable de s'y jeter ensemble ?

Il dénoua et ôta son foulard. Percevant un mouvement, il se tourna vers la porte, tous les sens en alerte.

Celia se dressait sur le seuil, une petite bougie à la main. Ses cheveux blonds, bien brossés, tombaient en vagues douces sur ses épaules et sa poitrine. Elle était encore habillée, cependant, et ce n'était pas le désir qui faisait briller ses yeux.

Sa colère irradia jusqu'à lui, ainsi que sa déception et une émotion si poignante qu'elle lui vrilla le ventre. Quand elle referma la porte en s'efforçant de paraître détachée, il comprit aussitôt que cette soirée ne se terminerait pas comme les autres.

Elle souffla sur sa flamme et les ombres l'effacèrent. Puis, la lueur de sa bougie à lui et celle du clair de lune l'atteignirent et Celia redevint, comme elle l'avait toujours été pour lui, une oasis de lumière dorée dans un désert de ténèbres.

Elle avança sans se presser jusqu'à son petit bureau et feuilleta quelques titres de la pile de journaux et de papiers.

— Vous avez des intérêts éclectiques, Jonathan. Cela ne me surprend pas. Bien que les découvertes sur les composants chimiques me semblent quelque peu absconses. À moins que certaines ne possèdent des applications pratiques intéressantes. Les poisons, par exemple…

C'était donc ainsi qu'elle allait se comporter, ce soir. Il ne pouvait pas lui en vouloir si elle avait appris sur son passé des choses justifiant qu'elle l'accuse. Mais rien ne l'empêchait de se disculper.

— Je n'ai jamais usé de poison, répondit-il.

— Sage décision, j'ai entendu dire que c'était peu fiable.

Elle écarta quelques journaux encore.

— Rien sur la science héraldique. Je croyais que cet art vous fascinait.

Il voulut aller vers elle pour lui faire cesser ce petit jeu. L'apaiser, ou la distraire, il ne le savait encore… Mais elle leva la main et le tança du regard.

— J'aurais dû revenir dans cette chambre il y a bien longtemps, déclara-t-elle en promenant son regard sur les petits objets de sa vie quotidienne. Je n'aurais pas dû vous laisser demeurer un mystère…

— Je n'en suis plus un pour vous, vous le savez très bien.

— Peut-être est-ce regrettable.

Même la colère ne parvenait pas à durcir ses traits et pourtant, elle était furieuse…

— Je croyais que vous ne faisiez qu'un bref séjour à Londres avant de repartir vers d'autres horizons. Je vous croyais ici entre deux missions ou enquêtes. Je vois que mes supputations étaient idiotes.

Il pouvait l'admettre, mentir ou encore ne rien dire. C'était généralement son choix lorsqu'on l'interrogeait de façon un peu trop appuyée sur ses activités…

Il vit la fureur étinceler dans ses prunelles.

— Allez-vous m'insulter en refusant de répondre ? Vous déroberez-vous comme si j'étais une vulgaire putain bonne à s'en aller sitôt payée ?

— Je ne vous ai pas insultée. Vous n'avez posé aucune question. Vous êtes en colère, mais j'ignore pourquoi.

En réalité, si, il savait pourquoi. Le sentiment de perte qu'il ressentait soudain le lui disait. En s'immisçant dans son cœur, cette vérité lui causa une souffrance qui le stupéfia.

— Ah oui ?

Elle s'approcha et le regarda droit dans les yeux. Elle le fixait si durement qu'on aurait pu croire qu'elle ne l'avait jamais vu d'aussi près.

— J'ai appris par Audrianna que l'on racontait certaines choses au sujet de ma mère, il y a des années. À propos d'elle et d'un amant français, à propos de sa loyauté envers sa patrie. Êtes-vous au courant ?

— Oui. Ce ne sont que des rumeurs.

— Les rumeurs suffisent, dans ce monde.

Elle sonda son regard, comme si elle devait se donner du mal pour voir quelque chose.

— Jonathan, êtes-vous ici à cause d'une mission ? Êtes-vous en train d'enquêter sur ma mère, sur moi ?

— Non, pas sur vous. Pas même sur elle. Et il ne s'agit pas d'une enquête, le terme est trop fort.

— Quel est le terme précis, dans ce cas ?

— On m'a demandé de vérifier si elle avait laissé un quelconque registre attestant de ses liaisons. Le but étant non pas de nuire, mais de protéger des innocents.

Le visage de Celia se décomposa. Elle détourna la tête.

— Ainsi, c'est vrai ! Ô mon Dieu !

Elle marcha jusqu'à la fenêtre et regarda les ombres de la nuit dans le jardin.

— C'est la belle-mère d'Audrianna qui lui a parlé de ces soupçons. Cela m'a paru invraisemblable, mais si vous aussi…

— Il n'existe aucune preuve. Aucune raison de penser que c'est la vérité.

— Pourtant, vous êtes ici.

— Je dois simplement veiller à ce qu'aucun homme ne soit sali en étant mêlé à ces rumeurs.

Elle hocha la tête, mais il se demanda si elle l'avait vraiment entendu.

— Cela n'avait rien à voir avec vous, Celia, hasarda-t-il. Ce devait être une mission insignifiante, destinée à éviter de compromettre des hommes qui avaient fait preuve de discrétion et comptaient recevoir la même en retour. C'était une chose que votre mère respectait particulièrement. Je devais veiller à ce qu'il en soit ainsi.

Elle lui jeta un regard courroucé par-dessus son épaule.

— Vous êtes ici, n'est-ce pas ? Vous étiez dans cette maison, cette nuit-là, et vous y êtes resté afin d'accomplir cette mission. Vous m'avez trompée ! Vous avez obtenu ce que vous désiriez, les noms de ses clients. Vous en avez même dressé une liste à partir des armoiries qu'elle a dessinées.

Elle détourna les yeux.

— Maintenant que votre mission est terminée, je suppose que vous pouvez partir.

Elle se raidit alors, dos à lui et face à la fenêtre, aussi pétrifiée qu'une statue.

— Si vous désirez que je parte, je partirai.

Les mots furent terribles à prononcer. Il aurait préféré se disputer avec elle, mais c'était sans issue.

Elle ne répondit même pas.

Alors, Jonathan remit sa redingote et prit quelques objets personnels sur la table. Il récupérerait le reste plus tard.

— Vous a-t-elle réellement donné cette chambre, Jonathan ? demanda-t-elle d'une voix blanche. Je n'ai jamais vu le document.

— Oui. Mais il n'y a pas eu de bail signé.

Enfin, elle se retourna. Il attendait, debout près de la porte, en espérant qu'elle allait dire autre chose, certain pourtant que ce ne serait pas ce qu'il avait envie d'entendre.

— Que s'est-il passé, il y a cinq ans ? demanda-t-elle. Vous vous êtes intéressé aux armoiries de cette époque, aux hommes qu'elles permettaient d'identifier...

Il se vit rangeant les dessins dans le carton cet après-midi-là, dans la bibliothèque. Il s'était montré négligent en regroupant les blasons les plus intéressants. Celia avait eu la finesse de le remarquer.

— C'est une histoire personnelle. Un intérêt privé que je leur porte, lié à l'une des missions que j'ai effectuées pendant la guerre.

— Si ces armoiries étaient susceptibles de vous aider, cela signifie que vous croyez que ces rumeurs concernant ma mère sont fondées.

Elle le toisa, longuement. Elle n'avait plus l'air en colère.

— Je préfère cela, dit-elle. Ainsi, cette affaire ressemble moins à une trahison froidement calculée de votre part, malgré les conséquences possibles des rumeurs...

Il se dirigea vers elle, le cœur plus lourd à chaque pas. Puis il prit son visage entre ses mains et la regarda dans le clair de lune, mémorisant la douceur de sa peau sous ses paumes, cette façon unique qu'elle avait d'illuminer l'espace qu'elle occupait...

— Pardon de vous avoir déçue, ma chérie.

Il l'embrassa et tourna les talons, sachant qu'elle n'ajouterait pas un mot.

19

— Vous avez une mine épouvantable, Albrighton ! Réveillez-vous, mes hommes vont vous aider à faire vos ablutions.

Jonathan ouvrit les yeux en entendant l'ordre qui perturbait un sommeil très agité. Castleford se dressait au-dessus de lui, tout habillé et très différent de la dernière fois que Jonathan l'avait vu.

Ses idées s'éclaircirent quelque peu et Jonathan remarqua qu'il était allongé sur un canapé, dans le dressing-room du duc. Des souvenirs de la veille affluèrent soudain à son esprit.

Après avoir quitté Celia, il était revenu dans cette maison et le domestique l'avait fait entrer. En un coup d'œil, Castleford avait compris qu'il n'était pas là pour se joindre à sa soirée de débauche. À la surprise de Jonathan, il avait succinctement ordonné à la femme qui était dans son lit de s'en aller, avait enfilé un peignoir et avait emmené son nouvel hôte dans cette pièce, où ils avaient échangé une longue conversation ponctuée de nombreux silences et autant de verres d'alcool.

Il se passa les doigts dans les cheveux. Et se figea.

— Mais que…
Il tâta sa tête : il était rasé !
— Je les ai fait couper par mon valet de chambre pendant votre sommeil, déclara Castleford. Il s'en est très bien tiré. Vous êtes beaucoup mieux ainsi.
Jonathan le foudroya du regard.
— Vous allez trop loin !
— Il n'est pas question qu'on me voie en ville accompagné d'un homme à la coupe de cheveux aussi démodée. Vous me remercierez, vous verrez. Les femmes vont se pâmer devant vous.
Jonathan toucha une dernière fois les mèches courtes. Sa colère faiblit, diluée dans le brouillard de l'ivresse de la veille.
— Quelle heure est-il ? demanda-t-il en regardant par une fenêtre.
— Environ 9 heures.
Jonathan grogna. Il aperçut la carafe sur la table basse. Ils ne l'avaient vidée que deux heures plus tôt, tout au plus.
— Vous n'avez pas dormi, n'est-ce pas ?
— Nous sommes, hélas, mardi, donc je n'ai pas dormi, non. Et si je ne dors pas, vous non plus. Je vous en veux de m'avoir interrompu hier soir avec votre tête d'enterrement.
— Je pensais que vous en auriez fini avec cette fille.
— Pourquoi me presser ? Bien… Levez-vous, à présent. Je n'ai pas envie qu'un homme traînasse dans mes appartements alors que je ne peux pas le faire moi-même.
— Quel toupet ! Me jeter dehors alors que vous venez de me couper les cheveux, par-dessus le marché ! Je croyais que les ducs avaient de meilleures manières.

Castleford le considéra, puis s'assit pour l'observer. Jonathan était dans un tel état qu'il ne s'en formalisa même pas.

— Vous êtes parti hier soir, aussi normal et insondable qu'à l'accoutumée. Vous êtes revenu si perturbé que j'aurais pu vous voler votre portefeuille. Que s'est-il passé dans l'intervalle ? Avez-vous découvert que vous êtes finalement un bâtard banal et non le fils d'un comte, comme vous l'a fait croire votre mère ?

La question le dégrisa plus vite que ne l'aurait fait un seau d'eau froide ou un coup de poing au visage. Il leva vers Castleford un regard furibond.

— Ah... Je vois que ce n'est pas cela. Et moi qui allais vous rassurer en vous disant que la ressemblance ne laisse aucune place au doute.

Castleford poussa soudain un soupir d'ennui.

— C'est donc une femme, je présume. Qui vous a éconduit, c'est cela ? Probablement parce que vous êtes, j'ai le regret de vous le dire, *rasoir*.

Il se leva.

— Bien. Je dois à présent m'acquitter de mes devoirs. Quant à vous mettre dehors... j'ai au moins une trentaine de chambres libres dans cette maison. Si vous avez perdu votre lit en même temps que votre compagne, vous n'avez qu'à rester ici.

— C'est très généreux.

— En effet. Voilà typiquement le genre de largesse digne d'un duc bon et magnanime. Réjouissez-vous que l'on soit mardi.

— Sachez que je ne serai probablement pas plus amusant si je reste ici. Je ne vous suivrai pas sur le chemin de l'enfer.

Castleford sourit, comme un parent devant un enfant candide.

— Bien sûr que si, Albrighton. Tôt ou tard. Nous avons tous deux vendu notre âme au diable, il y a bien longtemps...

Quelqu'un la remuait doucement. Celia ouvrit les yeux et la lumière l'éblouit. Puis elle remarqua que la fenêtre n'était pas celle de sa chambre.

Elle regarda le plafond mansardé et la table, une détresse indicible au creux de son ventre. Elle avait dû s'endormir à force de pleurer.

Elle avait été incapable de prononcer les mots qui auraient retenu Jonathan, mais une douleur atroce l'avait saisie après son départ. C'était une torture que de rester dans cette chambre encore emplie de sa présence, mais elle n'avait pu se résoudre à en sortir. C'était ici qu'elle avait cédé à ses émotions, le visage enfoui dans l'oreiller qui gardait son odeur.

Elle n'aurait jamais cru possible de se sentir aussi mal. Même après la déception qu'Anthony lui avait jadis infligée, même quand cette vérité lui avait été jetée au visage, elle n'avait pas éprouvé pareille désolation.

Debout à côté du lit, Marian la regardait avec inquiétude. Celia s'assit et essuya ses yeux encore gonflés de larmes.

— La porte était entrouverte, expliqua Marian. Je ne m'attendais pas à vous trouver ici en apportant l'eau pour M. Albrighton, ce matin.

— Il est parti, Marian. Il n'y aura pas besoin de monter de l'eau demain.

Marian s'assit à côté d'elle et la prit par les épaules comme l'aurait fait une mère.

— J'aimerais trouver les mots pour vous soulager, mon petit. La vérité, c'est que les hommes sont des porcs et n'ont aucune constance. Et celui-ci n'était ni pire ni meilleur que les autres, il faut croire.

Elle posa la tête sur l'épaule de Marian.

— Insultez les hommes tout votre saoul aujourd'hui, mon amie. Mais ne me dites pas que j'ai été sotte. Je me sens déjà bien assez bête comme ça.

Ce n'était pas tout à fait exact. Elle se sentait moins bête que la nuit précédente, qu'elle avait passée à guetter les bruits des pas de Jonathan dans l'escalier de service. Ce matin, elle était épuisée et remplie d'une peine indicible.

C'était probablement cela, un vrai chagrin d'amour, ce vide affreux que rien ne comblerait. Elle eut envie de se remettre à pleurer.

Elle s'était bercée d'illusions romantiques. Malgré sa résolution, elle l'avait laissé prendre davantage que son corps. Elle n'avait pas appliqué les leçons de sa mère, n'était pas restée maîtresse de sa passion.

Celia contempla ses affaires. Bientôt, elles auraient disparu. Elle rentrerait de promenade un jour et cette chambre serait aussi vide qu'elle. Et aurait complètement disparu de sa vie.

Elle avait toujours su que leur idylle serait brève, mais pas à ce point. Et jamais elle n'aurait pensé qu'il la trahirait ainsi.

Des bruits de l'autre côté du couloir lui firent lever la tête.

— Bella fait le ménage dans la pièce d'en face, lui expliqua Marian. Je lui ai demandé de tout pousser contre les murs et de bien récurer le plancher. Au printemps, nous aérerons et...

Un coup sourd et bruyant l'interrompit, suivi aussitôt d'une exclamation.

— Tu t'es fait mal, Bella ? cria Marian. Je t'ai dit de ne pas déplacer les gros meubles sans mon aide.

— Non, ça va, répondit la jeune fille en faisant irruption dans la chambre. J'ai soulevé un coin de ce gros tapis roulé pour le déplacer et ceci en est tombé. C'était coincé à l'intérieur, bien caché.

Elle portait un petit coffret en bois. Celia le lui prit des mains, le posa sur le lit et défit le loquet.

Il renfermait des pinceaux, des crayons et des flacons de pigments.

— C'est la boîte de couleurs de ma mère. Regardez ce petit mortier et son pilon, pour moudre plus finement les pigments. Et ces godets devaient lui servir à mélanger les peintures.

— J'ai vu une boîte comme celle-ci dans une vitrine, un jour, dit Bella. Elle possédait même un petit tiroir pour le papier.

Elle s'agenouilla et examina l'arrière du coffret.

— Regardez, on l'ouvrait ainsi.

Elle tira un bord de l'arrière de la boîte et ouvrit un tiroir.

Il renfermait en effet du papier, plusieurs feuilles de textures différentes, assez épaisses. Bella les sortit, fascinée, et découvrit ce qui reposait au fond du tiroir.

Celia prit un fin carnet. Dedans, des rangées et des rangées de chiffres étaient alignées, tracées de l'écriture soignée de sa mère.

— Bonté divine ! s'exclama Marian en lisant pardessus son épaule. C'est un livre de comptes, ma parole.

Celia survola les pages. Ce n'était pas seulement un livre des dépenses effectuées. Y figuraient aussi des revenus. Elle écarquilla les yeux en lisant certains montants. Les faveurs d'Alessandra se monnayaient très chèrement.

Une chose attira l'attention de Celia. Une dépense régulière, notée à côté de son nom. Ce devait être l'argent envoyé à la campagne, pour l'entretien de Celia par les deux vieilles filles qui l'avaient élevée. Chaque débit, cependant, était immédiatement précédé d'un crédit. Systématiquement.

Un nom était aussi associé à ces entrées, contrairement aux autres paiements reçus par Alessandra. Il lui sauta aux yeux. C'était l'un de ceux figurant parmi les armoiries. Le marquis d'Enderby !

Ce ne pouvait être une coïncidence. C'était forcément une somme que son père versait à sa mère et non un échange de faveurs. Il avait payé pour entretenir sa fille quand elle était enfant !

Son esprit fila à toute vitesse. Elle le dirait à Jonathan quand il...

Mais la joie s'évanouit d'un coup, faisant place à une peine qui lui serra de nouveau le cœur. Elle n'avait plus rien à dire à Jonathan, à présent. Et elle ne lui montrerait certainement pas ce registre, pour qu'il aille fouiller dans la vie de sa mère...

Bella admirait les motifs du coffret, soulevant chaque article, chaque petit pot de peinture et le tenant devant la lumière de la fenêtre.

— Range donc ceci, maintenant, lui dit Marian.

— Laissez-la jouer avec, intervint Celia en s'efforçant de ne pas montrer son émoi. Descendez le coffret, Bella. Vous pouvez utiliser les pinceaux et les pigments, si vous voulez. Moi je vais prendre ce carnet et décider quoi en faire.

Cher monsieur Albrighton,

Des amis me disent que vous résidez chez le duc de Castleford et j'espère que cette lettre vous trouvera là-bas. Je suis certaine que vous disposez de tout le confort dans cette belle maison et me réjouis de savoir que vous devez être heureux.

Je voulais vous informer qu'il est inutile de me rendre le service que je vous avais demandé. J'ai trouvé la preuve de ce que je recherchais dans le livre de comptes de ma mère, découvert récemment. Il fait état de versements réguliers effectués pour mon entretien par l'un des hommes que j'avais déjà identifié comme étant probablement mon père.

Ne soyez pas découragé par votre échec et ne pensez pas que cela minimise les talents spéciaux que vous avez déployés. Si j'ai trouvé le registre avant vous, c'est parce qu'il était bien caché et il ne contient rien que vous ne sachiez déjà de par les autres enquêtes que vous avez menées à bien ces dernières semaines.

Il semble donc que ma quête personnelle arrive bientôt à son terme. Je vous souhaite bonne chance pour conclure la vôtre. D'ici là, ne souhaitez-vous pas reprendre vos effets personnels ? Si vous craignez de me déranger, ou que nous nous croisions fortuitement, sachez que je vais quitter Londres et resterai absente quelques jours.

Mademoiselle Pennifold.

Jonathan plia la lettre et la huma. Celia ne l'avait pas parfumée, mais l'eau de lavande qu'elle portait souvent s'y attardait encore.

Il ne put s'empêcher de sourire devant la franchise de son message : elle n'avait pu s'empêcher de lui faire remarquer qu'il avait échoué dans sa mission malgré tout le temps passé dans cette maison.

Le reste était moins amusant. En particulier le passage évoquant des versements réguliers. Certes, il s'agissait peut-être d'une pension pour Celia, mais d'autres explications étaient envisageables. En effet, ces dernières semaines, il avait analysé ce qu'il avait appris au sujet d'Alessandra. Il continuait à se demander s'il fallait ajouter foi aux rumeurs, mais si elle avait reçu un paiement régulier de la part de quelqu'un, en particulier un ancien amant qui n'avait plus de liaison avec elle, il n'était pas certain que ces versements aient servi à entretenir une enfant illégitime. Un homme aurait pu acheter le silence d'Alessandra, ou même être l'agent pour qui elle avait œuvré.

Les diverses hypothèses lui occupèrent l'esprit tandis qu'il se rendait à cheval au parc. Édouard lui avait fait parvenir un courrier demandant à s'entretenir avec lui. Le ton impérieux de sa missive indiquait que quelqu'un s'agaçait que Jonathan n'accomplisse pas sa mission suffisamment vite.

En cherchant son oncle près du Réservoir, il imagina Celia face à l'homme qu'elle pensait être son père. Car elle allait le rencontrer, il en était convaincu. Discrètement, sans doute, mais cette démarche ne serait pas mieux accueillie qu'une approche directe.

Et si l'homme n'était pas son père, mais un individu ayant d'autres raisons de payer régulièrement Alessandra, que se passerait-il ?

Édouard le héla et il vint à lui au petit trot.

— Vous êtes à pied, mon oncle. Je ne vous avais pas vu.

— Le médecin me recommande de longues promenades quotidiennes. Attache ta monture et accompagne-moi. C'est fastidieux et cela me prend trop de temps.

Jonathan obéit et régla son pas sur le sien.

— Êtes-vous malade ?

— Je vieillis, voilà tout. Cela se traduit par une foule de petits maux et l'on finit par en mourir.

Édouard gardait un pas vif et balançait une jolie canne au rythme de sa foulée.

— Voilà un moment que je n'ai plus de tes nouvelles. Je voulais savoir un peu ce qui se passe.

— On s'impatiente en haut lieu ?

— Tu es inexplicablement lent. Y a-t-il une raison ?

Une très bonne raison. Il avait évité de parler à Édouard de ces armoiries, pour protéger Celia, mais aussi pour se donner le temps d'en apprendre davantage au sujet de certains clients.

— Si je vous disais que j'ai tout appris et que je détiens une liste de ses clients, que feriez-vous ?

Édouard s'arrêta. Il étudia le visage de Jonathan d'un air sérieux, presque sévère.

— Est-ce le cas ?

— Non. Cependant, je me demande ce que vous allez faire de ce que j'ai découvert : cette mission ne m'a pas été confiée par le biais habituel. Ce ne sont pas les Affaires intérieures qui vous ont adressé à moi. J'aimerais savoir pour le compte de qui je diligente cette enquête.

Édouard se remit en route, plus rapidement. Ses yeux étaient perçants sous le bord de son chapeau.

— Et qui vous a dit cela ? Quel imbécile est venu se mêler de...

— La personne qui m'a renseigné possède généralement des informations dignes de foi.

— Vous lui avez donc parlé de ce travail ? Êtes-vous devenu fou ?

— Je n'ai rien révélé. Mes activités n'ont pas manqué de me faire remarquer, au fil des années. Je ne suis pas complètement invisible aux yeux des autres. Je vois que ma question vous trouble, cependant, aussi oublions que je l'ai posée.

— Nom d'un chien, cela vaudra mieux, oui !

Au bout d'un moment, Édouard maîtrisa son emportement.

— Je m'interrogeais au sujet de la fille d'Alessandra, dit-il enfin.

— Celia ?

— Oui. Est-il possible qu'elle ait découvert une chose que tu ignores ?

— C'est toujours possible, je suppose, mais peu probable. Et quand bien même, cela ne lui permettrait probablement pas d'en tirer des conclusions.

Édouard réfléchit en fronçant les sourcils.

— Pourquoi cette question ? demanda Jonathan.

— Eh bien, assez soudainement, le passé d'Alessandra est devenu un sujet de conversation parmi les dames d'un certain âge, me dit ma femme. On pourrait penser qu'il est en train de s'écrire toute une histoire à propos des ragots qui circulent à son sujet. La mère de Summerhays a interrogé quelques vieilles amies, qui à leur tour en ont questionné d'autres… ma foi, tout cela est étrange.

— Son décès récent en est probablement la cause. Peut-être deux dames se sont-elles disputées concernant certains détails de leur mémoire et ont-elles cherché à connaître la bonne réponse ?

— Quoi qu'il en soit, cela ne me plaît pas.

Édouard le transperça d'un regard pénétrant.

— Tu la connais ? Sa fille ?

— Celia. Oui, je la connais. J'ai bavardé avec elle dans le cadre de mon enquête.

— Il faut que tu arrives à savoir si elle sait quelque chose. Sois très ferme avec elle. Offre-lui de l'argent s'il le faut. Ce genre de personne, quand on les menace ou qu'on les paie, ne garde pas longtemps ses petits secrets.

Deux dames s'approchèrent, en grande conversation. Jonathan les laissa passer pendant que son agacement vis-à-vis d'Édouard se tempérait.

— Qu'entendez-vous par « ce genre » ? demanda-t-il lorsqu'ils furent à nouveau tranquilles.

Édouard réprima un grognement impatient.

— Je ne suis pas d'humeur à épargner ta sensibilité délicate concernant ces femmes-là, Jon. Je ne parle pas de ta mère. Et même si c'était le cas, peu importe ce que j'ai voulu dire. Cette histoire est sérieuse, tu dois penser en premier lieu à ton devoir et à faire le nécessaire pour lui soutirer ce qu'il faudra.

Il esquissa un sourire qui se voulait apaisant.

— Tu sais bien comment tout cela se passe.

— Je sais comment tout cela se passe lorsque mes missions visent à protéger l'Angleterre. L'époque où un littoral vulnérable était le prétexte à toutes les dérives est loin, mon oncle. Je ne sais même pas qui m'a investi de cette maudite mission. Il y a des limites aux choses que je suis prêt à faire pour l'exécuter et insulter, menacer ou blesser Celia Pennifold reviendrait à les franchir.

Le visage d'Édouard rougit. Il posa un regard froid sur Jonathan.

— Tes protestations sont excessives, mon garçon. Que représente cette femme à tes yeux, pour que tu la défendes ainsi bec et ongles ? T'a-t-elle séduit ? C'est cela, n'est-ce pas ?

— Non.

— Alors c'est toi qui l'as séduite. Ne le nie pas. Je le vois. D'autres y seront peut-être aveugles, mais pour moi, tu n'es pas une énigme.

Il tapa impatiemment le sol de sa canne.

— As-tu perdu la tête ? Une liaison avec une femme comme elle ne...

— Vous ne la connaissez pas, aussi vous prierai-je de cesser vos insinuations. Bon sang, cela suffit à me...

— Je n'ai nul besoin de la connaître, coupa Édouard. Je me fiche qu'elle prie matin et soir. La réputation de sa mère la précède, elle a été élevée pour marcher dans les pas de sa mère et aucun homme de la haute société ne l'a oublié. Si tu veux conserver le moindre espoir d'obtenir la reconnaissance officielle que tu brigues, tu mettras un terme à cette histoire immédiatement en espérant que personne n'en saura jamais rien. Cela suffirait à ton cousin pour renier ta filiation...

— Et alors ? Il va la renier, de toute façon, alors inutile de me lancer cet argument ! Je me fiche de ce que peut penser Thornridge.

— Ah oui ? Je vois qu'elle t'a bel et bien tourné la tête. Ma foi, la mère a su le faire, rien d'étonnant à ce que la fille le puisse aussi.

Il se redressa fièrement.

— En ce qui me concerne, j'estime qu'elle t'a beaucoup trop compromis.

— Que voulez-vous dire ?

— Je n'ai plus confiance en toi pour mener à bien cette mission. J'en trouverai un autre qui ne se laissera pas pervertir par un joli minois. Mon instinct me dit qu'elle sait quelque chose et j'ai bien l'intention de découvrir quoi...

Édouard s'éloigna d'un pas vif, le dos droit et sa canne claquant sur le sol. La rigidité toute militaire de son port n'augurait rien de bon pour Celia. À l'évidence, l'affaire n'avait rien de la broutille pour laquelle Édouard avait voulu la faire passer le jour où il lui en avait parlé dans la voiture.

Jonathan le rejoignit.

— Écoutez-moi, mon oncle : ne manquez aucun mot de ce que je vais vous dire et ne doutez surtout pas de ma résolution. Nous ne sommes pas en temps de guerre et les actes de ces années n'auraient aucune justification s'ils étaient commis aujourd'hui. Que ce soit par vous ou par celui qui est votre maître en l'occurrence. Si vous envoyez un autre homme et qu'il fait quoi que ce soit pour blesser, attaquer ou même insulter Celia Pennifold, je veillerai à ce qu'il le paie. Elle est sous ma protection, pour tout ce que cela signifie.

Édouard le contempla avec stupeur.

— Tu n'oserais pas…

— J'oserais. Et lorsque j'en aurais fini avec lui, mon oncle, je m'occuperais de vous.

Il laissa Édouard bouche bée et retourna vers son cheval.

Une demi-heure plus tard, il sonnait à la porte de lady Sebastian Summerhays pour voir si elle savait où s'était rendue Celia.

20

Le grand manoir l'intimidait. Haut, gris et immense, il se dressait en haut d'une allée que son cabriolet mit vingt minutes à remonter.

Celia donna les rênes à un domestique et accepta sa main pour descendre. Une fois sa voiture à l'abri, elle se trouva face à l'imposant édifice. Son cœur battait trop vite, une excitation mêlée de terreur la paralysait. Elle s'obligea à se calmer et s'approcha de la porte.

Un serviteur emporta sa carte et la fit attendre dans une jolie petite pièce près de la réception, pendant un long moment. Assez long pour qu'elle compte les carreaux sur le sol et remarque que les plantations de ce côté de l'allée, visibles par la petite fenêtre, auraient mérité d'être mieux entretenues.

Enfin, le domestique revint et lui exprima ses regrets : le marquis d'Enderby n'était pas chez lui.

— Pensez-vous qu'il reviendra bientôt ?

— Je l'ignore, mademoiselle.

— Je suis toute disposée à patienter. Il ne s'agit pas d'une visite de courtoisie.

— On ne vous conseille pas d'attendre.

En d'autres termes, Enderby était bien chez lui, mais avait décidé de ne pas la recevoir. En toute autre circonstance, cela n'aurait pas été surprenant. Cependant, elle était certaine qu'il savait qui elle était pour lui. Il savait qu'il rejetait sa propre fille.

Celia s'assit sur une chaise.

— Veuillez dire au marquis que j'ai fait un long trajet. Je n'ai pas l'intention de partir tant que je ne l'aurai pas entretenu d'un sujet de la plus haute importance pour nous deux.

Le domestique parut déconcerté. Il n'avait pas l'habitude des gens qui n'obéissaient pas au protocole. Après un moment d'agitation, il repartit.

Il revint un quart d'heure plus tard, accompagné d'un autre homme. Elle comprit ce que cela signifiait.

— Il vous a demandé de me jeter dehors ?

L'un des deux eut la décence de rougir.

— Nous allons vous raccompagner à votre voiture.

L'espace d'un instant, elle eut envie de les pousser à employer la force physique. Cependant, elle y renonça, répugnant à provoquer un tel mélodrame.

Ils la raccompagnèrent donc à la porte et jusqu'en bas des marches du perron. L'un d'eux fit signe au valet de pied d'aller chercher la voiture.

Celia leva les yeux vers la façade grise. La regardait-il, d'une fenêtre ? Regardait-il sa fille illégitime qui osait demander une conversation avec lui ? Il devrait exister une loi pour l'obliger à la recevoir. Aucun homme ne devrait avoir le droit d'engendrer un enfant et de ne pas le regarder dans les yeux une seule fois dans sa vie…

Il s'attendait à ce qu'elle s'en aille, à ce qu'elle admette quelle était sa place, à ce qu'elle accepte sa répudiation. Plutôt mourir ! se dit-elle soudain.

— Dites au palefrenier de garder le cabriolet. Je n'en aurai pas besoin.

Elle retourna vers le perron, monta les trois premières marches, puis s'assit sur celle du haut. Elle jeta un coup d'œil vers les cieux menaçants et resserra sa cape autour d'elle.

— Prévenez le marquis que je ne partirai pas tant qu'il ne m'aura pas accordé une courte audience. Je ne lui demande que cinq minutes, rien de plus, maintenant ou plus tard. S'il accepte de me voir aujourd'hui, je ne le reverrai plus jamais de ma vie. Mais en attendant, je ne bougerai pas d'ici.

Quand tomba la nuit, Celia en était venue à la conclusion qu'elle détestait son père. L'espoir puéril qu'elle avait placé dans ce voyage avait été refroidi par la pierre glacée sur laquelle elle était assise.

Comme si les cieux eux-mêmes voulaient la punir de son arrogance, il se mit à pleuvoir. Elle ouvrit son ombrelle afin que l'eau s'écoulant de l'auvent ne goutte pas directement sur elle.

Les valets de pied s'abritèrent et elle resta assise là, seule, découragée. Que lui avait raconté Jonathan, à propos de sa mère qui avait fait la même chose qu'elle ? Ils étaient restés là plusieurs jours, mais Celia ne s'était pas vraiment attendue à ce que son père lui réserve le même sort.

Au loin, dans l'allée, les ombres remuèrent. Elle plissa les yeux. Un animal ? Au moins, cela lui fournirait une distraction.

Ce fut un cheval qui apparut. Un grand cheval blanc, monté par un cavalier. Lorsqu'il s'approcha, elle le reconnut et faillit fondre en larmes.

Jonathan arrêta son cheval juste devant le perron et la regarda. Il ne semblait pas se soucier de la pluie du tout, ni même remarquer les gouttelettes qui roulaient de son chapeau et de son pardessus. Il était magnifique et imposant, elle devait bien l'admettre. Le froid, l'humidité, tous les éléments même déchaînés étaient insignifiants pour un homme tel que lui.

— Depuis combien de temps es-tu ici, Celia ? demanda-t-il, retrouvant aussitôt l'intimité de leur ton. Depuis ce matin ?

— Je suis arrivée juste après midi.

Il mit pied à terre.

— Le ciel soit loué. Je craignais que tu ne sois là depuis hier.

— J'ai pris une chambre dans une auberge la nuit dernière, afin de partir tôt ce matin. Comment m'as-tu retrouvée ? As-tu deviné qui était mon père ?

— Lady Sebastian m'a dit que tu étais allée rendre visite à Mme Joyes. Je me suis rendu chez elle et elle m'a expliqué que tu étais ici.

— Si Daphné te l'a dit, c'est que j'ai dû l'inquiéter.

— Elle semblait soulagée d'apprendre que j'allais te rejoindre.

Il campa une botte sur la marche, près d'elle et se pencha pour dire :

— Il ne te recevra pas, Celia. Ni ce soir, ni demain, ni après-demain. Viens avec moi, n'attends pas davantage.

Elle secoua la tête.

— Si je pars maintenant, cela n'arrivera jamais. Tôt ou tard, il sera bien obligé de céder, comme l'a fait Thornridge avec ta mère. S'il a un peu d'honneur, il...

Sa voix se brisa et elle serra les dents pour se donner du courage.

La nuit tombait vite, maintenant. Jonathan lui tendit son mouchoir, puis il ôta son pardessus.

— Lève-toi.

Elle vacilla sur ses jambes.

— Tu as coupé tes cheveux. J'aime bien.

— Si tu aimes, alors j'aimerais peut-être aussi.

Le vêtement de laine grise décrivit un vaste arc de cercle avant de venir se poser sur ses épaules, au-dessus de sa cape. Il l'emmitoufla dans les replis du vêtement, puis alla chercher une sacoche de cuir sur sa selle. Il revint avec un morceau de papier et un crayon et s'assit à côté d'elle.

Puis il écrivit un message, plia le papier et alla frapper à la porte. Un domestique vint ouvrir.

— Veuillez donner ceci au marquis. Dites-lui que cela émane d'un agent des Affaires intérieures.

Il revint s'asseoir à côté d'elle.

— Qu'as-tu écrit ?

— Que tu possédais la preuve qu'il a effectué des versements réguliers à Alessandra Northrope pendant la guerre et que, s'ils n'étaient pas destinés à ce que tu crois, je serais obligé d'en déduire qu'ils avaient une autre utilité et devrais le signaler à mes supérieurs.

— Et s'il n'avait jamais entendu les rumeurs concernant ma mère ? Dans ce cas, il ne comprendra rien à ton message.

— Je pense qu'un marquis se tient au courant de tout ce qui est important.

Elle rit à travers ses larmes.

— Jonathan, tu l'as *menacé*. Fi, c'est mal !

— Très mal...

Il ouvrit son ombrelle et la tint au-dessus d'elle pour l'abriter.

— Ne prétends pas ignorer que j'ai le mal en moi !

Elle prit sa main libre dans les siennes.
— Merci d'essayer de m'aider.
— Cela prendra peut-être un certain temps, mais cela devrait nous ouvrir cette porte.
Cela fut long, en effet, si long que Celia douta de l'efficacité de la démarche. Ils restèrent assis là, dans un silence amical, leur dispute de la dernière fois oubliée – du moins pour l'heure. Elle puisa un réconfort stupéfiant à sa présence et retrouva un peu de force dans l'intimité qui les réunissait soudain.
Enfin, la porte se rouvrit. Jonathan se leva et l'aida à en faire autant.
— Mademoiselle Pennifold, le marquis va vous recevoir, annonça le majordome.
Elle se tourna vers Jonathan.
— Suis-je laide ?
Il fit glisser son lourd pardessus de ses épaules.
— Jamais tu ne pourrais être laide, Celia. Tu es toujours ravissante.
Elle fit la grimace en regardant ses jupes mouillées.
— Il sera en colère, n'est-ce pas ? Parce que je l'ai contraint. À cause de ce que tu as écrit.
— Oui. Très en colère. Ne prends pas trop à cœur ce qu'il te dira.
— Je vais essayer. Je…
Elle s'humecta les lèvres.
— Je suis terrifiée, soudain.
— Tu seras parfaite. Je t'attends ici.
Il lui adressa un sourire rassurant et l'accompagna jusqu'à la porte.
Puis, soudain, elle fut à l'intérieur, seule.

Le majordome l'emmena dans les confins de la maison, jusqu'à une petite pièce située près de l'escalier de service et la laissa là, dans un petit salon au

Un muscle tressaillit à la mâchoire d'Anthony. Ses yeux lançaient des éclairs. Il semblait au bord de la crise de nerfs.

— Vous m'avez demandé une semaine. Une semaine avant de me faire connaître votre décision. Et je ne sais toujours rien !

— J'ai eu tort. Cependant, n'ayant pas de nouvelles, vous avez sûrement compris quelle était ma réponse. Si j'avais accepté votre arrangement, vous l'auriez su. Les factures des modistes vous seraient déjà parvenues.

Il se leva et fit quelques pas dans la pièce, agacé.

— Ne soyez pas sotte, Celia.

— Non, Anthony, je suis simplement honnête, envers moi-même et envers vous. Je pourrais accepter votre argent et cette belle maison. Je pourrais jouer le jeu d'une grande, bien que déshonorante, histoire d'amour. Mais ce serait un mensonge, car je ne vous aime plus. Je vous ai peut-être aimé, jadis, mais c'est fini.

— Et vous me punissez de ne pas vous avoir épousée. De ne pas avoir défié ma famille et ce qu'on attendait de moi et renoncé à tout pour vous !

— Non, je ne vous en veux pas. Je sais ce que vous avez dû endurer.

Et ce que cela devait représenter, encore maintenant. L'étrange douleur dans son cœur et le nœud dans sa gorge n'avaient rien à voir avec Anthony. Elle étouffa la bouffée d'émotion qui s'emparait d'elle. Elle aurait largement le temps d'y céder, le moment venu.

— J'ai une chose à vous avouer, Anthony : vous pensez reprendre là où nous en étions il y a cinq ans, or c'est impossible. Vous m'avez demandé si j'étais innocente avec un intérêt très prononcé, lors de nos retrouvailles. Vous devez savoir que je ne suis plus en mesure de vous offrir ma virginité.

Il la fixa longuement. Elle éprouva un peu de compassion pour lui, mais sa stupeur trahissait sa bêtise. Il n'avait pas pu l'épouser parce qu'elle était censée être une femme de petite vertu. Comment pouvait-il s'étonner à ce point qu'elle le soit réellement ?

Le choc fit place à la colère. La colère d'un homme jaloux.

Il se détourna d'elle brutalement.

— Séparons-nous bons amis, Anthony. Pas comme si nous étions deux personnages d'une mauvaise comédie.

Il refusa de se retourner.

— Nous n'avons pas à nous séparer. Vous avez refusé ma protection et, s'il le faut, je m'y résignerai. Vous avez gâché votre innocence alors que je me serais occupé de vous toute ma vie, mais hélas nous ne pouvons plus revenir en arrière. Si je dois me contenter de moins, je suis prêt à ravaler ma fierté. Dites-moi simplement ce que vous attendez en échange.

Grands dieux, il lui demandait de monnayer ses faveurs, même moins exclusives.

— Je n'ai rien à vous offrir, Anthony. Je suis désolée si je ne vous l'ai pas fait bien comprendre.

Pendant un long moment, il ne bougea pas. Puis, soudain, il alla vers la porte et appela M. Watson.

— Envoyez à l'exécuteur testamentaire de Mme Northrope le document réclamant sa maison, demanda-t-il à l'avoué. J'attends un inventaire de son contenu dans la semaine !

— Bonjour, mon oncle...

Édouard sursauta si violemment que Jonathan vit le duvet se hérisser sur sa nuque. Puis il pencha le buste et regarda, derrière le canapé de la bibliothèque, les portes du jardin, devant lesquelles se dressait Anthony.

— Mais que... Que fais-tu ainsi à te glisser chez moi par le jardin ?

Jonathan avança vers lui et le toisa de toute sa hauteur. La mine réprobatrice d'Édouard s'atténua. Il jeta un coup d'œil vers les portes-fenêtres et la cloche posée sur le manteau de la cheminée qui servait à appeler les domestiques.

— Je voulais vous voir en tête à tête, déclara Jonathan. Il est temps, je crois, que nous ayons une conversation sincère concernant cette étrange mission que vous m'avez confiée et la liste que vous cherchiez.

— L'as-tu ?

— Oui.

Édouard tendit la main. Jonathan contourna le canapé et prit place dans un fauteuil.

— Je l'ai vue. Je connais les noms. Je connais les dates.

Il tapota sa tempe pour signifier qu'il avait tout mémorisé.

— Elle n'existe pas sous la forme d'une liste classique ni d'un livre de comptes et je doute que quiconque comprenne de quoi il s'agit à supposer que l'on tombe dessus par hasard.

— La fille est-elle au courant de l'existence de cette liste ?

— Celia, mon oncle. Mlle Pennifold, pour vous. J'apprécierais que vous finissiez par retenir son nom.

— Ta Mlle Pennifold est-elle au courant ?

— Non. Elle n'en a aucune idée.

Il mentit sans la moindre hésitation. Il l'avait fait assez souvent dans la vie et ce mensonge était aussi justifié qu'un autre.

Édouard se détendit visiblement. Il se pencha en avant, attendant la suite.

— Les rumeurs concernant Mme Northrope… le marquis d'Enderby a-t-il jamais été soupçonné de faire partie de ses manigances ?

Le visage d'Édouard se décomposa.

— Enderby ? C'est absurde !

— Pourquoi ? Quelques pairs du royaume s'étaient entichés de Napoléon. Sa grandeur impériale les impressionnait, je suppose. Il aurait pu être l'un d'entre eux.

— Enderby ? Tu as perdu la tête. Ôte-toi immédiatement cela de l'esprit ! Cette hypothèse ne repose sur rien.

— Je n'échafaude jamais rien sans fondement. C'est vous qui me l'avez appris. Si je m'interroge à propos d'Enderby, c'est parce que j'ai des raisons de le faire.

— Tu n'as aucune raison de t'interroger à propos de qui que ce soit. On t'a dit de ne pas essayer de savoir auprès de qui cette femme se renseignait, ni à qui elle confiait ses secrets. Tu ne devais que m'apporter une satanée liste.

— Enderby figure sur la liste en question.

Édouard leva les mains en l'air, exaspéré.

— De même que bien d'autres, j'en suis certain. Ce n'est pas lui, je te le garantis.

— En êtes-vous sûr ?

— Oui, j'en suis sûr, que diable !

Il était sincère. Et Jonathan fut enfin rassuré : cela signifiait que ces versements réguliers dont Celia avait trouvé la trace avaient bel et bien été effectués pour son éducation. Il fut heureux de pouvoir écarter ce motif d'inquiétude : en effet, si Enderby avait été un traître, en l'affrontant bille en tête et révélant qu'elle était au courant de ces paiements, Celia lui aurait donné des raisons de s'alarmer.

— Si vous êtes complètement sûr de vous, mon oncle, c'est que vous devez connaître la vérité au sujet de ces rumeurs. Puisque vous affirmez qu'Enderby n'était pas impliqué, vous devez donc savoir qui l'était.

— Tu te trompes.

— Je ne le pense pas. Je crois qu'on ne m'a pas envoyé protéger la réputation de plusieurs hommes, mais d'un seul. Pour le compte de qui faites-vous cela ? Dites-le-moi, sans quoi je me rends aux Affaires intérieures pour tout leur raconter et parler des sommes d'argent versées par Enderby à Mme Northrope !

— Tu salirais la réputation d'un innocent ? D'un homme coupable de rien d'autre que d'avoir couché avec une catin ?

— J'espère que vous n'essayez pas d'en appeler à ma conscience, car cette petite voix n'a pas murmuré à mon oreille depuis bien longtemps. Je n'ai aucune sympathie pour Enderby, en ce moment, aussi ne serais-je pas fâché qu'il lui tombe quelques ennuis sur le dos.

Édouard ferma les yeux et parut soudain vieux. Fatigué.

— Ce n'est pas ce que tu crois. Ce n'est pas exactement ce que je t'ai raconté.

— Tiens donc… quelle surprise !

— Je n'ai fait que simplifier les choses. La situation était plus compliquée. Moins claire. Tu n'avais pas besoin de tout savoir...

— J'insiste pour tout savoir. Soit vous me le révélez, soit je le découvrirai à ma façon.

Édouard poussa un long soupir. Il se leva et marcha, pensif, jusqu'à une étagère pour prendre un cigare dans une boîte. Il l'alluma devant la cheminée. Cinq bouffées plus tard, il recommençait à soupirer.

— Alessandra Northrope ne cherchait à soutirer de secrets à personne. Elle en livrait, au contraire. Simplement, ils n'étaient pas justes. Un homme connu de nos services espionnait pour le compte de la France et on lui donnait des renseignements pour qu'elle les lui transmette. Une partie était authentique, mais sans grand intérêt, afin d'ajouter à sa crédibilité. Et une partie était fausse, destinée à mettre des bâtons dans les roues de la stratégie française.

La révélation surprit Jonathan, et lui procura un réel soulagement. Il n'avait jamais voulu croire qu'il avait été aveugle au point de ne pas percer à jour Alessandra. Il était également heureux que Celia puisse maintenant connaître la vérité sur sa mère. Il allait au moins lui épargner cette déception.

— Il est impossible que son nom apparaisse sur une quelconque liste, aussi ne t'interroge pas sur tous ces hommes. Cette femme n'était pas idiote. Elle n'en aurait laissé aucune trace.

— C'était un Anglais, alors ? Ce n'était donc pas son ancien amant français ?

Édouard ne releva pas.

— Tu ne dois pas le lui dire. À Mlle Pennifold. Il n'est pas question que tu lui en parles.

— Bien sûr, je comprends.

Mais il le lui dirait, et qu'Édouard aille au diable !

— Des gens sont-ils morts à cause des renseignements non erronés qui ont été fournis ? Ce jeu était dangereux.

— Personne n'est mort. Tout a été minutieusement organisé. Il s'agissait essentiellement de bien choisir son moment. Tu sais à quel point c'est fondamental. Elle lâchait une information à cet homme, qu'elle prétendait avoir reçue d'un autre de ses clients. Le temps qu'il le communique à son contact et que le renseignement revienne en France, il était trop tard pour qu'il soit utile. Mais cela accordait du crédit à Alessandra et lui permettait ensuite de continuer son travail de sape.

— Qui travaillait avec elle ? Vous ?

Édouard secoua la tête.

— Ils ont choisi un homme de confiance qui n'était pas un de ses clients réguliers, afin d'égarer les soupçons. Moi-même, je ne l'ai appris qu'après la fin de la guerre. Ce sont les militaires et le secrétaire d'État aux Affaires intérieures qui ont enclenché ce projet. Cela émanait donc des plus hautes sphères et tout était coordonné dans une discrétion absolue.

Quelqu'un, pourtant, avait travaillé avec elle. Un homme « digne de confiance » lui procurait les informations à distiller.

Jonathan se leva. Il n'apprendrait rien de plus de son oncle. En tout état de cause, il en savait maintenant bien assez.

— Vous n'avez pas besoin de la liste. Vous avez raison. Aucun des hommes impliqués dans cette affaire n'y figure.

Il se retourna avant de ressortir par les portes-fenêtres du jardin. L'expression d'Édouard s'était décomposée et une inquiétude immense voilait son regard.

23

Une masse d'oreillers... Celia se demanda si ceux qu'elle avait accumulés sur son lit suffiraient. Il le faudrait, car elle n'en avait pas d'autres.

Une belle flambée baignait la chambre de chaleur et de douceur. Du vin attendait sur la table. La robe de soie nacrée caressait son corps. Le reste serait facile : il voulait qu'elle soit excitée et déjà l'attente la rendait fébrile.

Elle s'échapperait ce soir, de la meilleure des manières. Cette chambre à coucher ne serait bientôt plus la sienne, mais pour l'instant elle restait son havre. Quoi qu'il advienne, elle se rappellerait cette maison, cette chambre, et cette passion...

Elle s'allongea sur le lit, au milieu des oreillers. Elle se demanda si M. Watson enverrait quelqu'un dresser cet inventaire dès le lendemain et si Anthony n'avait réellement besoin que d'un huissier pour les jeter tous dehors. Elle devrait se trouver un avocat, pour savoir si elle pouvait au moins retarder ce moment.

Les événements de la journée auraient dû l'attrister ou l'inquiéter, mais curieusement, ce n'était pas le cas. Rejeter Anthony avait libéré en elle quelque chose. C'était une décision, qu'elle avait prise. Meilleure que la première. Elle était très fière de la manière dont elle s'était conduite aujourd'hui, même si elle regretterait sans doute de perdre la vie qu'elle s'était construite ici.

Aurait-elle été aussi forte, si elle n'avait pas rencontré Jonathan ? Il pensait probablement qu'avec cette liaison, il l'avait peut-être engagée dans la même direction que sa mère. Au lieu de cela, Celia avait découvert qu'elle ne voulait pas se soustraire aux émotions intenses que cette intimité avait fait naître. Même si le prix à payer était très élevé.

Elle se demanda ce qu'en aurait dit Alessandra. Rien de bon, sans doute.

Soudain, des bruits familiers lui apprirent que Jonathan était rentré. Il monterait bientôt la retrouver. Celia ferma les yeux tandis que son corps accueillait cette nouvelle avec un délicieux émoi.

Sa visite à Édouard avait mis Jonathan de sombre humeur. Il se repassa leur conversation plusieurs fois sur le trajet qui le ramenait à Wells Street, ce soir-là. Il se remémora les expressions de son oncle et les étudia mentalement avec un soin particulier. Il vit aussi le moment exact où Édouard avait compris que son neveu avait saisi les implications de l'affaire...

Jonathan supposait que rien, dans son attitude, n'avait trahi ses pensées, mais Édouard le connaissait mieux que quiconque. Excepté peut-être Celia, maintenant. Assez bien, en tout état de cause, pour en déduire simplement que les conclusions tacites sauteraient aux yeux de l'homme concerné par cette affaire.

Il était toujours distrait lorsqu'il rentra dans la maison. Dans l'escalier, son humeur oscillait entre une colère sourde et une désolation plus profonde qu'il n'en avait jamais ressenti.

Au premier étage, il jeta un coup d'œil vers le couloir et la porte de Celia. Mieux valait ne pas lui infliger sa mauvaise humeur. Il avança jusqu'à sa porte pour lui présenter quelque excuse.

Lorsqu'il l'ouvrit, il découvrit l'environnement chaleureux que Celia avait le don de créer. De douces braises dans la cheminée, quelques bougies, du vin sur une table faisant face au feu. Un de ses châles tricotés pendait au bras d'un fauteuil, apportant une note intime et domestique. Des détails féminins, telle la coupe renfermant quelques jolis feuillages, évoquaient le réconfort et la douceur.

Entourée d'une montagne de coussins et d'oreillers sur le lit, Celia inspirait un autre type de réconfort. La lumière se reflétait sur la soie de sa robe au bustier transparent. À partir de la taille, celle-ci était légèrement écartée, révélant ses fesses et ses jambes nues entrouvertes.

C'était l'image la plus érotique qu'il eût jamais vue.

Elle se dressa sur ses avant-bras. Le mouvement cambra sa chute de reins et elle vit l'effet que cela produisait sur lui.

— Marian va maugréer et dire que je lui ai volé ses oreillers, plaisanta-t-elle.

Les petits jeux et sa requête du matin lui semblaient soudain bien loin.

— Tu es si belle que c'est parfois douloureux de te voir, Celia. Comme tu es parfaite, ainsi offerte... J'ai terriblement envie de toi. Mais je ne pense pas que cette soirée soit indiquée, après la journée que j'ai eue.

— S'est-il passé quelque chose ? Ma journée a été détestable également. Oublions donc les outrages du monde pendant quelque temps.

Elle plia un genou et agita son pied en l'air.

— Tout ce que tu voudras. Te souviens-tu ?

Il retira son pardessus, sa redingote et son foulard. Il but un peu de vin en la regardant l'aguicher avec son pied indolent et son regard sensuel.

Tout ce qu'il voulait... Pour l'instant, il n'aspirait qu'à libérer un peu de sa colère avant qu'elle ne le dévore. À s'enfouir en Celia jusqu'à ce que son odeur et ses soupirs lui fassent oublier cet étrange vague à l'âme.

Il continua à se déshabiller.

— Des oreillers, de la soie et tout ce que je désire. Te rappelles-tu le reste ?

— Oh oui, Jonathan. Ne le vois-tu pas ? Je suis prête depuis longtemps...

Il la retourna et s'agenouilla à côté d'elle sur le lit. Il souleva ses hanches et glissa dessous plusieurs coussins, puis il lui écarta les genoux et, doucement, caressa les replis humides de sa chair délicate.

Bientôt, elle gémit avec impatience.

— Viens, dit-elle dans un souffle.

— Pas encore...

Il se pencha pour la caresser de sa langue jusqu'à ce qu'il n'entende plus rien d'autre que ses cris et les battements de son propre sang dans sa tête. La rage se déchaîna enfin et le rendit impérieux. Il l'obligea à supplier, implorer, jusqu'à ce qu'elle soit anéantie par la puissance de son désir.

Alors il la combla, violemment, avec des coups de reins et des tremblements qui la firent crier. Puis il se redressa et la retourna. Le tissu retomba dans son dos et ses fesses se hissèrent en une position érotique qui attisa sa folie. Il la prit, durement, sauvagement, incapable de se retenir et, comme promis, elle le laissa faire exactement ce qu'il voulait.

— Allons dans le jardin, suggéra Celia. La soirée était douce, il ne fait probablement pas trop froid.

— Tu vas t'enrhumer.

— Je vais mettre ma robe de chambre, mes bottines et ma cape. La plupart des femmes ne sortent même pas aussi couvertes pour se rendre au théâtre le soir.

Jonathan se leva et chercha ses vêtements.

Elle prit une bougie et sortit la première. Il la suivit, vêtu de son pantalon, son gilet et son foulard à la main. Il les laissa devant la porte. Elle le remarqua. Il ne dormirait pas avec elle, cette nuit-là.

L'air était vif, mais pas glacé. La lune brillait assez pour éclairer les plantations.

— T'ai-je fait mal ? demanda-t-il au bout de quelques minutes de marche.

— Non. Je m'attendais à cela dès que je t'ai vu. Je regrette seulement que ta morosité soit revenue. J'aurais aimé que mon corps te procure davantage qu'un oubli momentané. Je dis mon corps, car je ne pense pas que tu espères compter sur le reste de ma personne pour t'aider...

— Détrompe-toi. Ta seule présence m'aide beaucoup.

— Ah, c'est déjà cela...

Ils marchèrent encore sous le couvert des nuages.

— Celia, je t'ai parlé, te souviens-tu, d'une mission que j'avais effectuée sur le littoral il y a cinq ans ?

— Oui, là où le jeune garçon a trouvé la mort.

— C'est arrivé parce que quelqu'un a révélé ma présence. Il y a eu trahison. Depuis quelque temps, j'essaie de découvrir qui en est à l'origine.

Le cœur de Celia se serra. Voilà qu'ils étaient revenus à l'objet de leur dispute, alors qu'elle avait pensé que le sujet resterait à jamais banni.

— Et tu crois qu'il aurait pu s'agir de ma mère, n'est-ce pas ?

— Je pensais que c'était lié aux rumeurs qui circulaient à propos de ta mère. Mais ces rumeurs étaient fausses.

Il lui résuma le rôle qu'avait joué Alessandra dans l'affaire.

— Elle n'a donc jamais trahi, Jonathan. C'était même plutôt une héroïne.

— En effet. D'autant que ce n'était pas sans danger.

— Voilà une bonne nouvelle !

— Pour sa mémoire, oui, et je m'en réjouis. Cependant, un jour, l'homme qui lui passait les renseignements lui a dit de parler à son espion d'un sujet précis. Et il ne s'agissait pas d'une fausse information, comme c'était habituellement le cas. Elle l'ignorait, aussi l'a-t-elle transmise.

Et Jonathan avait failli y laisser la vie.

— Lui en veux-tu ? Est-ce la raison pour laquelle… ?

— Absolument pas. J'en veux à l'homme qui a abusé de sa confiance dans le but de régler une affaire personnelle.

Elle s'arrêta et l'enlaça.

— Et tu penses savoir de qui il s'agit.

Il l'attira contre elle et l'enveloppa de ses bras, avant de plonger son regard dans les ombres.

— Mon cousin est la seule personne qui en connaisse le mobile. C'est aussi un homme à qui l'on aurait pu confier le devoir de travailler avec ta mère. Je l'ai vu se présenter, un jour, chez elle. Son blason ne fait pas partie des autres, cependant. Je ne pense pas qu'il ait jamais été l'un de ses clients.

— Es-tu certain de sa responsabilité ? Faire une chose pareille, juste parce que l'on est irrité par l'existence d'un cousin illégitime...

— J'en suis presque sûr. Et j'en aurai bientôt la certitude.

Elle posa sa tête contre sa poitrine et crut y percevoir un soupir. Elle espéra que parler lui avait fait du bien, mais elle en doutait fort.

— Me répudier ne lui a pas suffi. Et je trouve cela consternant. Peut-être est-il mécontent que nous ayons du sang en commun, mais il n'empêche que c'est le cas. Quand je pense qu'il essaie de mettre en scène ma mort !

— Que comptes-tu faire ?

— Lui dire que je suis au courant. Je veux voir sa tête. Ensuite, nous aurons la conversation qu'il évite depuis que j'ai neuf ans.

Il lui prit le bras et ils repartirent vers la maison.

— Et toi, Celia ? Ta mauvaise journée ? Je t'ai embêtée avec la mienne, raconte-moi tout.

— J'ai vu Anthony. Et son avoué.

Elle désigna la maison.

— Je crois qu'elle ne sera bientôt plus à moi. J'ai réfléchi, de toute façon elle est trop grande. Je sais maintenant quel revenu vont m'apporter les plantes. Je verrai si je peux en louer une autre.

Elle lui donna un petit coup de coude.

— Je demanderai à ce qu'elle possède un joli grenier.

— Quel est le montant de la dette réclamée par ce voyou ?

— Huit cents livres. Qui aurait pensé que ma mère était si douée en affaires ?

— Tu plaisantes, mais je sais combien cela t'attriste, Celia.

— Chaque fois que l'idée de perdre la maison m'attriste, je repense au visage d'Anthony quand je lui ai dit que je ne voulais pas de lui, quel que soit son prix. Son expression me met dans une telle joie que cela me console un peu.

Au lieu d'ouvrir la porte donnant sur la maison, il la fit asseoir sur le banc situé près de l'entrée, où il l'avait embrassée pour la première fois.

— Celia, avant que je ne sois assez vieux pour rejeter la pension que me versait Thornridge pour mon silence, j'ai économisé une somme d'un peu plus de mille livres. Prends ce qu'il te faut et débarrasse-toi de cet homme.

Elle resta muette. Aucun mot ne voulut sortir de sa bouche et du reste elle n'aurait su quoi dire. Il la regardait comme s'il venait de lui faire une proposition banale. La gorge brûlante, Celia sentit son cœur étreint d'une délicieuse émotion.

Il se méprit sur son silence.

— Ce n'est pas ce que tu crois. Il ne s'agit pas d'un paiement tel que ta mère en recevait pour toi.

Bien sûr que si, cela revenait au même, mais avec pour motif l'intention la plus délicate et la plus attentionnée des protections.

— Ta proposition m'honore, Jonathan. Cet argent est probablement tout ce que tu possèdes au monde et tu as sans doute besoin des revenus qu'il te procure.

Il lui prit les mains et l'aida à se lever.

— Eh bien, je m'en occuperai dès demain.

Elle se hissa sur la pointe des pieds et l'embrassa.

— Non. Je vais trouver une autre maison. Je refuse que tu te ruines parce que ma mère a eu la négligence de ne pas rembourser Anthony. Ne le fais pas sans me le dire.

Il ne discuta pas. Il ouvrit la porte et lui fit franchir le seuil de la maison.

— Je crois que je vais rester encore un moment dehors, Celia.

— Dans ce cas, je te souhaite une bonne nuit, Jonathan.

Elle referma la porte et le laissa dans le noir, sans doute pour réfléchir à sa confrontation avec Thornridge.

Elle aurait réagi comme lui et elle imagina ce qui se passerait si Jonathan exigeait la reconnaissance de sa famille. Elle doutait qu'il se lance sans armes dans une telle bataille. Il ne le ferait que s'il était sûr de l'emporter.

Elle l'espéra, pour lui. Il le méritait. Elle l'imagina au bras de sa cousine, qui l'avait si grossièrement ignoré, au parc, et sentit son cœur se serrer. Oh, elle lui souhaitait tout le bonheur du monde ! Mais s'il marchait au bras de lady Chesmont, cela signifiait qu'il ne pouvait plus se promener en compagnie de la fille d'Alessandra Northrope.

24

Jonathan trempa sa plume et griffonna dans son cahier, pour récapituler les principaux éléments de la conférence à laquelle l'avait emmené Summerhays à la Royal Society.

Il avait presque fini lorsqu'il entendit un pas rapide dans l'escalier. Il posa sa plume en entendant frapper et alla ouvrir. Bella se tenait devant lui, dans un état d'excitation rare.

— Venez tout de suite, monsieur ! Il vous demande.

— Qui donc ?

— Un homme à la porte, tout poudré et en uniforme ! Marian dit que c'est juste un domestique, n'empêche...

Elle lui donna un petit papier.

— Il m'a chargé de vous remettre ceci, et a dit qu'il attendait. Celia n'est pas là...

Il prit le papier et lut les deux mots. *Thornridge. Maintenant.*

Attrapant au vol sa redingote, il descendit voir le domestique. Comme il s'y attendait, l'homme portait la livrée des Castleford. Il s'écarta et Jonathan sortit dans la rue. Si la voiture de Dargent avait impressionné le voisinage, celle de Castleford attirait une véritable petite foule. Des têtes se tournaient dans tous les sens pour essayer de voir à l'intérieur. Des garçons admiraient les chevaux massifs qui attendaient, en formation parfaite.

Jonathan ouvrit une portière et sauta à l'intérieur.

— Vous créez un attroupement...

Castleford écarta les rideaux et regarda dehors.

— Je n'ai pas eu le temps de vous faire quérir et ai dû venir en personne vous chercher.

— Comment m'avez-vous trouvé ?

— Grâce à une perte de temps assommante. J'ai fait demander votre adresse à Hawkeswell, mais mon cocher a découvert que c'était celle d'un imprimeur. Puis je me suis rappelé Mlle Pennifold. Mon avocat connaissait son exécuteur testamentaire, qui connaissait cette maison... et me voici.

Il portait son costume d'apparat. On aurait pu couper du fromage avec son col. Sa montre de gousset était ornée d'un rubis qui aurait payé les gages d'un comté tout entier pendant un mois.

— Que regardez-vous ? demanda-t-il.

— Rien. Mais... nous ne sommes pas mardi.

— Cette occasion ne pouvait pas attendre mardi. Je me rends auprès d'un de mes pairs, à sa requête. Il désire m'entretenir d'une affaire qui le soucie grandement. Étant donné le sérieux de sa lettre, il convient d'être sobre et de faire honneur à ma condition.

Ils avaient quitté la rue de Celia et Castleford écarta les rideaux. La lumière révéla des yeux moins sérieux que ne l'étaient sa tenue et ses propos.

— Thornridge demande à vous voir, Castleford ? Je pensais qu'il s'agissait de moi.

— Ce sera le cas dès que nous serons chez lui. Pour m'assurer qu'il me reçoive, j'ai fait en sorte que ce soit lui qui désire me voir et non l'inverse.

— Par quel truchement ?

Castleford tourna la tête distraitement.

— J'ai séduit sa sœur. Il l'a appris, naturellement, et semble prendre cela pour une insulte personnelle, si j'en crois la force des mots qu'il m'a écrits hier. Il exige que nous parlions. Dont acte.

Jonathan le dévisagea et Castleford lui rendit son regard, diaboliquement enchanté de son petit numéro.

— Vous avez séduit ma cousine, monsieur ?

Il imagina la femme qui l'avait traité par le mépris à Hyde Park et qui, il le savait, vivait une vie morne auprès d'un homme insipide. Elle n'avait pas eu une chance.

— Miséricorde, je suppose qu'elle est votre cousine, oui, maintenant que vous le dites. Cependant, elle ne vous adresse pas la parole. Ce n'est pas comme si j'avais séduit votre *chère* cousine.

— Castleford !

— Ne soyez pas stupide. Il serait ridicule de jeter le gant pour une cousine qui nie votre existence. Du reste, je me vois mal avoir pour témoin un homme qui veut se battre avec moi le lendemain au sujet du même différend.

— Me voilà donc devenu votre témoin ? Pensez-vous que Thornridge va vous demander réparation ?

Castleford haussa paresseusement les épaules.

— Ma foi, je m'attends à ce que quelqu'un provoque quelqu'un d'autre en duel avant la fin de la journée. Pas vous ?

Le comte de Thornridge possédait une maison dans Grosvenor Square qu'il occupait généralement seul lorsqu'il venait en ville. Sa femme, une beauté célébrée lorsqu'elle était encore jeune fille, avait soudain décidé, une fois mariée, de ne plus venir à Londres – du moins était-ce ce qu'il prétendait. Jonathan supposait que Thornridge avait une propension à la jalousie et exigeait que son épouse se tienne à l'écart des tentations.

L'objet de cette visite ne pouvait que lui donner raison.

Ils ne présentèrent que la carte de Castleford. Le visiteur étant de qualité, les domestiques ne s'étonnèrent pas que Jonathan ne donne pas la sienne. Ils ne s'interrogèrent pas davantage en le voyant suivre le duc comme une ombre jusqu'au salon, un peu plus tard.

— Êtes-vous prêt ? marmonna Castleford alors qu'ils approchaient de la porte.

Il s'attendait manifestement à un joli spectacle, en remerciement de l'entreprise de séduction qu'il avait menée pour obtenir cet entretien.

Quand la double porte s'ouvrit cérémonieusement, Jonathan décida qu'il était prêt.

Thornridge n'affecta pas de prétendre qu'il s'agissait d'une visite de courtoisie. Il attendait, la posture rigide et le visage austère. Il accueillit le duc d'une voix hachée et forcée.

Puis il vit le visage de Jonathan et devint écarlate. Ce dernier l'étudia, fasciné. Il avait revu le comte de loin, au fil des années. De sorte que les cheveux grisonnants et la silhouette enveloppée ne le surprirent pas. Cependant, il ne l'avait pas vu de si près depuis ses neuf ans.

Ils se ressemblaient, c'était indéniable, ce qui avait peut-être donné une autre raison à son oncle Édouard de lui trouver un emploi justifiant de longs éloignements.

— Que diable fait-il ici ? tonna Thornridge.

— Il prétend avoir un intérêt dans cette affaire. Vous m'avez accusé d'avoir séduit votre sœur, or Albrighton ici présent m'accuse d'avoir séduit sa cousine. En réalisant que vous parliez tous les deux de la même femme, j'ai pensé qu'il serait plus simple de régler le différend avec vous deux en même temps.

Castleford avança nonchalamment vers un divan, s'assit, croisa les jambes et leva des yeux affables vers le comte.

— Je refuse de recevoir cet homme. Il n'a pas pu parler de la même personne, car il ne fait pas partie de la famille. Il n'est pas...

— Nom de Dieu, Thornridge, il suffit de le voir pour comprendre qu'il en fait bel et bien partie ! La moitié de la haute société a deviné la vérité.

— Comment osez-vous vous mêler de cela ?

Castleford feignit la perplexité.

— Je suis venu à votre demande. C'est vous qui soulevez cet autre point concernant ses liens de parenté.

Thornridge tourna le dos au duc et jeta un regard cinglant à Jonathan.

— Si vous comptez réitérer votre fallacieuse revendication aujourd'hui, laissez-moi vous dire séance tenante que je ne vous écouterai pas.

— Ce n'est pas la raison de ma présence. Je suis venu pour savoir si je devais vous tuer ou non.

Thornridge resta bouche bée. Derrière lui, Castleford se redressa, impressionné.

— Osez-vous me menacer ? rugit le comte.

— Si je sais qu'un homme est décidé à m'agresser, je n'ai pas l'intention d'attendre passivement qu'il le fasse, répliqua Jonathan.

À deux doigts de l'explosion, Thornridge le jaugea du regard.

— L'accusation que vous sous-entendez est grotesque. Je n'ai aucune raison de vouloir votre mort.

Il mentait.

— J'ai eu une longue conversation avec mon oncle Édouard, récemment. Peut-être a-t-il eu trop peur de vous en parler. En principe, il vous tient au courant, n'est-ce pas ? De ses efforts, en votre nom, pour m'occuper et m'éloigner... La fin de la guerre a compliqué un peu les choses, mais malgré cela il a fait preuve d'ingéniosité.

Thornridge se durcit imperceptiblement.

— Il a mentionné que vous aviez des talents utiles à l'Angleterre. Il m'a épargné les détails...

— C'est parce que vous les connaissiez déjà. Quoi qu'il en soit, je suis maintenant au courant du rôle bien particulier qu'a joué Alessandra Northrope pendant la guerre. Et je sais que c'est vous qui lui disiez quels renseignements transmettre.

— Vous ne savez rien du tout.

— Personne d'autre n'avait de raison de lui faire divulguer les renseignements concernant une certaine mission dont j'avais la charge. Des renseignements fort précis. Et je suis tombé dans un piège. Je devrais être mort. Qui d'autre que vous peut désirer accéder aux détails de ma mission et obtenir ainsi le moyen de les communiquer à l'ennemi ?

— Je n'ai aucune raison de vouloir votre mort. Votre théorie ne tient pas.

— Bien sûr que si ! Pendant des années, j'ai douté de la véracité de ce que m'avait dit ma mère, sur son lit de mort, au sujet de son mariage avec mon père. Je sais à présent que c'était vrai.

Thornridge donnait l'impression qu'il allait exploser. Non seulement la colère crispait son visage et sa posture comme s'il était prêt à en découdre, mais il paraissait aussi choqué qu'angoissé.

— Vous avez osé parler de me tuer. Êtes-vous certain de ce que vous avancez, pour me menacer ainsi ? Si l'on vous juge pour meurtre, ce que vous *croyez* savoir ne vous sauvera pas de la corde.

— Si j'en viens à estimer que je dois vous tuer, pourquoi vous rencontrerais-je sur un champ d'honneur alors que vous en êtes totalement dépourvu ? On me montrera peut-être du doigt, ensuite, mais je vous assure qu'on ne trouvera aucune preuve contre moi.

Son cousin écarquilla les yeux et Jonathan eut la nette impression qu'il passait en revue toutes ces missions où tant de libertés morales avaient été prises au nom de l'intérêt général.

Assez soudainement, Thornridge se rappela la présence de Castleford.

— Vous venez de me menacer en présence d'un témoin !

— J'ai simplement entendu un homme s'exprimer par métaphore, Thornridge, déclara Castleford, goguenard. Tout le monde dit ce genre de choses en permanence. Je menace mon valet de pied de le noyer et de l'écarteler au moins une fois par jour.

— Bonté divine ! Il n'y avait là rien de métaphorique !

Castleford baissa les paupières.

— Dans ce cas, il va vous falloir le satisfaire d'une autre façon. Malheureusement, si ce qu'il prétend est vrai, je doute que des excuses suffisent. En ce qui me concerne, je ne m'en contenterais pas si j'apprenais qu'on a essayé de me faire tomber dans un guet-apens pour m'assassiner.

— C'est une accusation sans aucun fondement de la part d'un homme qui ne cherche qu'à me causer des ennuis ! tonna Thornridge.

Il se mit à arpenter la pièce avec agitation, le front plissé.

Jonathan laissa son cousin soupeser les éléments dont il disposait. Castleford réussit à s'affaler un peu plus sur le divan sans paraître trop grossier.

Brusquement, Thornridge se retourna. Son expression était très différente. Apaisante, presque amicale.

— Peut-être me suis-je montré trop dur. Le choc d'apprendre votre existence, à l'époque... une telle liaison est si surprenante, de la part de mon oncle. Après la mort d'un tel homme, des revendications fantaisistes sont toujours à craindre. Mais j'admets maintenant que la ressemblance entre nous deux est grande. Il est temps, je crois, que nous nous rachetions.

Jonathan avait attendu toute sa vie d'entendre ces mots. Sa réaction lui paraissait maintenant presque banale. Il ne fut envahi ni d'une exaltation vertigineuse ni d'une vague de soulagement. Aucune perspective de jours meilleurs ne s'ouvrit devant lui. Il ne ressentit qu'une profonde et mélancolique satisfaction de voir qu'enfin, l'ambiguïté concernant ses origines se trouvait levée – même si cette question n'était pas totalement réglée...

Il songea alors à Celia. Il la vit sur le perron de la maison d'Enderby, assise sous la pluie. Si seulement elle avait pu recevoir une reconnaissance similaire... Oh, comme il aurait aimé pouvoir la lui donner !

— Nous vous inviterons à la maison cette saison, poursuivit son cousin. Nous vous recevrons et rendrons publique notre reconnaissance de paternité. Je suppose qu'une rente vous est due. Un peu supérieure à celle que vous avez rejetée il y a des années. Suffisante pour vous permettre d'entretenir un certain train de vie.

— Tout ceci est fort généreux. Je ne sais que dire...

L'ironie de son ton échappa à son cousin. Pas à Castleford, qui esquissa un sourire en coin.

— Et un bon mariage, également, conclut le comte. Oui, c'est un élément fondamental. Nous trouverons une fille qui vous apportera une belle dot. Une alliance avec une famille de haut rang finira de vous établir et coupera court à toute rumeur éventuelle quant à votre rôle pendant la guerre.

— Je préfère choisir moi-même ma femme, si vous n'y voyez pas d'inconvénient.

— Vous ne trouverez jamais celle qu'il vous faut tout seul. Si nous vous reconnaissons et vous recevons, nous ne pouvons pas courir le risque d'être la risée du Tout-Londres.

Croyant comprendre l'inquiétude de Jonathan, il lui adressa un grand sourire.

— Rassurez-vous, nous veillerons à ce qu'elle soit jolie.

— Eh bien, voilà qui est réglé ! lança Castleford depuis le divan. Thornridge, peut-être résoudrons-nous l'affaire qui nous concerne un peu plus diligemment, désormais ?

Le comte pivota, comme surpris de trouver Castleford toujours présent.

— Je serai bref, en vérité. De quel droit avez-vous osé vous immiscer dans la vie de ma sœur ?

— Ses douces manières m'ont séduit. J'ai eu tort, je le reconnais. Je comprendrais que vous exigiez réparation, encore que la démarche doive procéder de son mari. Toutefois, si nous devons nous battre en duel, Albrighton ici présent a accepté de me servir de témoin. C'est la raison de sa présence ici. Dites-lui le nom du vôtre et nous en viendrons aux détails pratiques.

— Votre témoin ? Réparation ?

Thornridge eut du mal à dissimuler son affolement. À peine venait-il d'éviter une menace de mort qu'il se trouvait confronté à une autre.

— Je ne vous ai pas convoqué pour vous provoquer en duel, Castleford. Bon sang, ces temps-là sont révolus. Je voulais simplement vous intimer de ne plus approcher ma sœur à l'avenir.

Castleford se leva.

— Vous auriez pu vous contenter d'une lettre. Cependant, je ferai tous les efforts possibles pour l'éviter, désormais. À présent, nous allons vous laisser, afin que vous puissiez commencer à vous organiser pour accueillir Albrighton sur cette branche de votre arbre généalogique.

Cette remarque valut à Jonathan un dernier regard furieux de son cousin.

— Pourquoi diable avez-vous décidé de m'imputer la responsabilité de ce qui s'est passé sur le littoral ? C'est après moi que vous en avez, en définitive, même si le traître n'est autre que votre cher oncle Édouard...

Jonathan ne broncha pas tandis que ces paroles le suivaient jusqu'à la porte. Mais cette révélation l'ébranla davantage que ne l'aurait fait un coup de fusil.

— Je vous trouve bien silencieux pour un homme dont l'avenir s'annonce soudain radieux ! s'étonna Castleford.

Jonathan aurait voulu quitter le duc dans la rue devant la maison de son cousin, mais Castleford avait insisté pour le ramener à l'endroit où il l'avait trouvé.

— Je suis en train de découvrir que cette victoire invite à la réflexion, non à la célébration. Et qu'elle a un prix.

— L'aliénation de la liberté, vous voulez dire ? L'obligation de se comporter en homme respectable – et complètement rasoir. Un jour viendra où vous aurez la nostalgie de votre anonymat, je vous le prédis. Plus on est bas dans l'échelle sociale de notre monde de nantis, plus cela peut être étouffant. Je suis heureux d'être né au sommet, croyez-moi !

— Je peux encore choisir de rester anonyme et insignifiant. Les intentions de mon cousin sont plus précises que je ne le désirais.

— C'était pourtant prévisible. Puisque l'idée de la rente et des relations ne vous répugnait pas, c'est donc la perspective du mariage qui vous effraie.

C'était cela, en effet. Ce genre d'union ne l'intéressait absolument pas, nonobstant la dot. Si son désir d'argent ou de respectabilité allait si loin, il n'aurait eu aucun mal à trouver ce genre de femme.

Le duc ferma les yeux, laissant Jonathan à ses pensées. Puis la voiture s'arrêta devant la maison de Celia et Jonathan descendit.

— N'êtes-vous même pas un tout petit peu tenté de prendre le tout en bloc, Albrighton ?

Jonathan se retourna et le regarda. Castleford parut soudain étrangement sérieux.

— Il l'a pour ainsi dire admis, reprit-il. S'il a essayé de vous tuer, c'est qu'il se sentait menacé par vous. Or un bâtard ne constitue pas une menace. Vous voulez certainement connaître la vérité, maintenant.

Jonathan jeta un coup d'œil derrière lui, vers la maison et la fenêtre du premier étage.

— Je ne suis pas sûr de vouloir savoir ni d'être en mesure d'apprendre la vérité. Mon oncle prétend en rechercher la preuve depuis des années.

— Il m'a semblé que votre oncle sert un maître qui n'a aucun intérêt à ce que la vérité éclate. Cette révélation finale était très intrigante, vous ne trouvez pas ?

— Je vous demanderai de ne point en parler. Mon cousin cherchait uniquement à semer la zizanie entre moi et le seul membre de la famille qui ait reconnu mon existence pendant toutes ces années. Quant au reste, ma mère ne m'en a pas dit beaucoup, excepté que le comte et elle s'étaient mariés alors qu'il se trouvait sur son lit de mort. C'est tout. Je me demandais si c'était vrai et je pense maintenant que oui, mais de là à le prouver...

Il referma la portière de la voiture.

— Je vous remercie pour l'aide que vous m'avez apportée aujourd'hui. Je suis sûr que séduire ma cousine ne vous a pas été une trop grande corvée ?

Castleford éclata de rire. Il passa la tête par la vitre.

— J'adorerais tout vous raconter mais puisqu'elle est désormais officiellement votre cousine, ce serait déplacé.

— Tout à fait déplacé...

Castleford regarda la maison.

— Même si vous vous soumettez aux plans de Thornridge, vous ne serez pas obligé de renoncer à elle. Mlle Pennifold comprendra. Elle n'attend probablement rien de plus que ce que vous lui donnez déjà.

Il fit signe au cocher de repartir et Jonathan marcha vers la maison.

Castleford avait sans doute raison. Celia n'attendait rien de plus. Elle avait compris, des années plus tôt, que les dires de sa mère concernant le mariage chez les hommes de la haute société n'étaient que trop vrais. Elle l'encouragerait peut-être même à sauter sur l'occasion pour faire un beau mariage, tout en acceptant de rester sa maîtresse.

Tels étaient les usages, après tout. La vie était ainsi faite...

Un rire ponctua le silence de la nuit. Un large rai de lumière perçait l'obscurité. Trois hommes sortirent ensemble du très sélect club Brooks et allèrent rejoindre leurs voitures et leurs chevaux.

Jonathan patientait dans l'ombre. L'homme était un être d'habitudes et celui qu'il attendait n'était pas différent des autres. C'est par curiosité que Jonathan avait cherché à connaître les adresses qu'il fréquentait, persuadé qu'elles pourraient se révéler utiles un jour ou l'autre.

Il consulta sa montre de gousset à la lumière d'un réverbère. À moins qu'un événement imprévu ne vienne perturber le rituel ce soir, oncle Édouard quitterait bientôt le club. Il marcherait jusqu'au bout de la rue pour louer un fiacre et rentrer chez lui.

Jonathan se plaça près d'un édifice devant lequel Édouard devrait passer. Il ne fit aucun effort pour se cacher. Personne ne se méfiait jamais de lui. Il avait trop l'allure d'un gentleman pour alarmer quiconque.

La porte du club se rouvrit. Le visage et les cheveux d'Édouard apparurent à la lumière. Il dit quelque chose au domestique, enfonça son chapeau sur sa tête et s'éloigna.

En remarquant Jonathan, il ralentit considérablement l'allure et resserra les doigts autour de sa canne.

— Tu rôdes dans l'ombre comme au bon vieux temps, Jon ? Serais-tu nostalgique ?

Jonathan régla son pas sur le sien. Il choisit de marcher du côté de la canne, afin qu'Édouard ne puisse pas la brandir trop facilement.

— Je voulais vous rencontrer ce soir sans m'imposer chez vous.

Édouard jeta un regard circulaire alentour : ils étaient absolument seuls.

— J'en ai terminé avec cette mission, Édouard. J'ai aussi rencontré Thornridge. Je sais que c'est lui qui donnait à Alessandra les renseignements destinés au gouvernement. Je pensais que vous le protégiez de cette curiosité au sujet de ses comptes et de la liste de ses clients. Il m'a dit qu'en réalité, c'était vous-même que vous protégiez. Vous aviez raison de dire qu'Alessandra ne serait pas assez sotte pour noter le nom de l'espion dans ses comptes ou ailleurs. Vous vouliez simplement en être certain.

Édouard s'arrêta au milieu de la rue, entre deux réverbères.

— Vais-je avoir besoin de mon pistolet, Jonathan ?

— Je l'ignore ? Qu'en pensez-vous ?

— Non, à moins que ton cousin ne m'expose publiquement. Les autres sont déjà au courant. Les Affaires intérieures. Les ministres. On ne m'a rien dit, mais je suis sûr qu'ils le savent. Je suppose que rien n'a été entrepris parce que ce traître leur est devenu utile.

— Au moins, vous n'essayez pas de chercher des excuses. C'est tout à votre honneur. Vous appelez un chat un chat.

— J'ai toujours su ce que je faisais.

— Alors pourquoi le faisiez-vous ? Pour l'argent ?

Édouard reprit sa marche, la posture moins droite, le pas un peu las.

— Oh, non ! C'est à cause d'une femme... Que Dieu me vienne en aide !

Jonathan aurait dû se montrer choqué durant la pause qui suivit. Mais il trouva la révélation fascinante.

— Je la connaissais depuis dix ans. Je l'ai aimée pendant tout ce temps, mais ils l'ont emprisonnée. J'ai cru que je pourrais l'épargner.

Édouard haussa les épaules.

— Alessandra m'a accepté comme client et je l'ai encouragée à me révéler les confidences que ses autres clients laissaient échapper. Je n'aurais jamais pensé qu'elle trouvait mon intérêt suspicieux et irait trouver les Affaires intérieures. Ce sont eux qui ont veillé à ce que les indiscrétions continuent...

— Vous aviez accès à de bien meilleurs renseignements que ce qu'elle pouvait entendre sur un oreiller.

— En transmettant ce que je savais au titre de membre du gouvernement, je me serais mis à nu trop clairement et trop vite. J'ai pensé à les satisfaire de cette autre manière sans trahir, je suppose. Je me consolais en voyant que la plupart des informations étaient inutiles, ou pis.

— Excepté une...

Édouard se tendit.

— Je croyais les détails de ta mission également inexacts : je l'aurais su, me disais-je, si l'on avait mis sur pied une telle expédition. Après son issue désastreuse, j'ai compris que quelqu'un avait eu la puce à l'oreille et m'avait soupçonné. Utilisé. Les dernières années, c'est devenu un jeu élégant. Je prétendais ne pas savoir qu'ils savaient et me contentais de transmettre ce qu'ils me donnaient.

— À vous entendre, ce serait presque patriotique.

— Bon sang, je sais pertinemment ce que j'ai fait ! Mais j'ai causé bien peu de mal. Fournir des renseignements erronés s'est révélé être une tactique utile. Je ne t'ai jamais compromis, ni les autres avec lesquels je travaillais. Ou alors, à mon corps défendant. Je te le jure.

Ils s'arrêtèrent au coin de la rue et se regardèrent dans la brume sombre. Il n'y avait plus rien à dire, plus de questions à poser. Jonathan ne ressentait même pas de colère. Il trouvait ironique, cependant, et même scandaleux, qu'Édouard n'ait pas eu à répondre de ce qu'il avait fait, ni en public ni en privé, jusqu'à cette nuit.

— Redoutiez-vous qu'un jour quelqu'un me confie une mission et qu'au lieu d'être celui qui tire les ficelles, vous soyez la proie ?

Édouard relâcha longuement son souffle, comme un homme essayant de maîtriser une forte émotion.

— Est-ce ce qui est en train de se passer, Jonathan ? Ou bien es-tu ici de ton propre chef ?

— La guerre est terminée depuis longtemps, mon oncle. Si des hommes sont encore envoyés sur ce genre de mission, je ne veux pas le savoir. Quant à mes motivations personnelles…

Il n'essaya pas de prétendre qu'Édouard n'avait rien à se reprocher. Cet homme avait cependant cru qu'aucune mission n'avait été décidée sur le littoral. C'était un autre qui s'en était occupé.

— Mon cousin vous tient sous sa coupe avec cette histoire. Il sait tout, il est maître de votre destin, de votre réputation, peut-être même de votre liberté. Je pense qu'être son laquais et vivre dans la crainte qu'il ne vous démasque constitue une punition suffisante. Soyez rassuré, je n'ai pas besoin d'autre vengeance.

Ils passèrent sous un lampadaire et Jonathan aperçut le visage d'Édouard. La torture qu'il venait d'endurer se lisait sur ses traits tendus. Lorsqu'ils quittèrent le halo de lumière, Jonathan s'arrêta. Édouard continua à marcher, sa canne traînant par terre comme une troisième jambe boiteuse.

— A-t-elle été épargnée, mon oncle ? La femme pour laquelle vous avez fait cela ?

Édouard se retourna pour répondre :

— Elle a survécu. Elle vit à Nice avec un artiste, à présent.

Puis il s'éloigna et la nuit l'avala.

Jonathan partit en sens inverse. Qui aurait cru Édouard capable de trahir son pays pour l'amour d'une femme ? Si l'on devait trouver des raisons à la traîtrise, cependant, c'en était au moins une que Jonathan comprenait.

25

— C'est tout de même curieux, dit Celia. J'ai trouvé deux autres maisons qui conviendraient, mais je ne sais toujours pas si je peux garder celle-ci.

— Peut-être est-ce l'intention de M. Dargent de te laisser dans l'incertitude. Cela lui assure une mainmise sur toi, répondit Daphné.

Les quatre amies se tenaient au milieu du jardin, après une longue promenade parmi les parterres avec Verity et Audrianna. Cette dernière, assise à présent devant une petite table sur la terrasse, consignait par écrit toutes les améliorations qu'elles avaient décidé d'apporter, tandis que Verity rédigeait une liste de plantes. Personne n'aurait reconnu en elles deux les dames qu'elles étaient. Des taches de boue printanière maculaient le bas de leurs robes et leurs bottes, et les chapeaux qui les abritaient du soleil étaient dénués de toute sophistication.

— Anthony sait que cette situation ne peut pas rester indéfiniment, Daphné. Il faut qu'il exige son dû ou qu'il y renonce. J'aimerais croire qu'il a changé d'avis, mais je crains d'être en train de vous faire perdre votre temps avec nos projets d'aujourd'hui.

— Le temps que l'on passe avec ses amis n'est jamais perdu. Il s'agissait surtout d'un prétexte pour nous retrouver toutes les quatre.

Elles regagnèrent la terrasse et Audrianna posa son crayon.

— Tout est noté. Et maintenant, Celia, à toi de faire les dessins. Je crains que cela ne représente plus de travail qu'une femme ne peut en accomplir.

— Je pourrais t'envoyer quelques-uns de nos jardiniers, proposa Verity tout en se concentrant sur ses listes. Mais peut-être M. Albrighton voudra-t-il mettre la main à la pâte ? Il est toujours si empressé vis-à-vis de toi, Celia.

Elle leva les yeux.

— En matière de menuiserie, par exemple...

Le chapeau de Verity ne put dissimuler son sourire plein de sous-entendus tandis qu'elle se penchait de nouveau sur ses listes. Daphné sembla soudain excessivement calme.

Celia jeta un coup d'œil furieux à Audrianna, qui devint rouge pivoine.

— Cela m'a échappé, s'excusa-t-elle. J'avais oublié que tu me l'avais dit en privé. Nous parlions de la nuit qu'il avait passée chez Daphné et nous plaisantions un peu à propos de je ne sais quelle bêtise et... et je...

Elle était à la fois contrite et prête à éclater de rire.

Daphné la prit par les épaules.

— Nous ne te jugeons pas, Celia. Si tu es contente, nous aussi.

Contente. Quel terme étrange... Elle était contente, oui, sans doute. Indubitablement, ses relations avec Jonathan étaient très plaisantes, depuis huit jours. La divine sensualité qui les unissait semblait à présent s'accompagner d'émotions nouvelles et de petites choses – la façon dont il la regardait le matin, les baisers qu'il lui volait en passant...

Alors pourquoi la nostalgie ternissait-elle parfois son contentement, comme si elle vivait un souvenir ? C'était un peu ce qu'elle ressentait, en restant dans cette maison qu'elle risquait de perdre bientôt.

— Puisque nous sommes toutes au courant et que tu sais à présent que nous savons, j'ai une invitation, annonça Audrianna. Nous allons au théâtre ce soir, Celia. Verity et Hawkeswell seront dans notre loge. Et je crois que M. Albrighton vient aussi. Je voudrais que tu sois des nôtres.

— Je ne pense pas que Jonathan appréciera ma présence, Audrianna. Il voudrait régler bientôt les choses avec Thornridge. Ce n'est pas le moment que son nom soit associé au mien.

Ses amies échangèrent des regards. Elles comprenaient, bien sûr, et savaient bien que sa naissance et son histoire n'étaient pas anodines.

— Tu serais simplement assise dans la même loge que lui, Celia, insista Verity. Pourquoi ne laisses-tu pas M. Albrighton décider lui-même si cela risque de contrarier ses plans ?

Puis elle demanda à Daphné de l'aider à terminer une de ses listes. Audrianna pencha la tête en arrière pour exposer son visage au soleil.

— Tout sent si bon, ici. Ne trouves-tu pas, Celia ? La nature revient à la vie.

— Ton état te rend probablement plus réceptive que nous autres, Audrianna, mais je te l'accorde : le printemps réveille tous les sens et les incite à l'espoir, avec sa promesse d'un recommencement.

Jonathan trouva Celia sur la terrasse, assise sur le banc, près de la porte-fenêtre. Le soleil déclinait et la brise s'était rafraîchie. Elle avait ôté son chapeau. Un carnet de croquis était posé sur ses genoux, mais elle ne dessinait pas.

Il pencha la tête de côté pour voir la page sur laquelle elle avait travaillé.

— Vous avez prévu des changements, à ce que je vois, ces dames et toi ?

— C'était surtout un prétexte pour se voir.

Elle montra le dessin.

— Ce projet ne verra jamais le jour. Tôt ou tard, M. Watson va envoyer quelqu'un dresser cet inventaire.

Il s'assit à côté d'elle.

— Je ne pense pas, Celia. Je suis presque certain qu'il ne viendra jamais.

Elle le regarda sans comprendre. Puis :

— Jonathan ! As-tu donné cet argent à Anthony ?

— Non. Je me suis conformé à tes vœux.

— Merci. Je ne l'aurais pas accepté.

Il prit le carnet et consulta les pages précédentes.

— Cependant, je me suis entretenu avec Anthony il y a quelques jours.

Du coin de l'œil, il vit son scepticisme curieux.

— Tiens donc ?

— Hmm...

— Et que lui as-tu dit ?

— Voyons, que je me rappelle... Les salutations d'usage. Une requête pour une petite conversation en privé. Un rappel que j'étais un vieil ami de ta famille, ce genre de choses. Je suis resté très cordial. J'ai peut-être suggéré qu'un gentilhomme digne de ce nom n'essaierait pas de forcer une femme à entrer dans son lit par les moyens qu'il utilise. Oui, il n'est pas impossible que j'aie parlé de cela. Je crois avoir dit également que s'il entreprenait une démarche dans le but de s'approprier ta maison, je verrais cela d'un fort mauvais œil.

— Aucune démarche n'ayant été entreprise, il semblerait que tu aies été persuasif.

— Il paraît que la faculté de convaincre est l'un de mes talents.

Elle posa les doigts sous le menton de Jonathan et lui fit tourner la tête face à elle.

— Jonathan, lui as-tu fait du mal ?

— Bien sûr que non ! Son bras risque d'être légèrement endolori pendant quelques jours, en raison de l'enthousiasme que j'ai mis à la conversation et qui a quelque peu dépassé le sien. Cependant, je ne lui ai fait aucun mal, dans le sens viril du terme.

— L'as-tu menacé ?

— Seul un homme ayant très mauvaise conscience prendrait ce que j'ai dit pour une menace. J'ai suggéré qu'il se renseigne à mon sujet auprès de connaissances communes. S'il l'a fait et qu'ils l'ont amené à voir les choses autrement, je n'y puis rien.

Il imagina Dargent cherchant les hommes qui avaient consulté son père pendant la guerre. Il n'avait pas dû bien dormir, depuis.

Celia planta les yeux dans les siens.

— Je devrais te gronder. Ma mère a accepté ces offres essentiellement pour moi et c'est lui qui a fait la meilleure. J'ai beau le détester maintenant, ce n'est pas lui qui a enfreint les règles du jeu.

— Il s'en est très bien sorti sans cet argent jusqu'à présent et il continuera. Du reste, ce n'est pas lui qui a proposé la meilleure offre, il avait seulement la famille qu'il fallait et ton amour innocent. Mais c'est réglé, maintenant. Si M. Watson ne t'a pas écrit pour arranger cet inventaire, il ne le fera plus.

Au milieu de sa phrase, elle fronça les sourcils et il se demanda si elle avait entendu la fin. Soudain, il comprit pourquoi. Quelle erreur d'en avoir ainsi trop dit ! Naturellement, Celia l'avait aussitôt remarqué.

— Comment sais-tu qu'il n'a pas fait la meilleure proposition ? Ma mère t'a-t-elle confié quelque chose ?

— C'est un détail, Celia, et il appartient au passé. Ce qui compte, c'est que tu aménages tes jardins et plantes tes racines ici, si c'est ce que tu désires.

Comme il tapotait son dessin, elle sourit. Puis elle recommença à froncer les sourcils et le scruta d'un air soupçonneux.

Voilà ce qui arrivait lorsqu'on se laissait distraire par une ravissante jeune femme ! Lorsqu'on se sentait si bien que l'on ne tournait pas sept fois sa langue dans sa bouche avant de parler…

— Celia, je sais qu'il n'a pas fait la proposition la plus élevée, parce que j'ai offert davantage. Ce n'est pas ce que tu crois. Je m'apprêtais à quitter Londres pour Dieu sait combien de temps.

Elle le regardait avec stupeur.

— Toi ? Mais pour l'amour du ciel, pour quelle raison, si tu quittais la ville ?

Pour quelle raison, en effet ? En y repensant, le geste lui parut inutile et noble. À l'époque, il voyait cela comme une sorte de devoir à accomplir.

— C'était un moyen comme un autre d'utiliser mon argent et je comptais bien en gagner encore. Tu étais trop candide, Celia. Trop jeune. J'espérais retarder l'échéance de deux ans. C'est tout.

Il haussa les épaules.

— Ta mère n'était pas de cet avis et m'a expliqué que je ne serais jamais un bon protecteur pour toi, quelles que soient mes intentions.

— Elle avait raison. Tu ne l'aurais pas été.

Elle ne faisait qu'exprimer les règles qu'elle connaissait. Pourtant, il n'aimait pas qu'elle les tienne pour immuables, même si sa rencontre avec Thornridge n'avait fait que prouver qu'elle avait raison.

Ses yeux s'embuèrent et son sourire trembla.

— Tu n'imagines pas à quel point je suis touchée, Jonathan. Tu aurais pu me le dire avant. Je ne me serais pas méprise, je n'en aurais pas déduit que tu avais essayé de m'acheter quand j'étais jeune fille.

Elle riait et pleurait à moitié, ses yeux brillant derrière son sourire.

— Et moi qui pensais qu'Anthony allait me sauver au nom de l'amour, alors que le mystérieux M. Albrighton a essayé de le faire au nom du simple sens moral ! Comment s'étonner que je t'aime, Jonathan ?

Elle se tamponna les yeux avec son mouchoir, comme si elle ne réalisait pas ce qu'elle venait de dire. Lui, en revanche, en saisissait tout le sens et continuait de croire qu'il n'était pas fait pour elle. Si Celia voulait un protecteur, elle pouvait trouver beaucoup mieux que lui.

À moins qu'elle ne soit amoureuse… Alors, elle passerait outre son intérêt personnel. Il pourrait probablement avoir tout ce que lui offrait Thornridge et Celia en prime, comme l'avait prédit Castleford.

— C'est très doux d'entendre cela, Celia. Je suis heureux que nous en parlions enfin.

Elle s'immobilisa et le regarda presque craintivement, une question dans les yeux.

Il ne put s'empêcher de sourire, mais son expression le toucha par sa tristesse.

— Je parle de mon amour à moi aussi, ma chérie. Tu es plus digne d'être aimée que tu ne le sauras jamais.

Cette fois, elle fondit franchement en larmes et ses yeux devinrent mille fois plus lumineux encore.

Il la prit dans ses bras.

— Il est largement temps, je crois, de décider quelle histoire nous voulons vivre, Celia.

Elle reposa la tête contre lui et prit une profonde inspiration.

— Celle que nous avons commencée, je crois. Mes amies l'acceptent. Du moins, celles qui comptent. Une fois que tu auras parlé à Thornridge et qu'il aura accepté ta vision des choses, ce sera aussi la seule histoire permise. Seulement je ne veux aucun cadeau, Jonathan. Je ne veux pas de ce genre de liaison.

— Tes propos sont fort sages. Mais je n'ai pas l'habitude des histoires normales et toi non plus. Tu l'as prouvé.

Il lui pencha la tête pour embrasser ses lèvres.

— J'ai dit que je ne renoncerais pas à toi facilement. À rien de ce que nous partageons. Je ne risquerai jamais de perdre cet amour que tu dis à présent ressentir pour moi. Je crois que nous devrions nous marier, Celia, afin que je sois sûr que tu seras à moi pour toujours.

Une joie merveilleuse illumina les traits de Celia, qui leva vers lui des yeux remplis d'amour et de tendresse.

— Merci pour ta proposition, Jonathan. Je suis honorée et flattée, et je n'oublierai jamais cet instant. Cependant, c'est impossible. Dès que tu auras convaincu ton cousin qu'il doit accomplir son devoir, tu devras mener une existence normale.

— Je l'ai déjà rencontré et j'ai déjà évalué la situation. Je ne te demande pas ta main sur un coup de tête, Celia. Je sais ce que je gagne, mais aussi ce que je risque de perdre.

Elle fixa ses yeux.

— Tu es sincère, n'est-ce pas ? Tu es sérieux ?

— Comme je ne l'ai jamais été...

Un autre regard, rempli d'une allégresse circonspecte, se planta dans le sien, puis une expression d'une douceur magnifique illumina son visage et la prudence disparut. Jetant les bras autour de son cou, elle l'embrassa avec fougue.

Elle se retourna pour regarder les fenêtres de la maison, où le soleil couchant dardait ses derniers rayons. Avec une étincelle mutine dans les yeux, elle se leva et grimpa sur ses genoux, face à lui, les jambes pliées de chaque côté de son corps.

— Embrasse-moi, chuchota-t-elle. Embrasse-moi, puis prends-moi, afin que cet émerveillement et cette divine stupéfaction ne me brisent pas le cœur tant ma joie est intense.

Comme il l'embrassait avec ferveur, elle se blottit contre lui, puis souleva ses jupes et son jupon. Quelques instants plus tard il était en elle, lié à elle et les amenait tous deux vers l'extase, tandis que les tendres gémissements de Celia trahissaient l'amour qu'elle éprouvait pour lui.

Ils allèrent au théâtre, ce soir-là. Celia portait la mante bordée d'hermine de sa mère sur une robe blanche sobre piquée d'une élégante dentelle. Jonathan loua une voiture et se présenta à sa porte comme s'il n'habitait pas dans son grenier.

Il avait toujours l'allure d'un gentilhomme. Sa condition d'aristocrate ne faisait aucun doute, même si elle n'était pas officielle. Son port et son assurance étaient éloquents, décida-t-elle en s'asseyant face à lui dans la voiture. Ce soir, cependant, au lieu de sa décontraction habituelle, il était habillé avec raffinement et sa prestance imposante n'avait pas à redouter l'examen le plus minutieux.

Leur bonheur de l'après-midi les imprégnait encore tous les deux. Ils rirent et plaisantèrent tout le long du chemin et ils portaient leur cœur en bandoulière lorsqu'ils arrivèrent dans la loge. Jonathan ne feignit pas d'escorter simplement une amie de ces dames, ce que ces dames ne manquèrent pas de remarquer. Celia était heureuse qu'elles connaissent déjà son secret, car elle n'aurait pu cacher son amour ce soir, même si elle l'avait dû.

Summerhays les accueillit chaleureusement au bras de sa femme. Lord Hawkeswell sembla surpris de leur arrivée.

— Il n'est pas très discret, chuchota Audrianna à l'oreille de Celia tandis que chacun prenait place pour regarder la pièce.

C'était la vérité. Jonathan la regardait et s'adressait à elle d'une manière éloquente. Les convenances étaient respectées, mais il ne dissimulait aucune manifestation d'intimité signifiant qu'ils étaient faits l'un pour l'autre et le savaient.

Il prit place à côté d'elle. Aucun membre du petit groupe n'essaya de l'en empêcher. Elle remarqua d'autres yeux dans les loges voisines qui se tournaient vers eux – les gens observaient ces deux bâtards qui n'avaient rien à faire dans la loge de Summerhays...

Il est fou. Complètement fou. Cette petite voix résonna dans sa tête, tandis que Jonathan la regardait par moments avec une attention brûlante et possessive, suggérant qu'il ne devait pas suivre grand-chose de ce qui se passait sur scène. *Il sacrifie ton avenir ainsi que le sien. Mieux vaut être une maîtresse riche qu'une épouse indigente...*

Elle reconnut la voix d'Alessandra. Ce fantôme avait déjà essayé de gâcher son bonheur pendant qu'elle se préparait pour cette soirée, mais elle l'avait chassé. Là, au théâtre, sous les yeux du monde qu'ils défiaient tous deux, elle ne pouvait échapper à la réprimande maternelle.

Votre courage est romantique et noble aujourd'hui, dans l'excitation de cette passion naissante. Mais dans dix ans, quand vous pleurerez tous deux le confort de la vie à laquelle vous avez renoncé, il sera trop tard pour revenir en arrière...

Soudain, une main toucha la sienne. Ce n'était pas celle de Jonathan, mais celle d'Audrianna, assise de l'autre côté. Ses doigts gantés enlacèrent ceux de son amie. Elle pencha la tête vers son oreille.

— Tu sembles troublée, Celia, toi qui étais si heureuse en arrivant.

Celia promena un regard circulaire dans le théâtre. Des têtes se tournaient encore, parfois, pour l'observer.

— Tu penses peut-être qu'ils savent qui tu es, mais je crois qu'ils admirent simplement ta beauté, lui dit Audrianna.

— C'est peu probable.

— On voit que tu n'as jamais pris conscience de ton charme ! Quoi qu'il en soit, j'aurais aimé que Castleford soit là, comme il l'avait dit. Notre idée était qu'il assiste à la représentation avec nous. Personne, alors, n'aurait accordé plus d'un regard aux occupants de cette loge. Hélas, il a prévenu Sebastian ce matin qu'il devait quitter Londres sur-le-champ et ne pouvait venir.

— C'était probablement un faux-fuyant, lorsqu'il a appris en quelle compagnie vous seriez.

Audrianna trouva cela amusant.

— Il ne prendrait jamais la peine de t'éviter, Celia, d'autant que tu es la seule qu'il ne connaisse pas. C'est l'ami de tous ces messieurs et il se montre toujours particulièrement aimable envers Verity et moi.

Son mari réclama alors son attention et elle lâcha la main de Celia.

Cette petite conversation avait fait se détourner les regards et Celia put profiter du spectacle sans pour autant oublier l'homme qui se tenait à ses côtés et affichait aussi ouvertement son intérêt pour elle. Elle regardait aussi ses amies avec une grande affection, touchée par leurs attentions.

Tout ceci avait été soigneusement organisé, soupçonnait-elle. Par Jonathan et Summerhays et peut-être même par ses amies. Sa présence dans cette loge respectable appartenant à un marquis avait été préméditée afin que Jonathan puisse montrer au monde qu'il aimait Celia Pennifold et se fichait comme d'une guigne qu'un accident de naissance ait également fait d'elle la fille d'Alessandra Northrope…

26

Celia s'agrippait au rebord de la fenêtre. Les premiers rayons de soleil apparaissant au-dessus des toits, à l'autre bout du jardin, donnaient au brouillard matinal une beauté éthérée. Une petite brise porteuse des parfums divins de renouveau rafraîchissait et caressait sa peau.

Le corps musclé de Jonathan était penché au-dessus du sien. Tandis que sa main enveloppait son sein, son bras puissant l'encerclait et la soutenait pour l'aider à résister à ses coups de reins.

Le plaisir l'assaillit, aiguisant tous ses sens. Soudain, elle voyait, entendait, percevait mieux ce qui l'entourait. Les frissons de leurs corps enlacés se firent plus intenses, annonciateurs d'un merveilleux orgasme.

Lorsque l'extase les saisit tous deux, il l'attira contre lui et l'enveloppa d'une étreinte si complète qu'ils flottèrent ensemble dans une béatitude à l'unisson de cette intimité partagée.

— Les charrettes ne vont pas tarder, dit-elle lorsque sa respiration se fut enfin calmée. Je dois redescendre m'habiller.

Il embrassa le creux de son cou et y fit musarder sa bouche, comme s'il ne voulait pas laisser échapper son parfum. Enfin, il la libéra.

— Je t'aiderai à installer les plantes, pour aller plus vite.

Elle se rendit dans sa chambre pour faire sa toilette et s'habiller. Avant de descendre au rez-de-chaussée, elle ouvrit la porte de la pièce voisine. Elle n'était pas luxueuse, mais de bonne taille et beaucoup plus pratique que celle du grenier.

Elle y installerait Jonathan, décida-t-elle. Il était largement temps de procéder à ce déménagement. Il n'était plus locataire, à présent, et serait bientôt le maître de cette maison.

En évaluant sa longueur, elle réfléchit au mobilier qu'il lui faudrait. En pleine contemplation, elle entendit Marian appeler Jonathan d'en bas pour l'informer qu'il avait de la visite.

Celia retourna dans sa chambre et regarda par la fenêtre ouverte les deux hommes qui attachaient leur cheval à un poteau. Les voix montèrent jusqu'à elle.

— Je disais seulement qu'il exagère de nous envoyer faire ses commissions comme si nous étions des valets de pied ! se plaignit Hawkeswell.

— Il ne nous a pas envoyés. Il a sollicité notre aide.

— Eh bien, je le trouve trop sournois à mon goût. S'il s'avère qu'il s'agit d'un de ses petits jeux…

— Rendons à César ce qui appartient à César, Hawkeswell. Quand cet homme-là s'est mis quelque chose en tête, il n'a de cesse que ce soit fait, pour le meilleur ou pour le pire.

Hawkeswell s'approcha de la porte.

— C'est le pire, que je crains.

Il leva les yeux vers la maison, puis regarda la rue.

— Quel est cet endroit ? Albrighton habite ici ?

— D'après ma femme, oui. Je précise qu'il s'agit de la maison de Mlle Pennifold.

Hawkeswell tourna brusquement la tête vers lui.

— Ah oui ? Si votre femme est au courant, la mienne aussi, certainement. Suis-je le seul à ne rien savoir ?

— Vraisemblablement. Mais je me demande comment cela a pu vous échapper. La semaine dernière, au théâtre, on aurait dit qu'il voulait la dévorer...

Summerhays leva le poing. Le coup résonna au rez-de-chaussée et les deux hommes pénétrèrent dans la maison.

Celia descendit. La conversation s'arrêta dès qu'ils entendirent ses pas.

Elle resta sur le seuil, d'où ils pouvaient la voir. Hawkeswell semblait fort mal à l'aise, chargé de sa mission. Quant à Summerhays, il semblait tenter d'apaiser les deux autres.

Jonathan était hors de lui. Elle ne l'avait jamais vu dans cet état.

Il la regarda, puis fusilla Summerhays du regard. Elle s'excusa et repartit vers l'arrière de la maison.

— Retournez lui dire qu'il n'en est pas question ! tonna Jonathan sans prendre la peine de baisser la voix pour qu'elle n'entende pas. Il n'aurait jamais dû s'en mêler. Je ne lui ai rien demandé.

— Il n'est pas le genre d'homme à estimer qu'il a besoin d'une permission pour quoi que ce soit, déclara Hawkeswell. Je serais tout aussi furieux que vous, à votre place. Je reconnais qu'il est allé trop loin.

— Qu'il soit en tort ou non, la chose est faite, reprit Summerhays. Vous devriez pour le moins le laisser vous dire ce qu'il a découvert.

— Je me fiche éperdument de ce qu'il a découvert !

— Vous ne devriez pas, objecta Summerhays. Pour votre avenir et celui de vos enfants, vous feriez bien de l'écouter.

Le silence tomba alors. Celia continua à déplacer et rassembler les quelques pots qui restaient sur les étagères. Un long moment s'écoula. Peut-être chuchotaient-ils, afin qu'on ne puisse les entendre. Qu'*elle* ne puisse les entendre.

— Je reconnais que Summerhays n'a pas tort, Albrighton, dit Hawkeswell. Vous pourrez lui dire après coup d'aller au diable, mais écoutez-le, au moins.

Un nouveau silence prolongé s'installa, puis des bruits de pas lui parvinrent dans le couloir. Jonathan vint la rejoindre et referma la porte. Il était toujours en colère, mais vaguement moins outré qu'auparavant.

— Que se passe-t-il ? demanda Celia.

Il poussa un soupir impatient.

— Un homme que je connais a cherché à obtenir des renseignements de ma part, sans mon autorisation. Il désire à présent me les communiquer. Si je ne vais pas le trouver, il risque de venir ici ivre mort et de faire un scandale.

— Un comte et le frère d'un marquis lui servent de messagers ? S'agirait-il de Castleford ? Il est connu pour ses scènes et son penchant pour la boisson, et vous êtes amis.

Il laissa échapper un petit rire.

— Amis. Je suppose que l'on peut dire cela, en quelque sorte.

— Je ne connais pas tous les usages du grand monde, Jonathan, mais je sais que si un duc a fait quelque chose au nom de l'amitié, il serait idiot de se montrer désobligeant.

Elle délaissa ses plantes et le rejoignit.

— Qu'a fait cet homme pour toi ?

Il la considéra d'un air si doux qu'elle en fut presque effrayée. C'était le regard qu'un homme adressait à sa bien-aimée avant de partir pour un long voyage.

— Il s'est renseigné au sujet de ma naissance, Celia. Il a cherché la preuve de ma bâtardise.

Elle mit quelques instants à comprendre. Puis, la pleine signification de ses mots la frappa.

— Savais-tu possible que tu n'en sois pas un ?

— Ma mère affirmait que le comte l'avait épousée, mais cela aurait fort bien pu être une histoire qu'elle me racontait pour me réconforter quant à mon sort.

Des réactions contradictoires s'emparèrent de Celia.

— Sait-il qu'elle le prétendait ? Thornridge ? Est-ce pour cela qu'il a...

— Oui.

Il continuait à la regarder, comme pour l'inviter à lui faire part du pressentiment qui déjà lui étreignait la poitrine.

Je vais te perdre. Tu es fou, mais pas à ce point. Aucun homme ne peut renoncer à une chose pareille, lorsqu'elle lui est offerte comme un cadeau du destin.

Elle lui adressa son sourire le plus radieux.

— C'est merveilleux, Jonathan. S'il t'envoie chercher de si bonne heure, c'est qu'une grande nouvelle t'attend.

Il ne contesta pas et son silence fit monter dans le cœur de Celia une bouffée d'angoisse.

— Viens avec moi, Celia.

Elle en rêvait, ne serait-ce que pour profiter un peu de sa présence avant que tout ne soit bouleversé. Mais elle ne pourrait le supporter. Elle ne pourrait écouter tranquillement un duc lui expliquer qu'il était le fils de Thornridge.

— Je ne peux pas. J'attends les tombereaux. Tu l'as oublié ?

— Non. Bien sûr.

Il toucha son visage, puis s'inclina pour l'embrasser.

— Je serai bientôt de retour. Probablement à temps pour t'aider comme je l'ai promis.

Puis il disparut, vers les hommes qui l'attendaient, vers son véritable destin.

— Ainsi, le duc est alité ?

Hawkeswell cracha la question d'un ton si farouche que le domestique recula d'un pas avec inquiétude.

— Je suis navré, monsieur. Monsieur le duc a donné ordre de ne pas être dérangé avant midi.

Summerhays consulta sa montre de gousset.

— Encore quarante minutes.

— Qu'il aille au diable ! s'emporta Hawkeswell. Son messager m'a réveillé à 9 heures en me priant instamment de passer vous chercher, vous et Albrighton, et de venir aussitôt le trouver au sujet de cette affaire d'un intérêt crucial pour le parlement aussi bien que pour la nation.

Il remarqua que le domestique reculait subrepticement vers la porte.

— Où allez-vous ?

— Nulle part, monsieur ! Monsieur a-t-il besoin de quelque chose ?

— Oui. D'être rassuré. Dites-moi au moins que le duc est seul dans son lit et que ce désagrément n'est pas dû à une étreinte intempestive.

— Je l'ignore, monsieur.

Hawkeswell lui jeta un regard furieux.

— Je ne suis pas allé dans ses appartements, ajouta l'homme promptement.

— Hawkeswell, allons, intervint Summerhays.

— Montez dire à son valet de chambre qu'il informe de ce pas le duc que le comte de Hawkeswell est ici, pour cette question d'importance mutuelle.

Hawkeswell fit signe au domestique de disparaître. Il se tourna vers Summerhays une fois la porte refermée sur la pièce agréable et lumineuse contiguë au salon dans laquelle ils attendaient.

— Ce serait typique de sa part de m'envoyer cavaler à travers toute la ville avant de se rendre compte que cela lui laisse le temps de se livrer à une petite galipette.

— C'est bien possible, fit Jonathan.

Hawkeswell pivota dans sa direction.

— Vous vous sentez mieux, Albrighton ? La colère est tombée ?

— Un peu.

— Je suppose que passer une demi-heure à envisager la possibilité de devenir comte peut guérir la plupart des hommes d'une indignation vertueuse. Même vous.

La perspective n'avait nullement soulagé sa contrariété. Il doutait que Castleford, à moins qu'il n'ait braqué un pistolet sur la tempe de Thornridge, lui apprenne grand-chose d'utile. Il écouterait le duc lui expliquer à quel point il s'était montré malin jusqu'à présent, le remercierait de ses efforts, l'aviserait de ne plus se mêler de ses affaires à l'avenir et retournerait auprès de Celia.

— Si Castleford a découvert quelque chose, vous l'auriez pu, vous aussi, réfléchit Summerhays. Serait-ce que vous n'avez pas essayé ?

— Je comptais sur quelqu'un d'autre pour sonder l'affaire, sans jamais vraiment croire qu'il y avait quelque chose à découvrir.

Il s'était trompé au moins sur le premier point.

— Je pensais qu'au mieux, Thornridge me satisferait en me reconnaissant, afin de décourager toute autre revendication de ma part.

— Au lieu de cela, il a essayé de vous faire disparaître.

— Être invisible finit par me convenir.

— Il refuse l'aspect fastidieux de la chose, expliqua Hawkeswell à Summerhays. Il ne veut pas des responsabilités. Mais vous savez, Albrighton, on n'a pas le choix, pour ces choses-là. Si vous êtes né pour accomplir cette tâche, vous êtes bien obligé de vous en acquitter.

— J'en doute. Les preuves devraient être acceptables aux yeux des examinateurs les plus critiques et les plus suspicieux. Cela pourrait prendre des années. Ce n'est pas ce que je souhaite, Hawkeswell. Je n'ai pas l'intention de consacrer ma vie à me battre pour cette cause, ni à effectuer tout autre choix dans le but de ne pas démériter.

La porte se rouvrit et un autre homme entra, doté de davantage de galons et de décorations sur sa livrée. Les manières de Hawkeswell avaient poussé Castleford à envoyer un officier de son armée personnelle.

— Monsieur le duc demande que l'on vous fasse emmener à ses appartements, messieurs. Si vous voulez bien me suivre...

— Je suis très mécontent, annonça Castleford tandis qu'ils pénétraient en file indienne dans son dressing-room.

Son valet de pied, qui boutonnait un peignoir bleu roi, s'immobilisa et leva vers lui des yeux contrits.

— Pas à cause de vous, voyons. Terminez ! grogna-t-il avec hargne.

Il jeta un regard hostile à Hawkeswell.

— J'ai passé la semaine à dos de cheval et ne suis rentré que tard dans la nuit. Est-ce trop demander que de réclamer quelques heures de sommeil pour mon pauvre cul ?

Hawkeswell afficha une mine modérément chagrinée.

— Pourquoi ne pas voyager en voiture et épargner votre pauvre cul ? C'est ce que je fais, lorsque je prévois de longs voyages.

— J'avais besoin de me déplacer rapidement.

Il écarta son valet de pied d'un geste impatient avant que celui-ci ait pu fermer tous les boutons, puis il se jeta sur un divan et appuya sa tête sur une main. Sa mine satisfaite fit place à un air arrogant.

— C'est moi qu'on aurait dû embaucher pendant la guerre, Albrighton, et pas vous. J'ai un don pour mener les enquêtes. Mes capacités d'analyse m'ont impressionné moi-même, cette semaine.

— Être duc doit probablement faciliter les choses, aussi.

— Pour enquêter ? Probablement, reconnut-il.

— Pour enquêter et pour vous convaincre que vous aviez le droit d'intervenir.

Castleford se tourna vers Summerhays.

— Ils sont bien irascibles, aujourd'hui, tous les deux.

— Si vous nous expliquiez pourquoi vous avez sollicité notre présence, peut-être le seraient-ils moins ?

— Sollicité, le terme est mal choisi, bougonna Hawkeswell.

Castleford ne releva pas.

— C'est fait, Albrighton. Je sais tout et j'ai la preuve que votre cousin a usurpé votre titre.

Jonathan éclata de rire.

— Pardonnez-moi, mais n'exagéreriez-vous pas un peu ?

— Absolument pas. Il m'a suffi de connaître cette phrase que votre mère a prononcée. Elle vous a dit qu'elle avait épousé feu le comte sur son lit de mort. Cela signifie, soit qu'il disposait d'une licence spéciale – or mon avoué s'est renseigné et me garantit qu'il n'en figure aucune sur les registres – soit qu'ils se sont mariés en Écosse. Ou alors, il s'agissait du geste sentimental, sans valeur légale, d'un homme amoureux de sa maîtresse enceinte.

— C'est l'hypothèse la plus vraisemblable, hélas, fit remarquer Summerhays.

— C'était également mon point de vue, mais j'ai décidé d'enquêter néanmoins sur la deuxième éventualité. Pour en avoir le cœur net.

Il considéra Jonathan d'un air fort affable.

— Savez-vous que parmi vos biens, figure un charmant pavillon de chasse juste à la lisière de la frontière écossaise ? Vous devez me promettre de nous y recevoir tous à la saison des tétras. Nous boirons et chasserons et passerons de merveilleux moments. Hawkeswell pourra venir aussi, s'il promet de ne pas faire sa tête des mauvais jours et grogner en permanence.

Une curieuse sensation germa dans la poitrine de Jonathan. Castleford continuait à se comporter avec sa suffisance et sa fatuité habituelles, comme si l'affaire était réglée. Pourtant... quelque chose dans les yeux du duc suggérait qu'il le croyait réellement.

— Et alors ? s'enquit Hawkeswell avec irritation.

— Et alors je m'y suis rendu. Je ne voulais pas perdre trop de temps avec cette histoire et j'ai pensé qu'il valait mieux traverser le pays à cheval. J'ai posé quelques questions polies et discrètes et...

— Vous êtes incapable de vous montrer discret et vous êtes déjà en train de transformer cette histoire pour vous faire paraître sous votre meilleur jour, déclara Hawkeswell.

Castleford poussa un soupir avant de se tourner vers Summerhays.

— Il est décidément agaçant, aujourd'hui. Plus que d'habitude. Savez-vous pourquoi ?

— Lorsqu'il est venu me chercher, il était mécontent d'avoir été bruyamment tiré du lit à une heure malvenue.

Castleford se rembrunit.

— Toutes mes excuses, Grayson. Je comprends votre mauvaise humeur. Je n'aurais jamais pensé que vous autres, les hommes mariés, puissiez forniquer en plein jour. J'avais précisément attendu l'aube pour envoyer mon domestique.

Cela ne sembla pas apaiser l'homme marié en question. Bien au contraire.

— Poursuivez, je vous prie. Vous en étiez à promener votre cul endolori sur la frontière écossaise, je crois, en brandissant votre titre et vos prérogatives et en braquant des pistolets sur la tête des gens afin d'apprendre ce que vous vouliez.

— Nom de Dieu ! À croire que vous étiez là avec moi ! Eh bien, au bout du compte, je les ai trouvés, ce qui signifie que mon travail a porté ses fruits.

— Vous *les* avez trouvés ? Qui donc ? Ou quoi donc ?

— Les témoins. Encore en vie, Dieu merci.

L'annonce réduisit tout le monde à un long silence stupéfait.

— Si vos manières étaient discourtoises, ou si vous les avez subornés, rien ne dit qu'ils ne vous ont pas menti, Castleford, objecta Summerhays. Et même s'ils ont dit la vérité, ils risquent de changer d'air si Thornridge apprend ceci et exerce sur eux des menaces ou essaie de les corrompre.

— Il l'a déjà fait. C'est la raison pour laquelle j'ai ramené les témoins en question avec moi. Sachant que votre cousin a tenté de vous assassiner, Albrighton, j'ai jugé qu'il risquait d'arriver malheur à ces deux messieurs lorsqu'il s'agirait de toucher votre héritage.

Le silence retomba et les trois hommes se regardèrent avec stupeur. Puis Jonathan demanda :

— Et ces témoins… où sont-ils ?

Sa voix lui semblait venir d'outre-tombe. Tout était devenu surréel, comme s'il se trouvait à l'intérieur d'un nuage de ouate invisible qui altérait ses perceptions.

— Voyons… où les ai-je donc mis ? Le plus vieux sentait mauvais, c'est pourquoi j'ai préféré rester à cheval plutôt que monter dans la voiture louée.

Il se leva.

— Je n'ai plus aucune idée des instructions que j'ai données à mon majordome. Allons voir…

Il prit la tête du petit cortège et Jonathan ferma la marche, incapable de contenir son excitation.

Si Castleford avait déniché les témoins du mariage de sa mère, cela changeait tout.

27

Daphné referma le livre de comptes. Elle ouvrit son réticule et en sortit quelques billets.

— Je suis convaincue que le commerce va fructifier à l'avenir, Celia. En si peu de temps, l'idée de faire venir les plantes et les fleurs ici a déjà amélioré nos affaires à Cumberworth. Grâce à ton arrangement avec M. Bolton pour les fleurs d'été et aux relations que tu es en train d'établir pour obtenir des fruits en hiver, nous allons bel et bien prospérer, conformément à tes prédictions.

Celia rangea l'argent dans une poche de son tablier. La maison était pleine de couleurs. Les charrettes avaient apporté de nombreux pots de fleurs cultivées sous serre qui apporteraient dans les jours à venir de la gaieté et un avant-goût de printemps à des dizaines de foyers.

Elle était incapable de s'en réjouir, ni même d'apprécier la compagnie de Daphné. Jonathan était parti depuis une éternité et elle commençait à se demander s'il reviendrait jamais.

Quelle idiotie ! Bien sûr qu'il reviendrait. Il reviendrait et la regarderait de cet air nostalgique qu'il avait eu ce matin. Il lui expliquerait qu'à présent, ses perspectives d'avenir l'empêchaient de se marier avec la femme de son choix. Il lui dirait...

Elle espérait sincèrement qu'il apprendrait de bonnes nouvelles. Elle était ravie qu'un tel miracle puisse lui arriver. Mais en même temps, une peine immense lui étreignait le cœur, dont elle ne parvenait pas à se défaire.

— Je me réjouis que mes projets se réalisent, Daphné. Et bien désolée qu'ils m'obligent à rester ici, à présent. Je retournerais volontiers à Cumberworth avec toi, mais il faut que je m'occupe de ces pots.

— Pourquoi voudrais-tu venir avec moi ? Ta vie est ici, maintenant. Et ton amant aussi.

Celia ne répondit pas. Daphné comprit aussitôt, avec son acuité habituelle.

— C'est donc pour cela que tu es restée étrangement silencieuse aujourd'hui. Tu as une peine de cœur. A-t-il été cruel envers toi ?

— Pas du tout. Cet amour a été merveilleux. Magnifique. Si poignant que je m'y suis oubliée.

Elle sourit en repensant à toutes les façons qu'avait Jonathan de l'émouvoir.

— Cela a été une erreur, je crois.

Daphné s'approcha d'elle et posa une main sur la sienne. Elle ne demanda aucun détail, mais lui offrit le maigre réconfort que pouvait procurer son amitié.

Aucun bruit ne venait du jardin, mais elles se tournèrent en même temps vers la porte-fenêtre. Des ombres remuèrent près du bosquet et Jonathan apparut dans l'allée.

Daphné embrassa son amie.

— Je te laisse, maintenant. Viens nous voir quand tu le désires et laisse un message à M. Drummond concernant la livraison des plantes. Verity et

Audrianna ne sont pas loin non plus, si tu as besoin de conseil ou de réconfort dans les jours à venir.

Elle fit un dernier signe à Celia et disparut par la porte d'entrée au moment où Jonathan franchissait celle du jardin.

Il sentit les jacinthes avant de les voir. Leur parfum pénétrait le mur et la porte tandis qu'il approchait. Une seule fleur, cependant, était à la fenêtre, la plus belle et la plus rare d'entre toutes, avec ses cheveux dorés, son teint clair et ses yeux capables de capturer des étoiles.

Elle sourit lorsqu'il entra. Elle l'embrassa, puis montra des bras la somptueuse tapisserie de couleurs éclatantes qui couvrait les étagères.

— Le printemps est arrivé en fanfare, ici ! annonça-t-elle.

— Pourquoi les gens t'achèteraient-ils ce qu'ils trouveront en abondance dans deux ou trois semaines ?

— Ces petites pousses, dehors, ne font que les narguer. Les rendre impatients. Dès l'arrivée des beaux jours, ils ne peuvent plus attendre. Même un seul pot suffit pour certains, bien que d'autres en réclament trente.

Il admira les fleurs pendant qu'elle lui administrait une petite leçon de botanique. Elle parlait avec vivacité, comme si elle était à la fois impatientée par ses menus propos, mais craignait de le voir aborder un autre sujet.

Enfin, elle se tut. Ils restèrent côte à côte, à regarder le « jardin des plantes ». Il sentit son excitation et même la tension du désir qu'ils partageaient toujours lorsqu'ils étaient ensemble. Un désir qui, en cet instant, était mâtiné de tristesse.

— N'es-tu pas curieuse de savoir ce que Castleford avait à me dire, Celia ?

— Je n'ai pensé presque qu'à cela depuis ton départ. S'agit-il de bonnes nouvelles ?

— Les meilleures possible. Il n'a eu aucun mal à apprendre ce que j'aurais pu mettre une vie entière à découvrir, en supposant que j'y parvienne. Il a trouvé des témoins que mon cousin a intimidés et grassement payés pour qu'ils gardent le silence. Mais Castleford leur a fait plus peur encore et ils ont avoué la vérité. Mes parents étaient mariés, Celia !

Elle le serra contre elle.

— Je suis tellement heureuse pour toi, Jonathan ! Plus que tu ne l'imagines. En te regardant remonter l'allée, je me suis dit : « Il est comte, bien sûr. Comment en douter un instant ? » Ton cousin le savait, naturellement. Même si tu n'avais que neuf ans, il a su en te voyant que le titre ne lui appartenait pas vraiment.

C'était possible. Mais les témoins, tous deux gardiens de ce pavillon de chasse, avaient été soudoyés dès le début, avant même que son cousin n'atteigne sa majorité. Toute la famille était impliquée. Même son oncle Édouard.

Il écarta la peine que lui causaient la perte de cette amitié et la duplicité qui l'avait entachée. Il s'assit et prit Celia sur ses genoux pour serrer contre lui son corps si doux et féminin. Les fleurs encadraient le visage qu'elle tournait vers lui. Son sourire exprimait la joie, mais ses yeux trahissaient une autre émotion.

— Il va probablement falloir que tu trouves un nouveau logement, à présent, dit-elle.

— Si tu le souhaites. Nous prendrons une maison plus proche de tes amies.

Elle s'humecta les lèvres et essaya de paraître raisonnable et calme.

— Il faut que tu déménages seul, Jonathan. Tu ne dois donner à personne des raisons de ternir ta réputation alors que ta qualité est en passe d'être établie. Et si ta conduite n'est pas irréprochable, ton cousin a beaucoup de relations et...

Il la fit taire d'un baiser.

— Je vois que tu as passé le temps à raisonner comme Alessandra et à conclure que désormais je ne peux plus t'avoir. Est-ce cela, Celia ?

— Nos projets sont caducs, tu le sais bien. Tu ne peux pas épouser une fille comme moi. Quant à mon amour... d'ici à ce que tu te maries...

— Il est hors de question que j'épouse quelqu'un d'autre, ni que j'attende d'être sur mon lit de mort pour épouser la femme que j'aime, comme l'a fait mon père.

Il prit son visage entre ses mains.

— Si j'ai tant tardé à revenir, c'est parce que je me suis rendu au *Doctors' Commons*[1] pour y réclamer une licence spéciale. Summerhays a eu la bonté d'user de son influence et elle me sera accordée d'ici à quelques jours. Nous nous marierons immédiatement, afin que ce soit fait avant d'entamer toutes ces démarches.

— Que dis-tu là ? Ces gens ont des règles à propos du mariage.

— Celia, tous les lords du royaume ont intérêt à veiller à ce que les seules personnes qui deviennent pairs soient nées pour cela et qu'un titre ne se transmette pas illégalement. Cette règle-là est la principale.

1. Également appelé *College of Civilians* : société de juristes qui pratiquaient la loi civile à Londres, à cette époque. *(N.d.T.)*

Pour valider ces transmissions, il existe toute une procédure officielle. Ma naissance sera l'élément primordial dans cette affaire ainsi que l'authenticité de ce mariage. Ils se fichent éperdument de ma réputation. Je pourrais être pervers et forniquer toute la journée avec des moutons, cela ne ferait aucune différence.

Elle ouvrit la bouche pour protester, mais il toucha ses lèvres des doigts pour couper court aux enseignements d'Alessandra.

— Et si l'on regarde mon épouse, on verra qu'elle est femme de bien qui a toujours nourri pour moi une passion sincère.

Le regard brûlant d'amour, Celia hésitait malgré tout.

— Tu ne peux savoir cela avec certitude, Jonathan. Et si tu te trompais ?

— Tu es la lumière de ma vie, Celia. Je t'ai dit un jour que je ne renoncerais pas facilement à toi. À présent, je ne peux plus y renoncer du tout, même si cela doit m'empêcher d'être un Thornridge !

Elle oublia toute réserve et son regard se métamorphosa. Elle se jeta à son cou.

— Je cesse de discuter, puisque te voilà si déterminé. Je suis fière que tu m'aimes à ce point et que tu sois à moi en toute sincérité. C'est exaltant et aussi effrayant, Jonathan. Je trouve même miraculeux que tu n'aies pas reculé devant tout cela. Ils te doivent peut-être cet héritage, mais ils ne sont pas obligés de nous accepter.

— Nous savons que certains nous accepteront. Ils le font déjà. Quant au reste, nous vivrons comme nous l'entendons, sans trop nous tracasser à leur sujet.

Elle l'embrassa. Superbement. Divinement. Puis elle posa sa joue douce contre la sienne et poussa un long soupir de satisfaction.

— Je ne peux garder pour moi tout ce bonheur, Jonathan. Mon cœur est rempli d'un amour si grand qu'il va exploser, je crois. Je suis trop heureuse pour pleurer, mais je ne sais que faire de toute cette émotion.

Il se leva et la souleva de terre pour la porter jusqu'à l'escalier.

— Moi, je sais.

Épilogue

Assise sur le banc près de la porte-fenêtre, Celia savourait la chaude caresse du soleil. Au bout de l'allée, près du massif d'arbustes, les tulipes d'avril jetaient leurs notes joyeuses et colorées en ondoyant doucement sous la brise.

Elle attendait le retour de Jonathan. Il s'était rendu à une nouvelle réunion concernant sa requête. Thornridge avait déclaré qu'il contesterait sa revendication du titre, comme prévu. De même que la validité du mariage et le droit à l'héritage. Les choses allaient effectivement traîner en longueur et le Tout-Londres ne parlerait que de cela. Toutes sortes d'arguties juridiques compliqueraient la situation, incompréhensibles de Celia pour la plupart. D'aucuns estimaient, cependant, que Jonathan avait toutes les chances de recevoir au moins le domaine.

En attendant, ils vivraient dans cette maison, ce dont Celia s'accommodait avec plaisir. Elle s'y était attachée et était fière de son association avec Daphné. Le jardin était également fort plaisant, songea-t-elle en regardant les nouveaux parterres et autres améliorations. Il y aurait ici toute la place nécessaire pour des enfants.

Instinctivement, elle porta la main à son ventre. Elle ne put s'empêcher de rire. Jonathan et elle s'étaient mariés juste à temps.

À cet instant, il apparut dans le jardin et avança dans sa direction. Il avait l'air heureux. Comme souvent, maintenant. Il s'assit à côté d'elle en souriant, étendit les jambes et croisa ses bottes.

— As-tu assez chaud, ici ? Tu devrais te méfier. Le soleil est doux, mais l'air encore assez froid.

— Je suis très bien.

Il passa un bras autour de ses épaules pour la réchauffer malgré tout et Celia posa la tête sur son épaule.

— Cela s'est bien passé ?

— Assez bien. Ce fut aussi fastidieux et assommant qu'on pouvait s'y attendre. Il y avait là vingt-trois hommes de loi, un évêque, deux ducs, trois comtes et plus de paperasse que je n'en ai vu dans toute ma vie.

— Cela a l'air terrible !

— Terrible, non, mais ce sera long. Je devrai d'abord me rendre au tribunal ecclésiastique au sujet du mariage. Puis auprès d'autres tribunaux concernant l'héritage, une fois le mariage authentifié et confirmé. Ensuite, je me rendrai à la Chambre des Lords. Les avocats de mon cousin ne cessent de répéter « Pair un jour, pair toujours ». Le grand chancelier a estimé que la tradition ne s'applique pas aux hommes qui ont usurpé un titre par le biais d'actes criminels. L'évêque n'était pas d'accord. Quelqu'un d'autre a déclaré que les Lords pourraient considérer ces crimes comme des actes de trahison. Et ainsi de suite, tout l'après-midi…

Il rit.

— Je serai probablement mort et enterré lorsque toutes ces démarches seront terminées.

— Cela ne semble pas t'inquiéter outre mesure.

— C'est parce que j'exagère. Il faudra cependant des années. Et puis, je pense plutôt à ce qui s'est passé au moment où je quittais ces cours et qui me met de fort charmante humeur.

Il sourit avec espièglerie.

— L'avoué de mon cousin est venu me trouver pour me demander de lui accorder un entretien.

— À quel sujet ?

— Au sujet de ma rente.

Elle se redressa et le considéra avec perplexité.

— Il veut te donner de l'argent ?

— C'est stupéfiant, n'est-ce pas ? Je ne pense pas qu'il le *veuille*. À mon avis, il croit que cela ferait mauvais effet s'il ne le faisait pas. Tout le monde sait que je suis le fils de son oncle, d'une manière ou d'une autre. Peut-être craint-il qu'en n'effectuant pas ce geste, cela plaidera en sa défaveur.

Il haussa les épaules et ferma les yeux.

— Ou bien il voit le domaine lui glisser entre les doigts et espère t'inciter à te montrer aussi généreux que lui, le moment venu.

— Quel cynisme, ma Celia ! lança-t-il en lui embrassant le nez. Je suis sûr que c'est seulement son bon cœur qui parle.

Elle se blottit contre lui.

— À combien s'élevait cette rente qu'il t'a proposée ?

Il garda un moment les yeux fermés et tournés vers le soleil.

— À un montant respectable.

— Une respectabilité… de quel ordre ?

— D'un ordre généreux.

Elle lui donna une tape sur l'épaule.
— Combien ?
— Deux mille.
— Par an ?
— Mmm…
— C'est une fort belle rente, Jonathan.
— Je trouve. Si l'avoué était venu me voir avant la réunion, je l'aurais peut-être acceptée. Ayant enduré des heures d'ennuyeux verbiage, j'ai décidé que je méritais davantage et ai négocié. Nous avons conclu un accord pour quatre mille livres de rente annuelle.
— Quatre mille livres ! Qu'allons-nous en faire ?
— Nous pourrions t'acheter une nouvelle garde-robe, je suppose. Et des bijoux.
— J'adorerais avoir une voiture assortie de deux chevaux.
— Tu vois, en réfléchissant un peu, nous trouverons le moyen de tout dépenser très vite.
Il replia le bras autour de son cou et l'attira pour l'embrasser.
— Tu pourras t'offrir tout ce que tu veux, Celia, céder à tous tes caprices. Moi, ce que je veux, je l'ai déjà.
Il toucha son ventre, puis ses seins, d'une main caressante.
Une toux discrète à la porte-fenêtre les fit se retourner. Bella était là, toute rougissante de ce qu'elle venait de voir.
— Excusez-moi, mais il y a un monsieur ici qui demande à vous voir, Celia. Je l'ai fait entrer au salon, voici sa carte.
Jonathan se leva. Il lut la carte, fronça les sourcils et la tendit à Celia.
M. Mappleton venait lui rendre visite.

L'homme était tout sourire lorsqu'il les salua. Il s'inclina un peu plus qu'il ne l'avait jamais fait devant Celia et prononça quelques remarques flatteuses et mielleuses à l'encontre de Jonathan. M. Mappleton avait dû lire les journaux.

Lorsqu'ils s'assirent tous les trois, le sourire de l'avoué s'élargit encore.

— Je suis ici pour diverses raisons. J'espère que ma visite ne vous importune pas. Je voulais vous épargner le déplacement jusqu'à mon cabinet.

— C'est fort aimable à vous, lui répondit Celia.

Elle avait toujours bien aimé M. Mappleton, qui avait loyalement aidé sa mère.

— Voilà. Tout d'abord, je tiens à vous informer que la succession est réglée. Tout est en ordre. Aucune autre réclamation n'a été effectuée, de sorte que cette maison vous appartient, exonérée de toute contrainte.

— Voilà qui est bon à savoir.

Elle résista à l'envie de jeter un coup d'œil vers Jonathan, qui avait veillé à ce qu'il n'y ait aucune autre réclamation.

— Je suis également venu à titre d'émissaire, reprit M. Mappleton d'un ton plus sérieux. Et j'espère sincèrement que vous m'écouterez jusqu'au bout. Je vais vous répéter mot pour mot le message que le gentilhomme m'a chargé de vous transmettre.

— De quel gentilhomme s'agit-il ? s'enquit Jonathan.

— Je ne puis vous le révéler, monsieur. On m'a assuré que Mlle Pennifold... pardon, Mme Albrighton, en connaîtrait la source et la signification.

Ses yeux pétillèrent.

— Je pense pouvoir dire, sans trahir ma mission, que ce monsieur est *très* estimé.

— Nous vous écoutons, déclara Jonathan.

— On me prie de vous dire, Mme Albrighton, que si vous rendez une nouvelle visite, on vous recevra. Telle est la teneur du message.

Jonathan surprit le regard de Celia. La proposition ne sembla pas l'enthousiasmer. En vérité, leurs réactions étaient identiques. Il faudrait du temps avant qu'elle ne retourne chez Enderby, même s'il s'était apparemment ravisé. Mais elle le ferait. Un jour. Après tout, c'était son père...

— Merci, monsieur Mappleton. Je comprends et j'apprécie vos services dans cette affaire.

— Voilà qui est fait. Il reste une dernière chose...

Il prit une lettre dans la poche de sa redingote.

— Votre mère a laissé ceci en ma possession. J'avais pour instruction de vous le remettre si vous faisiez un mariage d'amour.

Il la regarda, puis se tourna vers Jonathan et rougit.

— Comme si je pouvais le savoir ! C'est ce que j'ai allégué. Mais elle m'a assuré que sa fille répondrait à la question en toute honnêteté si je la lui posais.

Il parut soudain consterné.

— Peut-être devrais-je poser cette question à madame en privé, monsieur Albrighton ? Oui, ce serait préférable, naturellement. Comme je suis étourdi ! Je n'ai pas l'habitude d'une mission aussi insolite et...

— Ne vous mettez pas dans tous vos états, monsieur. La présence de mon mari ne contraint pas ma franchise, sur cette question entre toutes. Je puis vous assurer que je me suis incontestablement mariée par amour.

M. Mappleton la considéra avec bonté.

— Oui, je le crois, ma chère madame.

Cérémonieusement, il lui tendit la missive.

Puis il prit congé.

Celia resta assise, la lettre sur ses genoux. Le papier n'avait pas jauni, elle devait être récente.

— Ne la lis-tu pas ?

— Je ne suis pas sûre d'en avoir envie. À tous les coups, elle va me réprimander pour ce mariage et pour n'avoir pas songé à mon avenir financier.

Jonathan se rembrunit.

— Si tel est le cas, ce serait cruel et égoïste de sortir de sa tombe pour te bouleverser ainsi. Cela m'étonne d'elle.

Celia passa des doigts tremblants sur le papier, puis l'ouvrit d'un geste sec.

Elle lut le message une première fois et cligna des yeux de toutes ses forces, confuse. Puis elle le relut. Et sentit son cœur se dilater. Les émotions la submergèrent et elle se mit à verser des larmes intarissables.

Jonathan la serra dans ses bras. Il prit la lettre et la froissa.

— Nous allons la brûler et, si d'autres arrivent, tu ne les liras pas. Je refuse de te voir ainsi bouleversée simplement parce que ta mère n'a pas pu supporter que les projets qu'elle nourrissait pour toi ne soient pas les mêmes que les tiens.

Celia secoua la tête et s'efforça de retrouver son calme.

— Ce n'est pas ce que tu crois, mon amour. Ce n'est ni égoïste ni cruel. C'est une lettre merveilleuse.

Elle la reprit de son poing serré et la déplia. Puis elle la lissa sur ses genoux.

— Il faut que tu la lises. Lis-la avec moi.

Tête contre tête, étroitement enlacés, ils lurent ensemble.

Ma chère, très chère Celia,

Si tu lis ceci, cela signifie que tu t'es mariée mais aussi que tu as rejeté tout ce que je t'ai appris en choisissant ton mari pour la plus mauvaise raison. Tu as risqué ton avenir, ta sécurité, ton cœur et même ta personne au nom d'un sentiment qui, pour la plupart des femmes, se révèle éphémère et fragile.

Je veux que tu saches que je le comprends. Moi aussi j'ai aimé, jadis. Cela m'a brisé le cœur, mais ce fut une passion magnifique, le temps qu'elle a duré. Si tu as la chance de connaître une chose pareille pour toujours, je ne peux formuler aucune objection. En vérité, j'espère très sincèrement en écrivant cette lettre que tu la liras un jour, car cela voudra dire que non seulement tu as trouvé un homme digne de ton amour, mais un homme assez sage pour reconnaître la vraie beauté que tu incarnes, un homme également disposé à risquer autant que toi pour t'avoir dans sa vie.

Je prie le ciel pour que tu te souviennes de moi, Celia, et quand tes enfants seront en âge de comprendre, peut-être leur parleras-tu de moi. Tu aurais fait la plus belle courtisane que Londres ait jamais connue, ma fille, mais je verse des larmes de joie à la pensée que tu trouveras le bonheur dans la voie que tu t'es tracée.

Reçois tout mon amour et ma bénédiction.

Alessandra.

Découvrez les prochaines nouveautés des différentes collections J'ai lu pour elle

AVENTURES & PASSIONS

Le 6 juin

Inédit **_Les secrets - 1 - L'art de la séduction_**

Anne Mallory

Comme chacun à Londres, Miranda Chase lit le best-seller du moment, *Les Septs Secrets de la Séduction*, quand un inconnu pénètre dans la librairie de son oncle. Ne serait-ce pas le vicomte Downing ? Lorsque ce dernier lui propose de l'embaucher pour organiser sa bibliothèque personnelle, remplie de livres précieux, Miranda accepte. Après tout, que risque-t-elle auprès d'un passionné de livres ?

Inédit **_Les carnets secrets de Miranda_** **Julia Quinn**

Depuis l'échec de son mariage, le vicomte Turner est déterminé à faire une croix sur l'amour. Y aurait-il une femme dans son entourage susceptible d'éveiller son intérêt? Miranda Cheever par exemple. La gamine fade et insignifiante à laquelle il a autrefois offert un journal intime n'est plus! Aujourd'hui, face à lui, se tient une jeune femme d'une beauté à couper le souffle.

Le mystère d'Alexandra **Leslie LaFoy**

Aiden Terrell mène une vie de débauche. Pour le remettre dans le droit chemin, son ami, le détective Stanbridge, le charge d'une mission : protéger le fils d'un rajah qui vit à Londres au côté de sa préceptrice. À contrecœur, Aiden s'installe sous leur toit mais la cohabitation est mouvementée : Alexandra Radford se montre odieuse. Il n'empêche que, à déjà vingt-cinq ans, elle possède un charme irrésistible, accentué par le mystère qui l'entoure...

Le 20 juin

Inédit *Les archanges du diable* - 2 -
La dame de mes tourments ∞ **Anne Gracie**

Harry Morant est célèbre pour sa bravoure sur les champs de bataille mais, après huit ans de loyaux services dans l'armée, il ne rêve que d'une chose, s'établir. Pour commencer, il s'achète un vieux manoir en ruines qu'il envisage de restaurer. Puis, il lui faut trouver une femme. Peu importent les mariages d'amour, ce qu'il recherche, c'est une femme respectable. Or, une rencontre inattendue peut parfois tout bouleverser…

Les Lockhart - 3 - ***Une histoire d'honneur*** ∞
Julia London

Depuis toujours, les Douglas et les Lockhart se vouent une haine féroce, dominée par la recherche d'une antique statuette en or. Contraints d'honorer une promesse qu'ils ont faite à leurs ennemis, les Lockhart doivent marier Mared, l'une des leurs, à Payton Douglas. Prête à tout pour éviter cette union, la jeune femme invoque une malédiction. Mais Payton n'est guère impressionné : rien ne l'empêchera de la faire sienne.

Le 6 juin

CRÉPUSCULE

Inédit **_Le cercle des Immortels - Les Dream-Hunters - 4 - Le prédateur de rêves_** **Sherrilyn Kenyon**

Alors qu'un démon sème le trouble sur Terre, s'insinuant dans les rêves des humains, Cratus se met en quête de le retrouver et de l'éliminer avant qu'il ne soit trop tard. Quand il rencontre Delphine Toussaint, il réalise qu'elle est la clé qui lui permettra de mener à bien sa mission. Mais cette humaine si innocente est opposée à toute forme de guerre et se dévoue avec acharnement à la paix dans le monde...

Les Highlanders - 5 - Le pacte de McKeltar
Karen Marie Moning

En déposant un livre ancien dans un somptueux appartement de Manhattan, Chloé Zanders n'avait pas l'intention de fouiner, mais les lieux étaient déserts... Elle y trouve des recueils précieux, récemment dérobés à New York. À peine a-t-elle fait cette découverte qu'elle se retrouve ligotée par le propriétaire. De longs cheveux noirs, d'étranges yeux dorés... Dageus McKeltar est-il vraiment humain ?

Le 6 juin

FRISSONS

Du suspense et de la passion

Inédit *Secrets impardonnables* ☙ **Laura Griffin**

Elaina Mc Cord, ambitieuse et talentueuse agent du FBI, traque un tueur en série machiavélique, qui n'hésitera pas à la prendre pour cible, pour parfaire son art mortel.

Inédit *Dernière sur la liste* ☙ **Kate Brady**

Une seconde enquête pour Neil Sheridan qui, cette fois-ci, croise le chemin d'un tueur fou, prêt à tout pour assouvir ses macabres projets.

Le 6 juin

PROMESSES

Les Kendrick et les Carlter - 2 - Celle qui avait peur d'aimer ☙ **Catherine Anderson**

Attendre deux jours la réparation de son tracteur a mis Ryan Kendrick hors de lui. À Crystal Falls, avec les neiges tardives, perdre quarante-huit heures est un manque considérable. De fait, il est bien loin d'imaginer rencontrer la femme de sa vie à cette occasion. Elle a un visage en forme de cœur, une bouche tendre, des taches de rousseur et les plus beaux yeux bleus qu'il ait jamais vus. Et elle est assise dans un fauteuil roulant...

Le 20 juin

Passion intense

Des romans légers et coquins

Inédit **_Les frères McCloud - 2 -_**

Au-delà de la trahison ↝ **Shannon McKenna**

Le jour où Connor McCloud a envoyé son père en prison, la vie d'Erin s'est brisée. Comment celui qu'elle aimait depuis toujours avait-il pu la trahir ainsi, elle et sa famille ? Après des années de silence, Connor est de retour. Et quand il lui annonce qu'elle court un grand danger et qu'il veillera sur elle, s'il le faut, au prix de sa propre vie, Erin sent s'éveiller en elle des sentiments enfouis depuis longtemps...

Passion cannelle ↝ **Kimberly Kaye Terry**

Veuf depuis sept ans, Davis Strong peine à élever seul sa fille Angelica. Enfant rebelle, elle fait les quatre cents coups et il se sent dépassé. Il a bien une petite idée de la personne qui pourrait l'aider : Candy Cain, la directrice du centre de loisirs. Compétente et très appréciée des enfants, elle est aussi particulièrement sexy. À tel point qu'il n'est pas du tout sûr de pouvoir rester de marbre s'il était amené à la côtoyer, car toutes les nuits Davis rêve de Candy...

Et toujours la reine du roman sentimental :

Barbara Cartland

« Les romans de Barbara Cartland nous transportent dans un monde passé, mais si proche de nous en ce qui concerne les sentiments. L'amour y est un protagoniste à part entière : un amour parfois contrarié, qui souvent arrive de façon imprévue.
Grâce à son style, Barbara Cartland nous apprend que les rêves peuvent toujours se réaliser et qu'il ne faut jamais désespérer. »

Angela Fracchiolla, lectrice, Italie

Le 6 juin
Un océan d'amour

Le 20 juin
Trois jeunes filles à Londres

10005

Composition
FACOMPO

Achevé d'imprimer en Italie
par GRAFICA VENETA
le 16 avril 2012.

Dépôt légal : avril 2012.
EAN 9782290040508
L21EPSN000850N001

ÉDITIONS J'AI LU
87, quai Panhard-et-Levassor, 75013 Paris

Diffusion France et étranger : Flammarion